カッコウはコンピュータに卵を産む

上巻

クリフォード・ストール

池 央耿＝訳

草思社文庫

THE CUCKOO'S EGG
Tracking a Spy through the Maze of Computer Espionage
by
Clifford Stoll

まえがき

コンピュータの機密保護に欠陥があると知ったとき、それを人にどう伝えたらいいだろうか。火薬の扱い方を教えるのは爆弾づくりをそそのかすことにほかならないという理屈で、自分の胸ひとつにおさめておく向きもあるだろう。私は本書において、あえてこの問題をあからさまに語ることに努めた。頭の黒いネズミたちは、すでに機密の壁のどこに穴があるか知っていると思うからである。

私は自身の体験を極力ありのままに再現した。手もとのコンピュータ操作記録と日記を主たる資料とし、事件に関与した人々の記録や報告を参照しつつ、その顚末を語ったのが本書である。人名や電話番号は一部架空のものに変えてあり、会話は私の記憶によっているが、出来事それ自体にはいっさい脚色を加えていない。

事実関係の検証にさいし、また、執筆期間を通じて私に励ましを与えてくれた多くの友人、同僚、そして私の家族たちにこの場をかりて感謝の意を表したい。とりわけ、リジャイナ・ウィゲンの貴重な助言には学ぶところ少なからず、私は大船に乗った気持ちだった。加えてヨヘン・シュペアバー、ジョン・ロックリス、ディーン・チャコーン、ドナルド・アルヴァレズ、ローリー・マクパースン、リック・マラー、ジーン・

スパフォード、アンディ・ゴールドスタイン、ガイ・コンソルマーニョにも私は多くを負っている。

題名（原題 *THE CUCKOO'S EGG*：Tracking a Spy Through the Maze of Computer Espionage）については、いくつかのコンピュータ・ネットワークに呼びかけて衆知をつのった。数百を超える世界中の方々から奇想天外なアイディアが寄せられたが、題名と副題を採らせていただいたサンフランシスコのカレン・アンダースンと、ミュンヘンのナイジェル・ロバーツ両氏にお礼申し上げる。

ダブルデイ社の二人の編集者、デイヴィッド・ガーナート、スコット・ファーガスンにはひとかたならずお世話になった。著作権代理人のジョン・ブロックマンも何くれとなく私の面倒をみてくれた。彼らの終始変わらぬ励ましと有益な助言に感謝する。

ここに名をあげた一人ひとりに支えられて本書は成った。重ねて鳴謝するとともに、私は約束にしたがって彼らにクッキーを贈らなくてはならない。

ローレンス・バークレー研究所は本書を著す私の企てを後押ししてくれた。スミソニアン天体物理観測所の友人たち、なかんずく、ジョウ・シュウォーツとスティーヴ・マレーもまた深い理解を示し、執筆中の私に協力を惜しまなかった。両研究機関の友人諸氏に深甚なる感謝の意を伝えたい。そしてまた、この本を書き終えた今、私はふたたび天文学の世界にもどる意志であることを申し添えておく。

私が十歳のおり、はじめて望遠鏡をのぞかせてくれたのはバッファロー科学博物館のエルンスト・ボスである。これがきっかけで天文学のすばらしい世界が私の目の前に開けたのだ。私はエルンスト・ボスにどんなに感謝してもしたりない気がする。最愛の妻、マーサ・マシュウズには改めて感謝するまでもない。マーサはただ本書に登場するというだけではなく、マーサがいればこそ私はこの本を書くことができたのだ。マーサは私のすべてである。

クリフ・ストール－マシュウズ

©Clifford Stoll

カッコウはコンピュータに卵を産む【上巻】――目次

【下巻】――目次

カッコウはコンピュータに卵を産む 【上巻】

1 ── 75セントの謎

私は人からコンピュータの天才《ウィザード》などと呼ばれる筋合いはない。ほんの一週間前まで、私は一介の天文学者として、望遠鏡の光学系の設計に甘んじていた。ふり返ってみれば、私は学術という名の夢の国に遊んでいたのだ。政府の助成金が切れるまで、何年ものあいだ、私は先のことなど考えもしなかった。

幸いにして、研究所は用ずみの天文学者の再利用を図っている。私は失業保険受給者の列に加わることを免れ、ローレンス・バークレー研究所ケック天文台から、同じ建物の地下にあるコンピュータ・センターにまわされた。

たしかに私はコンピュータを扱って天文学者仲間をけむに巻くくらいの芸当はできるし、新しい知識や技術を自分のものにすることにかけても彼らよりはかなり早いかもしれない。とはいえ、ウィザードと言われたら誰のことかと首をかしげずにはいられない。天才というのは、しょせん人種が違う。私はやはりただの天文屋にすぎない。

さて、これからどうしたものだろう。所在なくコンピュータの端末をにらみながら、私はなおも惑星の軌道や天体物理の問題に思いをはせていた。コンピュータ部門の新入りである私は、窓からゴールデン・ゲート橋を望む小さな一室と、片側の壁が書架でふさがれた、空調もない物置部屋のどちらかを選ぶように言われた。いささか閉所恐怖症の気味がないでもないのだが、デスクの下にもぐって寝ても見とがめられないことを考えて恐怖症には目をつむり、私は物置部屋を自室と決めた。両隣はともにシステム管理の大古参、ウェイン・グレイヴズとデイヴ・クリーヴランドの塒《ねぐら》である。二人はよるとさわると口げんかをはじめる。やがて私は彼らの口論を通じて、新しい職場の人間模様を知るようになった。

誰も彼もできそこないか、さもなければなまけ者ときめてかかっているウェインは、とかくほかのスタッフたちと折り合いが悪い。しかし、ウェインはディスク・ドライヴのソフトウェアからマイクロウェーヴのアンテナにいたるまで、システムのすべてを知りつくしているから、誰しも一目おかないわけにはいかなかった。ウェインはディジタル・イクイップメントのコンピュータ、VAXで育った男で、VAX以外のシステムは認めない。IBMも、UNIXも、マッキントッシュも、VAXにはおよばない、と彼は言う。

自他ともに許すUNIXの権威、デイヴ・クリーヴランドはウェインの際限もないコンピュータ比較論に辛抱強く耳を傾ける。あるとき、ウェインは常になく調子を落として言った。「どこへ行ったって、科学畑はみんなＶＡＸだよ。このシステムなら効率のいいプログラムを一二通り組める」

デイヴは言い返した。「ああ、君はそうやってＶＡＸ依存症患者のご機嫌をとっていりゃあいいさ。あとはこっちがまとめて面倒をみるから」デイヴはいつの場合もウェインに、やりこめてやった、という満足を与えない。ウェインはぶつぶつ文句を言って引き下がるのが落ちである。

これは大変なところへ来た、と私は思った。新しい職場へ顔をだす早々、両隣の先輩がことあるごとに繰り返す議論で私の白昼夢は霧消した。

それはともかく、誰ひとり私の風体に文句をつける者はいなかった。私はバークレー村の住人としてはごくありふれた、十人並みの身なりをしている。よれよれのオープンシャツに色あせたジーンズ、長髪に安物のスニーカーである。マネージャーの肩書きをもつ者たちは時にネクタイをすることがないでもない。が、そんな日は明らかに仕事の能率が低下する。

ウェインとデイヴに私が加わって、研究所全体をおおうコンピュータ・システムの管理に当たることになった。研究所には物理計算用の大型メインフレーム・コンピュータ一二台が設置されている。このハードウェアだけで六〇〇万ドルは下らない。研究者たちはシステムが扱いやすく、高性能で、かつ、電力会社のように信頼できるものであることを期待する。彼らの要請に応えるため、システムは一日二四時間、年中無休で稼動していなくてはならない。研究者がコンピュータを利用すれば、そのつどサイクル、すなわち、使用時間に応じて料金を課すところも電力会社と同じである。

研究所は総勢四〇〇〇人。その約四分の一がメイン・コンピュータを利用する。一〇〇〇人のユーザーがそれぞれ個人名義の口座《アカウント》をもち、使用料は毎日集計されて、コンピュータの原簿に記憶されている。コンピュータの使用料は一時間三〇〇ドルである。記帳は正確でなくてはならない。プリントアウトのページ数、ディスクのスペース、演算に要した時間等、細かいデータを専用のコンピュータが個別に集計する。このデータをもとに、月ごとの計算書が研究所の各部門あてに発行されるしくみである。

システム管理に移って二日目、デイヴが浮かぬ顔で私の部屋にやって来た。UNIXの課金システムでなにやら腑に落ちないことが起きたという。ほんの数秒のことながら、誰かがコンピュータをただで使ったらしい。前月分の請求金額は合計二三八七ドルだが、コンピュータに記録された使用時間とつき合わせると、この数字は本来の請求額に七五セント足りない。帳尻が合っていないのだ。

これが何千ドルもの間違いであれば一目瞭然で、原因をつきとめるのもたやすいことだろう。しかし、一ドルにも満たない数字となると、問題はシステムの奥深いどこに根を発していないとも限らない。誤り《バグ》の発見は新入りのシステム管理者の小手試しに格好の仕事だった。当たってみるように、とデイヴは私に言いつけた。

「第一級窃盗ですか」私は気のない返事をした。

「どこに食い違いの原因があるか、つきとめてみろよ、クリフ。うまくいったら皆から見直されるぞ」

たしかに、ちょっとしたおもちゃを与えられたようなもので、暇つぶしには悪くない。私は料金計算プログラムを調べることにした。計算ソフトははるか以前に夏休みのアルバイト学生たちが書いたプログラムの寄せ集めだった。このつぎはぎのソフトウェアがとにもかくにも実用に耐えるものだったため、誰も顧みることなく、長年そのまま使われてきたのである。なんとこれが、アセンブラー、フォートラン、コボルという最も初期のコンピュータ言語で書かれている。古典ギリシア語やラテン語、サンスクリット等と同様、今ではほとんど死語に近い。

自家製のソフトウェアの例にもれず、料金計算システムのプログラムにはその内容を詳細に説明する文書《ドキュメント》が残されていなかった。文書もなしにプログラムを調べようというのは地図を持たずに迷路に踏みこむのと同じで、よほど御念の入ったばか者でないかぎり、思いもよらぬことである。

とはいえ、午後の頭の体操には適当な作業だし、システムを探索するいい機会だった。デイヴは誰かがコンピュータに接続すると、ユーザーの名前と使用端末が記録されるシステムの概要を説明してくれた。接続の日時はもちろん、そこでユーザーが実行した仕事、処理時間、接続を絶った時刻等がすべて記録に残るようになっている。

料金計算には二通りの独立したシステムが使われていることもデイヴの説明でわかった。UNIXの既製のソフトウェアでは、コンピュータの使用時間がファイルに記録されるだけである。これに加えて、デイヴは役人気質《かたぎ》の管理職から文句が出ないように、ユーザーに関する詳しいデータが記録される独自の計算システムを設計した。

その後、毎年夏休みのアルバイト学生たちが退屈しのぎに料金計算にかかわるあらゆる情報を分析するプログラムを書き足した。データをあまさず収集してファイルに記録するプログラムがあり、そのファイルを読み取ってコンピュータが処理した仕事別の料金を割り出すプログラムがある。さらに、これを部門別に仕分けして請求書を発行するプログラムがあり、最後のプログラムがユーザーごとの料金を総計して、コンピュータが内蔵する原簿の数字とつき合わせる。独立したプログラムからなる二通りのシステムがはじき出す数字は最終的にぴったり一致しなくてはならない。

長年にわたって異常なく機能していたこの二通りのシステムのあいだに、ここへきてはじめて齟齬《そご》が生じたのである。真っ先に考えられるのは四捨五入による誤差だった。おそらく、入力された個々のデータに誤りはない。加算のさいに切り捨てられた端数が積もりつもって七五セントの誤差になったのではなかろうか。この考えが正しいかどうかはプログラムの作業手順を分析するか、あるいは、別のデータでテストすることで容易に検証できるはずである。

各プログラムのコードを調べるのは面倒と、私はデータ・ファイルを検算する簡単なプログラムを書いた。第一のプログラムを点検するのにほんの何分とかかりはしなかった。データはいずれも正確である。この段階で誤差を生む原因はない。

第二のプログラムは少々てこずった。一時間ほど費やして私なりに間に合わせのコードを編み出し、これを使って検算を試みた結果、このプログラムにも問題はないことがわかった。コンピュータの使用時間と単位料金を掛け算した数字は正確で、このプログラムから七五セントの誤差は出てこない。

第三のプログラムには何の問題もなかった。正規に登録されているユーザーのリストから料金を請求すべき相手を拾い出し、所属の研究室あてに計算書を発行するプログラムである。こうして見ると、四捨五入による誤差ということはありえない。どのプログラムも一セント単位まで正確にデータを扱っている。私は頭をかかえた。七五セントの誤差はいったいどこから出てきたものだろう?

このささいな問題を解明しなくては気持ちが片づかず、私はさらに二時間あまり知恵をしぼった。こうなれば、こっちも意地である。たとえ夜中までかかっても決着をつけずにはおかない覚悟だった。

さらに何通りかのプログラムを試すうちに、私はこの自家製の、つぎはぎの計算システムが充分に信頼できるものであることを思い知った。請求書の数字に誤りがあるのは動かぬ事実だが、プログラムは、完全無欠とはいわぬまでも、とにかく一セントの狂いもない。私は正確に登録されているユーザーのリストを検索し、各部あてに請求書を発行するプログラムでデータ構造がどのように扱われているか追跡した。夕方七時をまわるころ、ハンターというユーザー名が目にとまった。名義だけあって請求書のあて先がない。

そういうことか。ハンターは過去ひと月のあいだに七五セント分の時間、コンピュータを使用した。ところが、誰がその料金を負担するのか、責任の所在が不明である。計算が合わないのはこのためだ。ユーザーを登録するさいに不注意があったに違いない。わずかな手落ちが原因で起きたささいな事故だった。

まずはめでたしめでたしだ。はじめての小さな手柄を日誌に書いているところへ最愛のマーサが立ち寄った。私たちはバークレーのカフェ・ローマで、ホワイト・コーヒーで成功を祝った。

本当のウィザードなら、たちどころに問題を解決したことだろう。しかし、私にとっては未知の世界で、そう簡単にいくものではない。もっとも、苦労したおかげで料金計算システムはのみこんだし、旧式なプログラム言語を復習できたこともむだではなかった。翌日、私は電子メールでデイヴにどこで計算違いが起きたかを説明して面目をほどこした。

昼近く、デイヴが分厚いマニュアルをかかえてふらりと私の部屋にやって来た。ハンターの名前を登録した覚えはない、とこともなげに言う。だとすれば、登録したのはもう一人のシステム・マネージャーであるはずだが、ウェインの返答はそっけなかった。「私ではない。RTFM」略号でメッセージをしめくくるのはウェイン一流の気どりである。この場合はRead the fucking manualで「よく目を開けてマニュアルを読め」の意味だ。

私はすでにマニュアルに目を通していた。オペレーターが口座のない新しいユーザーの名前だけを登録することはありえない。よそのコンピュータ・センターなら、管理者がその権限において新しいユーザーを登録をするまでのことだろう。しかし、当研究所の場合は記帳のために何種類ものデータを入力しなくてはならないから、そのように安直なわけにはいかない。それで、複雑なシステムに対応する独自のプログラムが、ユーザー登録にともなう事務手続きを自動的に処理する方式を採用している。

あちこち聞いてまわった結果、研究所では誰もがこの自動登録方式の利点を認めていることがわかった。したがって、新しい名義が手動操作で登録されたとは考えにくい。しかし、自動システムで手続きに不備が生ずることもまたありえない。

というわけで、いったいどうしてこのような間違いが起きたのか、説明のしようがなかった。誰もハンターなる人物を知らず、システムにはハンター名義の口座がない。私はかまわずシステムからハンターの名前を削除した。本人から抗議があったら、あらためて正規に登録すればすむことである。

そのまた翌日、ドックマスターというあまり耳なれないコンピュータから電子メールが舞いこんだ。先週末に当研究所の誰かがドックマスターに侵入をくわだてたという、先方のシステム・マネージャーの抗議だった。

ドックマスターがどこのシステムか知る由もないが、発信地はメリーランドとしてあった。電子メールは十数カ所のコンピュータ・ネットワークをくぐり抜けており、消印に相当する先々の符号が入っている。

デイヴはひとまず「事実関係を調査する」とぶっきらぼうに返信した。嘘ではない。私たちはほかの問題が片づいたら暇をみて調査するつもりだった。

研究所のコンピュータは十幾通りかのネットワークで何千というよそのシステムと結ばれている。研究者たちは誰であれ、ネットワークを通じて遠隔地のコンピュータに接続できるわけである。ユーザー名とパスワードを知っていれば、どこのコンピュータを使用するのも思いのままだ。理屈からいって、ネットワークで結ばれたコンピュータを保護するものはドアの鍵に当たるパスワードだけである。ユーザーはほとんどが本名を登録しているから、電話帳をくればユーザー名を調べるのは造作もない。

ドックマスターの電子メールは私たちシステム管理者の好奇心をそそった。デイヴは「ドックマスターとは何者だ？」と質問をそえて電子メールをウェインに転送した。ウェインは「どこかの銀行ではないか」と自分の推測を答え、私の考えを尋ねてよこした。私は海軍工廠《こうしょう》ではないかと思ったが、そんなことはどうでもいい。銀行であれ、軍事施設であれ、私の関心はただ相手の正体をつきとめることだけだった。

電子メールには研究所の誰かがＵＮＩＸを通じてドックマスターのコンピュータに接続を試みた日時が記されていた。料金計算システムを手の内にしたばかりの私は、早速ファイルを呼び出して、土曜の朝八時四六分の記録を調べた。と、ここでまた二つのシステムのあいだに食い違いが生じていた。ＵＮＩＸの標準ソフトでは、スヴェンテクなる人物が八時二五分にログインして、何もしないまま三〇分後に接続を絶ったことになっている。時刻が記録に残るような操作はいっさい行っていない。一方、自家製のソフトにもスヴェンテクの行動が記録されているのだが、これによれば、彼は八時三一分から九時〇一分までネットワークを使用している。

なんと、またしても計数管理上の事故である。時間の記録が一致していない。しかも、片方のシステムではユーザーが何らかの活動をしたことになっているのに、他方の記録ではコンピュータは作動していない。

この日はほかにも急な用事があって、私はこの問題をひとまずおくことにした。前の日、オペレーターの誤操作をつきとめようとむきになって午後の時間を浪費したこともあり、また計算システムに取り組む気がしなかった。

昼食のおり、私はデイヴに、ドックマスターから言ってきた時間帯にコンピュータに接続したのはスヴェンテクだけであることを話した。デイヴは眉を寄せた。「ジョウ・スヴェンテクか？　あの男は今ケンブリッジだぞ。イギリスのケンブリッジだ。それが何だってまた？」

ジョウ・スヴェンテクは、研究所で右にでる者もないＵＮＩＸの神さまと呼ばれたソフトウェアの天才で、過去一〇年のあいだにいくつものすぐれたプログラムを開発した人物である、と私はこのときはじめてデイヴの口から聞かされた。ジョウは一年前、カリフォルニアのコンピュータ世界に輝ける名声を置き土産《みやげ》にイギリスへ渡った。

ジョウが帰ってきたはずはない、とデイヴは言った。誰もそんな噂は耳にしていない。「どこかのネットワークからうちのコンピュータに入りこんだんだろう」

「じゃあ、この食い違いもジョウのせいですか？」私は尋ねた。

「いいや」デイヴは首を横にふった。「ジョウは古い世代のハッカーだよ。頭は切れるし、回転は速いし、プログラマーとしては実に有能だ。〝ハッカー〟の呼び名をすっかり悪い意味に変えてしまった最近のはねっ返りどもとはわけが違う。とにかく、スヴェンテクがメリーランドのコンピュータに侵入するような真似をするはずがないな。もし侵入したとしても、足跡を残すようなへまはやらない」

はて、どうしたことだろう？　一年前にイギリスへ渡ったジョウ・スヴェンテクが、土曜の朝早くメリーランドのコンピュータに侵入した形跡がある。のみならず、その事実について、残された二通りの記録は一致していない。私は廊下で行き会ったウェインにこのことを話した。ジョウが休暇をとってイギリスへ行ったことはウェインも知っている。何でも、コンピュータとは無縁の田舎で隠遁《いんとん》生活を送っているという。「ドックマスターのことはうっちゃっておけ。どうせスヴェンテクはバークレーに顔を出す、RSN。本人に会って聞きゃあすべてはっきりするだろう」

RSN？　Real Soon Nowで近々の意味だが、ウェインの言い方ではこれが「おれも、いつとは知らないがね」という含みになる。

スヴェンテクはどうでもいい。気にかかるのは数字の食い違いである。二つの計算システムに別々の時間が記録されているのはなぜか？　一方では何らかの行動があったことになっているのに、もう一方にはそれが記録されていないのはなぜだろうか？

午後一番で私はもういちど料金計算システムを見直した。五分強の時間の誤差はコンピュータの時計の狂いが原因であることがわかった。一台のコンピュータの時計は毎日数秒ずつ遅れていた。

それにしても、スヴェンテクの行動は両方のシステムにひとしく記録されていなくてはならないはずである。例の料金計算の手違いと関係があることだろうか？　システムをつつきまわしたとき、私が何か誤りを犯したのだろうか？　それとも、何かほかに原因があるのだろうか？

2――侵入者?

その日の午後、私は銀河系の構造に関するこれ以上はないほど退屈な講義に出席した。斯界《しかい》の大御所とその名も高い教授は黒板を蛇の巣穴のように数式でいっぱいに埋めながら、ひたすら単調な声で話しつづけた。眠気を払うために、私は自分がのめりこんでいる問題を思案した。コンピュータ・システムに新しいユーザーを登録するに当たって、誰かがどこかで不始末を犯した。それから一週間後、スヴェンテクが研究所のシステムを介してメリーランドのどこかにあるコンピュータに侵入を図った。その行動の記録は、二通りの料金計算システムのあいだで齟齬《そご》がある。スヴェンテク本人は現在アメリカにいない。何かおかしなことが起こっている。何者かがコンピュータを使用しながら、料金計算プログラムを避けて通ろうとしていると見れば見られないこともない。

私は首をかしげた。研究所のコンピュータを無料で使用するにはどんな手があるだろうか? 誰かが計算システムを迂回する方法を発見したとしたら?

大型コンピュータには二通りのソフトウェアがある。ユーザー・プログラムとシステム・ソフトウェアである。ユーザー・プログラムは利用者が自分で書くプログラムで、たとえば、惑星の大気を分析するために私が書く天文学上のルーチンがこれである。

ユーザー・プログラムはそれ自体、さしたる仕事をするわけではない。直接コンピュータに働きかけるより、OS、すなわちオペレーティング・システムを呼び出してコンピュータを作動させる機能をもつものと考えたほうがいい。私の天文学プログラムにしても、それ自身がスクリーンに文字を出力するわけではない。表示すべき情報をOSに渡し、OSがハードウェアを動かして、はじめてスクリーンに文字が出るのである。

OSは、エディタ（文字編集ソフト）、ライブラリ、通訳ルーチン（言語処理系）とともにシステム・ソフトウェアを構成する。これらははじめからコンピュータに内蔵されており、利用者がプログラムを書くことはない。いちど設定されたシステム・ソフトは利用者がみだりに手を加えてはならないものである。

課金プログラムはシステム・ソフトである。これを改変したり、迂回したりできるのは、システム・マネージャー、ないしは、そのOSについて何らかの特権をもつ者に限られている。

ここまではいい。ならば、どうしたら特権をもつことができるだろうか？　最もてっとり早いのは、マネージャーのパスワードを使ってコンピュータに接続することである。パスワードはもう長いこと変更されていないが、外部にもれる気づかいはない。よそ者があてずっぽうに私たちシステム・マネージャーのパスワード〈ワイヴァン〉を使うなどということは間違ってもありえまい。神話に登場する双脚有翼の竜の名を、いったい誰が思いつくものか。

かりに誰かがシステム・マネージャーになりすましたところで、課金ソフトに手をつけることはできない相談である。なにしろつかまえどころがないうえに、文書も完備していない。現にシステムに異常がないことは私が確認しているではないか。

いや、はたしてそうか？　私たちの自前のソフトウェアは誤りなく機能している。にもかかわらず、何者かがこのソフトを介さずに名義を登録した。おそらく、自分でそうとは気づいていまい。正体不明の利用者は、自分の行動が食い違った二通りの記録を残したことも知らずにいる。知っているのは私たちシステム・マネージャーとオペレーターだけである。ジョウ・スヴェンテクはイギリスにいるとはいえ、当然、二通りのシステムについて知らないはずはない。

まったくの部外者の場合はどうか？　ハッカーのしわざだとしたら？

ハッカーという言葉には二つのまるで違う意味がある。私の周囲で自らハッカーを名乗る人々は、独創的なプログラムを編み出してどのような難題も解決するソフトウエアの天才である。彼らはオペレーティング・システムを隅から隅まで知りつくしている。週四〇時間、おざなりに仕事をこなすだけの凡庸なソフトウェア・エンジニアとはわけが違い、彼らは機械のほうが音《ね》をあげるまでコンピュータを解放しない創造力豊かなプログラマーである。この手のハッカーは無二の親友のようにコンピュータに感情移入する。

天文学者仲間では、私はそんなふうに見られている。「クリフか。あいつは天文学者としてはどうということもないがね、コンピュータにかけては大変なものだ。ハッカーというのはあいつのことだ」

コンピュータ人種のあいだでは、評価が異なることはいうまでもない。「クリフねえ。プログラマーとしてはたいしたこともないけれど、天文学者としては一流だよ」

とにもかくにも、大学院は私に両方の人種から買いかぶられるだけのことを教えてくれたのだった。

それはさておき、ハッカー*は一般に、コンピュータに侵入する犯罪者を意味する言葉としても使われている。一九八二年にある学生グループが端末とモデムと長距離電話回線を使ってロスアラモスの研究機関やコロンビア・メディカル・センターのコンピュータに侵入し、コンピュータ関係者ははじめてネットワーク・システムが無防備であることを思い知らされたのである。

何者かがどこやらのシステムに侵入したという噂をちょくちょく耳にする。たいていは大学で、犯人は学生かハイスクールの生徒であることが多い。「ハイスクールの天才少年、最高機密コンピュータ・センターに侵入」といった見出しで新聞が書き立てることもある。ほとんどの場合、実害はなく、ハッカーの悪気のないいたずらで一件落着である。

映画『ウォー・ゲーム』のようなことが現実に起こる可能性があるだろうか？　十代のハッカーがペンタゴンのコンピュータに侵入して戦争をひき起こすようなことがありうるだろうか？

私はおおいに疑問に思う。なるほど、機密保護のきびしくない大学のコンピュータをいじくるのは簡単だ。だいたいにおいて、大学というところは戸締まりもろくにしていない。しかし、軍のコンピュータとなるとまったく話が別だろう。コンピュータはそれ自体、軍事基地に劣らず厳重に警備されているはずである。それに、かりに誰かが軍のコンピュータに侵入したとしても、ただちに戦争がはじまると思ったら大間違いである。軍や国家の意思決定がコンピュータ任せであるわけがない。

私の職場、ローレンス・バークレー研究所のコンピュータは必ずしも警備が厳重とはいえない。せいぜい部外者が勝手に使うことを防ぐために正規の利用者以外の接近を制限している程度である。コンピュータが破壊される心配はない。私たちはただ研究所の金づるであるエネルギー省からにらまれないようにしているだけだ。役所がコンピュータを緑に塗れと言えば、私たちははけを用意するまでの話である。

一方、当研究所では外部の研究者たちのためにコンピュータ利用の便宜を図っている。ユーザー名〈ゲスト〉、パスワード〈ゲスト〉で、数ドル分の時間を超えないかぎり、誰でも研究所のコンピュータを使って自分の問題を解決することができる。門戸開放されているわけだから、ハッカーも容易に入りこめる。ゲストに与えられている時間は一分で、ハッカーがゲストの名でコンピュータを使用しても、侵入というには当たらない。ただ、一度この手でコンピュータに接続すれば、システムを探ることは自由である。公共のファイルを読むこともできれば、誰がシステムにつながってい

＊　原注　コンピュータ侵入者を正確には何と呼んだらいいだろう？　ハッカーと呼ばれることに誇りを感じる旧世代のソフトの天才《ウィザード》たちは、これがコンピュータ犯罪者の意味で使われるようになったことを嘆いている。彼らはエレクトロニクス時代の無法者を指して〝クラッカー〟あるいは〝サイバーパンク〟と言う。オランダでは〝コンピュータフルドブレーク〟が使われている。コンピュータの平和を乱す者、の意味である。私は彼らを何と呼ぼうか？　人のコンピュータに闖入してくる暴漢どもとなれば、頭に浮かぶのは〝ヴァーミント（害虫）〟〝レプロベイト（無頼漢）〟〝スワイン（豚、ないしは出歯亀）〟といったところだ。

るかを調べることもできる。そんなわけで、機密保護のうえからは問題がないでもないが、私たちとしては、多少の犠牲は覚悟で利用者の便を優先させる考えである。

あれこれ思案を重ねたが、ハッカーが私たちのシステムに侵入しているとは思えなかった。素粒子物理学など、ハッカーにとっては面白くもおかしくもないだろう。研究者にしてみれば、誰かが自分の論文を読んでくれるならむしろ歓迎すべきことだが、ここにはハッカーの関心をそそるようなものは何もない。最先端のスーパーコンピュータがあるわけでもなし、蠱惑《こわく》的な企業秘密も、国家の機密も当研究所には縁がない。打ち明けた話、開放的かつ学術的な空気のなかで仕事ができるのがローレンス・バークレー研究所のいいところだ。

五〇マイル離れたローレンス・リヴァモア研究所は核兵器の開発やスターウォーズ計画に関与しているから、国家機密でいっぱいである。ハッカーのねらいはこっちではなかろうか？　とはいえ、リヴァモアのコンピュータは外部とはつながっていない。電話回線からは侵入できないはずである。機密データは隔離という最も厳格な手段によって保護されているのだ。

ところで、私の研究所のコンピュータに侵入して、いったい何の得があるだろう？公共のファイルが読めることは先に述べた。研究者たちは皆、同じ畑の学者仲間と情報交換するために、自分のデータをファイルに記録している。システム・ソフトウェアの一部も公共のものである。

そうはいっても、それらのデータを部外者が好き勝手に呼び出せるわけではない。なかには自家用のものもあり、著作権で保護されているものもある。研究所のシステムに固有のソフトウェア・ライブラリや文書処理プログラムなどがその例である。職員の住所録や、研究途上の未完の報告のように、その性質上、一般に公開すべきでないものもある。とはいえ、漏洩がゆゆしい事態を招くようなファイルは何もない。ましてや国家機密などあろうはずもない。

いやなに、何者かが研究所のコンピュータに侵入して誰かの電話番号を盗んでいくかどうか、そんなことはどうでもいい。私が懸念していたのはもっと大きな問題だ。すなわち、侵入者がスーパーユーザーになりおおせはしないか、ということである。

多数の利用者の要求に同時に応えるために、コンピュータのOSはハードウェア資源《リソース》を分割している。つまり、コンピュータは部屋がいくつもあるアパートと思えばいい。それぞれの部屋はほかの部屋から独立している。ある部屋で誰かがテレビを見ているとき、隣の部屋では電話をかけ、またその隣では食器を洗っている、といった具合である。しかし、電気、電話、水道等の公共サービス《ユティリティ》は一括して家主が管理する。住人たちは家賃がべらぼうに高いのに、サービスが悪いと文句を言う。

コンピュータもこれと同じで、あるユーザーが数学の計算をしている最中に、別のユーザーはトロントに電子メールを送り、さらに別のユーザーは手紙を書いているかもしれない。コンピュータのユティリティはシステム・ソフトとオペレーティング・システムによって供給される。ユーザーたちは口々に、ソフトウェアは信頼できず、ドキュメンテーションはいいかげんなくせに、コストばかりは目の玉が飛び出るほど高いと文句を言う。

アパートにおいて住人のプライバシーを守るのは錠と鍵である。鍵がなくては他人の部屋に入ることはできない。それゆえ、壁が充分に厚ければ住人同士、互いに迷惑をかけることはない。コンピュータでユーザーのプライバシーを守るのはオペレーティング・システムである。ユーザーはパスワードを知らないかぎり他人の領域に入りこむことはできない。オペレーティング・システムが資源の分割を正しく行っていれば、あるユーザーのプログラムが別のユーザーのプログラムを妨げることはない。

ところが、アパートの壁はたいてい薄くできている。隣のパーティのどんちゃん騒ぎは私の寝室につつ抜けである。それと同じで、私のコンピュータは一〇〇人以上の利用者が一時《いちどき》に使うと遅くなる。そこで、アパートには管理人が、コンピュータにはシステム・マネージャー、ないしはスーパーユーザーが必要なのである。

アパートの管理人は合鍵を使ってどの部屋にも自由に出入りができる。システム・マネージャーは特権によってコンピュータ内のいかなるプログラムやデータも、これを読み、あるいは改変することが可能である。特権をもつユーザーはOSの保護を迂回してコンピュータを独占的に支配できる。利用者たちはそれぞれの都合で「エディタを何とかしろ！」「今日はやけに遅いぞ！」「よう、バーバラを登録してやってくれ」などとくってかかるから、システム・ソフトの維持、OSの性能監視、調整、コンピュータの使用許可、その他もろもろの管理を一手に引き受けているマネージャーにはそれだけの権限が必要である。

特権をもつユーザーは埋没の精神に徹していなくてはならない。その特権がファイルを読むことに限られるなら、ほかに害はおよばない。ところが、スーパーユーザーはどこであれシステムに手を加えることができる。スーパーユーザーの過誤に対しては、システムはまったく無防備である。

スーパーユーザーは文字どおり全能の存在である。スーパーユーザーは、いうなれば、システムの生殺与奪の権を握っているわけだ。夏時間の季節になれば、システムの時計を進めるのは彼または彼女の責任である。新しいディスク・ドライヴに必要なソフトウェアをシステムに組みこむのは、彼または彼女のみに与えられた権能である。OSの違いによって、スーパーユーザー、ルート、システム・マネージャー……と呼び方はいろいろだが、いずれにせよ、その特権はかりにも部外者の手に渡らぬよう、厳重に保護されていなくてはならない。

ハッカーが侵入してこの特権を握ったらどうなるだろうか？　まず第一に、ユーザーの登録は思いのままである。

スーパーユーザーの特権を手にしたハッカーはコンピュータを人質にとったと変わりない。マスターキーを持っているアパートの管理人と同じで、彼はその気になればいつでもシステムを遮断することができる。混乱を起こしてシステムの信頼を低落させることも可能である。コンピュータに格納されているいかなる情報も、読み取り、かつ、これを改竄することができる。ハッカーが特権を笠《かさ》に着るときは、利用者のファイルはまったくのむき出しで、秘密を守るものは何もない。システム・ファイルについても同じである。ハッカーは好き勝手にファイルをもてあそぶことができる。電子メールを発信前に読むことも自由である。

課金ファイルをいじくって自分の足跡を消すくらい何の造作もない。

銀河系の構造に関する退屈な講義は重力波のくだりにかかって、なおだらだらとつづいていた。研究所のコンピュータで何が起きているかに思いいたるとたちまち眠気は消し飛んだ。はやる気持ちをこらえて何とか質疑応答の時間を待ち、お義理で一つだけ質問をすると、私は自転車に飛び乗り、バークレー研究所へ向けて上り坂をこぎ出した。

スーパーユーザー・ハッカー。何者かが研究所のシステムに侵入し、管理人のマスターキーに相当する特権を握ってスーパーユーザーになりすましたのだ。誰のしわざだろうか？　ハッカーはどうやって侵入したのだろうか？　どこから、どうやって？　いや、何にもまして一番の問題はハッカーの動機だった。

3――ローレンス・バークレー研究所

カリフォルニア大学からローレンス・バークレー研究所まではほんの四分の一マイルほどだが、サイクロトロン・ロードの急坂を自転車で上りきるのに一五分かかった。旧式の一〇段ギアで、低速に落としてもまだペダルが重く、最後の数百フィートはかなり膝にこたえた。コンピュータ・センターは三基の粒子加速器に囲まれている。アーネスト・ローレンスがはじめて分裂性ウラニウム一ミリグラムを精製した一八四インチ・サイクロトロン、反陽子が発見されたベヴァトロン、数種類の新しい元素が誕生したハイラックである。

メガエレクトロン・ボルトの加速器はとうの昔にギガエレクトロン・ボルトの衝突型加速器にとって代わられて、今では三基とも時代遅れとなり、ノーベル賞とも縁が切れてしまったが、それでもなお、研究者や学生たちは加速器を使うのに半年も順番待ちをしなくてはならない。何といっても、バークレーの加速器は原子核を構成する粒子の不思議な性質や、クォーク‐グルーオン・プラズマだの、π《パイ》中間子コンデンセートだのという深遠な名前の新しい物質の形態を研究するのに手ごろな設備である。物理学以外にも、加速器は癌《がん》の治療をはじめ、各種の生体臨床医学の研究に使用されている。

第二次世界大戦中、アメリカが「マンハッタン計画」の名で原子爆弾開発を急いでいた当時、ローレンス・バークレーのサイクロトロンは核反応の断面積を測定する唯一の設備だったから、当然、研究所は秘密の厚い幕に閉ざされていた。原爆製造工場は研究所の建物を範としたという。

一九五〇年代を通じて、ローレンス・バークレー研究所の仕事は相変わらず機密扱いだったが、その後、エドワード・テラーが車で一時間ほどのところにローレンス・リヴァモア研究所を設立し、国家機密に属する研究はそちらに移された。バークレーは秘密の束縛から解放されたのである。

おそらくは人々に多少の混乱を与える意図で、二つの研究所はともにカリフォルニア初のノーベル賞受賞者の名を冠し、研究基金を原子力委員会の後身、エネルギー省に負っている。もっとも、両研究所に共通するところはそこまでである。

バークレー研究所に入るに当たって、私はきびしい身元調査を受けることはなかった。ここでは軍事関係の仕事は何もしていないからだ。バークレーと違ってリヴァモアは核爆弾や戦略防衛構想をにらんだレーザー兵器開発の拠点である。ヒッピーあがりの長髪の青二才に出る幕はない。バークレーはかつかつの助成金と、あまり当てにできない大学の予算でかろうじて生き延びているが、リヴァモアは日の出の勢いである。テラーが水素爆弾を設計してこのかた、リヴァモアで極秘裏に行われている研究が資金不足で行き詰まったことはただの一度もない。

バークレーは大規模な軍事上の研究とは無縁だが、秘密がない分だけ得をしている面もある。研究者たちはヒモつきではないから、各人の興味のままに研究課題を選ぶことを許されているし、研究成果の発表も自由である。研究所の加速器はスイスのCERNや、イリノイ州のエンリコ・フェルミ研究所にある大きな設備にくらべたらまるでおもちゃのようなものでしかないかもしれないが、それでもそこから吐き出されるデータは膨大な量である。その膨大なデータの分析に、私たちのコンピュータが威力を発揮する。よその加速器で得たデータを分析するために研究者たちがローレンス・バークレーのコンピュータを頼って当研究所を訪れる姿は、地元の自慢の種にすらなっているほどである。

生のデータを処理する能力に限っていえば、私たちのコンピュータはリヴァモアの足もとにもおよばない。リヴァモアは金にあかせて常に最先端の、演算速度の速いクレイのスーパーコンピュータを購入する。熱核爆発のはじめの数ナノ・セコンドで何が起こるか知るためには、コンピュータもそれだけの性能をそなえていなくてはならない。

リヴァモアでは国家機密に属する研究が進められているから、コンピュータのほとんどは隔絶されている。もちろん、一般的な科学情報を処理する公開システムもあるが、秘密の仕事は、やたらな人間がのぞき見を許されるものではない。その種の仕事にかかわるコンピュータはいっさい外部とはつながりがないのである。

つまり、リヴァモアのコンピュータに外からデータを送りこむこともできないわけで、核爆弾の起爆装置を設計する人間がリヴァモアのコンピュータを使うためには、データを入れた磁気テープを持って研究所に足を運ばなくてはならない。全国をおおうネットワークを使うことはできず、自宅からログインして研究所のプログラムの進行状況を確かめる術もない。それに、リヴァモアのコンピュータはメーカーの工場からただちに納入されることが多いから、研究所は独自にオペレーティング・システムを作成することになる。そのソフトウェアのエコロジーたるや、研究所を一歩出たらおよそわけのわからない複雑怪奇なものである。機密の世界で生きるのもなかなか楽ではない。

リヴァモアのコンピュータにくらべて、生のデータを処理する能力はやや劣るとはいえ、バークレーのコンピュータも、どうして捨てたものではない。速くて扱いやすいVAXは物理畑の研究者たちに人気がある。オペレーティング・システムはディジタル・イクイップメントのVMSと、カリフォルニア大学バークレー校が導入しているUNIXを併用するから、研究所が自前で開発するまでもない。開かれた研究所を標榜するバークレーのコンピュータはネットワークでどこへでもつながる。世界中の研究者が必要に応じてバークレーのコンピュータを利用できるのだ。たとえば、私が真夜中に何か問題に出会ったら、自宅の電話で研究所のコンピュータを呼び出せばいい。電話一本で解決がつくことのために、わざわざ自転車で出かける必要はないのである。

そうはいっても、この時ばかりは懸命に自転車をこがずにはいられなかった。研究所のシステムにハッカーが侵入しているかもしれない。ハッカーの正体をつきとめれば、料金計算の誤差も説明がつくのではなかろうか。何者かがUNIXのオペレーティング・システムに穴を見つけてもぐりこみ、スーパーユーザーの特権を手にしたのだとすれば、課金データを選択的に消去するのはいとも簡単なことである。それ以上に始末が悪いことに、ハッカーは研究所のシステムからネットワークを利用してよそのコンピュータにも侵入できるのだ。

駐車場の隅に自転車を乗り捨てて、地下の迷路に似た廊下に駆けこんだ。すでに五時をまわって、まともな職員はあらかた引きあげたあとだった。ハッカー侵入の疑念を誰に訴えたらいいだろう？　なに、大騒ぎすることはない。怪しげなユーザーにあてて、「おい、君はジョウ・スヴェンテク本人か?」と電子メールを送る手もあるし、あるいは、ジョウの名義をシステムから抹消してその後のなりゆきをうかがってもいい。

私のデスクに一片のメモが届いていて、ハッカー追跡はひとまずお預けになった。天文学の仲間から、望遠鏡の鏡の規格を甘くすると分解能がどのくらい低下するかという問い合わせだった。これに答えるには一晩がかりでコンピュータ・シミュレーションを行わなくてはならない。望遠鏡はもはや私の仕事の範囲ではなかったが、血は水よりも濃いというではないか。真夜中に近く、私はようやく回答を示すグラフを作図した。

翌朝、私はデイヴ・クリーヴランドの出勤を待ちかねてハッカーの疑いを話した。「ハッカーですよ。何だって賭けますよ」

デイヴは椅子の背にもたれ、目を閉じて低くつぶやいた。「ああ、考えられないことでもないな」

デイヴの頭がうなりを上げて回転しはじめるのがわかるようだった。デイヴはUNIXシステムの権威だが、マネージャーとしてはいたっておおらかな態度をとっている。VMSを向こうにまわして研究者たちの人気を競っていることもあって、彼は自分のシステムに閂《かんぬき》をかうような真似はしない。戸締まりが厳重にすぎては利用者から文句が出るだろうし、はてはそっぽを向かれることにもなりかねないという考え方である。それゆえ、デイヴは利用者を信用してシステムを門戸開放し、錠前をこしらえるかわりに、もっぱらソフトウェアの向上に努力を傾けている。

誰かがデイヴの信頼を裏切っているのだろうか？

コンピュータ・センターにおける私の直属の上司はマーヴ・アチリーである。思いやりのある物静かな男で、およそまとまりのない技術屋集団を監督して、とにもかくにも研究所のコンピュータ・システムを大過なく維持している。マーヴと対照的なのが部長のロイ・カースだ。五十五歳のロイはロドニー・デインジャーフィールド扮するところの大学教授とでもいったらよかろうか。素粒子物理が専門で、ローレンス・バークレー研究所の本流をもって自ら任じ、陽子と反陽子を衝突させてはそこに生起するもろもろの現象を観察している。

ロイにかかっては、学生も職員も加速器のなかの極微粒子と変わりない。一列に並べてエネルギーをかけ、標的核に向けて飛ばしてやれば反応が起きるというわけだ。加速器をいちど動かすごとに、それはおびただしい現象が観測されるから、ロイの実験室がコンピュータで処理するデータの量は際限もない。処理が追っつかず、そのつど何やかやと弁解を聞かされること数年におよんで、今やロイはコンピュータ技術者にすっかり愛想がつきている。それを知っている私は、ロイの部屋を訪ねるときはいつも、コンピュータのことはさておいて相対論的量子力学の話をするように自分に言い聞かせた。

デイヴも私も、問題をもちこめばロイが何と言うか、考えるまでもなかった。「どうしてそうやって開けっぴろげにしておいたんだ?」

ロイの出方は見当がつくとして、私たちはどう対応すべきだろうか? デイヴがまず考えたのは、疑わしい節のあるユーザーの名義を抹消して、あとは知らぬ顔をきめこむことだった。私は私で、誰だろうと侵入者に悪態を投げつけて、いたずらをすると両親に言いつけるぞと脅してやればいいと思った。ハッカーは、どうせ隣のキャンパスの学生だろうと踏んでいたからだ。

とはいえ、私たちはまだハッカー侵入の確かな証拠をつかんだわけではない。ハッカーが侵入したとすれば課金データの食い違いに説明がつくことはつく。何者かがシステム・マネージャーのパスワードを盗んで新しい名義を登録し、料金計算システムをいじくったと考えれば理屈は通る。いや、そうだろうか? システム・マネージャーの名前をかたっている人間が、どうして新しい名義を使わなくてはならないのか?

悪い知らせを伝えるのは気が重かったが、私たちは覚悟を決めてロイ・カースに昼休みの会見を申し込んだ。ハッカー侵入の確たる証拠はない。私たちの手にあるのは課金データの誤差から引き出される情況証拠だけである。もし侵入されているとしたら被害がどこまでおよんでいるのか、誰のしわざか、私たちは何もつかんでいない。はたせるかな、ロイ・カースは私とデイヴを前にして声を荒らげた。「そんなことで人の時間をむだにするとはもってのほかだ。何も知らない、証拠のかけらもないじゃあ話にならないではないか。事実を調べて、証拠をつかむことだ。私のところへ来るのはそれからだ」

さて、ハッカーを捕まえるにはどうすればいいだろう？　わけはない、と私は思った。スヴェンテク名義で接続してくる人物を見張って逆探知すればすむことではないか。

木曜日、私は終日コンピュータを監視した。利用者がＵＮＩＸシステムにログインするたびに、私の端末のビープが鳴るプログラムを書いたのだ。こうしておけば、仕事の内容はわからなくても、接続した相手の名前は知れる。ほとんどひっきりなしにビープが鳴った。私の知っている名前も少なくなかった。研究論文や博士論文を執筆中の天文学者、大学院生たちである。とはいえ、大半は見ず知らずの利用者で、そのなかに紛れこんでいるかもしれないハッカーを見破るのは至難のわざと思われた。

木曜の午後、一二時三三分にスヴェンテクがログインしてきた。全身の血管にアドレナリンがあふれるのを感じたのもつかの間で、くやしいかな、一分たらずで接続は切れた。どこからだろうか？　手がかりはターミナルの識別符号だけである。スヴェンテクはターミナル・ポートtt23を使用していた。

スヴェンテクを名乗る正体不明の人物は、どこかでキーボードに指を走らせ、研究所のコンピュータを呼び出した。UNIXはその相手をターミナル・ポートtt23のアドレスに案内したのである。

尻尾をつかんだとまではいえないが、ともかくこれで糸口ができた。問題は、現実にどの回線がポートtt23に通じているかをつきとめることである。

研究所の端末およびダイヤルインのモデムはすべて〈tt〉の識別記号を与えられている。ネットワーク経由の接続は〈nt〉と表示される。してみると、相手は研究所内の端末か、あるいは、モデムを介して電話回線でアクセスしてきたと考えてよさそうである。

誰かがおよび腰で研究所のコンピュータに探りを入れている、という気がしないでもなかった。理論上は、接続を逆にたどっていけば必ず相手に出くわすはずである。接続とは、つまりそういうことだ。

しかし、そんなことをしていたら半年かかってしまう。そこで私は、ダイヤルイン・モデムに通じる外線はひとまずおいて、研究所内部の接続を調べることにした。長年のあいだに五〇〇台を超える端末機が通信回線で結ばれている。その配線を把握しているのはポール・マレーだけである。自前の料金計算ソフトにくらべて、この職人仕事で構築されたハードウェアの網の目のより完備した記録が、残されていたらしめたものだ。

ポールは世捨て人を思わせるハードウェアの技術屋で、つる草の繁茂する藪にも似た電話線の交錯のなかに隠れ棲《す》んでいる。私が訪ねて行くと、電子パネルの陰で研究所全域をカバーするイーサネット（Ethernet）に粒子探知器を接続しているところだった。イーサネットは何百という小型コンピュータを結ぶ、いわば電子パイプラインである。研究所中をうねうねとはうオレンジ色のイーサネット・ケーブルは全長何マイルにもおよぶ。その接続がどこでどうなっているか、ポールは隅から隅まで知りつくしている。

いきなり入りこんできたせいでハンダづけの手もとが狂った、とポールはつむじを曲げてけんもほろろだった。今にはじまった話ではない。ハードウェア技術者は総じてソフトウェアの問題を理解せず、ソフト人種はハードのことを何も知らないのが世の常である。

アマチュア無線で鍛えた私はハンダづけくらいなら心得がある。少なくともその一点でポールと通じ合うものがないでもない。さっそく、ありあわせのハンダごてを取って配線を手伝った。指先にやけどを作って苦労したかいがあって、ポールはしぶしぶながら気を取り直し、イーサネット・ケーブルの網の目を押し分けて、研究所の神経中枢に当たる交換室を案内してくれた。

部屋を埋めて錯綜する平衡ケーブル、同軸ケーブル、光ファイバーがパッチ・パネルを介して電話、インターカム、通信機、コンピュータのすべてを相互に接続している。利用者からアクセスがあると、交換手の働きをする補助コンピュータがそれを無作為に数あるＵＮＩＸポートの一つにつなぐ。たまたまその一つに当たったのが問題のポートtt23である。今度また怪しい人物が現れたら、私はこの交換室に駆けつけて、コンピュータの接続を探知しなくてはならない。私が駆けつける前に相手が接続を絶ってしまえば万事休すである。それに、もし間に合ったとしても、ここでわかるのは交換室に通じているおびただしい回線のうち、どれが使われているかということだけで、ハッカーの正体をつきとめるには程遠い。

ところが、もっけの幸いで、昼どきに接続してきた相手は足跡を残していた。ポールはこの交換室を通してどれだけの人間がコンピュータを利用するか統計をとっている。そして、これも偶然ながら、彼は過去一カ月に接続のあったポートの番号を記録していた。スヴェンテクがポートtt23につながっていた時間はわかっているから、ポールの記録とつき合わせれば相手がどこからアクセスしているか見当がつきそうである。プリントアウトを調べてみると、一二時三三分から一分間にわたって１２００ボーで信号が伝達されていることがわかった。

1200ボー？　これは見すごしにはできない。ボー・レートとは、回線をデータが流れる速さ、つまり、伝送速度の単位で、1200ボーといえば、一秒間に一二〇字、毎分数ページのテキストに相当するデータが伝送されることである。

ダイヤル通話の電話回線が1200ボーである。これにくらべて研究所内の通信回線は9600ボー、または、19200ボーとはるかに速い。ストローからソーダが垂れるような1200ボーという速さは外線からモデムを通したデータ伝送でしかありえまい。加えて、ダイヤルインの匿名性は外部の利用者にとって捨てがたい魅力だろう。どうやら、少しずつわかってきた。ハッカー侵入の証拠をつかんだとはまだ言いきれないが、何者かが電話回線を使ってスヴェンテク名義で研究所のコンピュータにアクセスしたことは間違いない。

そうなのだ。1200ボーでデータ伝送が行われたというだけでは、とうていハッカー侵入の証拠にはならない。それに、現在、私がいるこの建物を一歩も出ていない未完の追跡ではお歴々を納得させることもできない。せいぜい、おかしなことがあったという報告に終わるのが関の山である。では、どうしたらハッカー侵入の動かぬ証拠をつかむことができるだろうか？

以前、ロイ・カースにベヴァトロンの高エネルギー粒子検出装置を見せてもらったことがある。これによって素粒子間の相互作用が無数に観測された。しかし、その九九・九九パーセントまでは古典物理学の理論によって説明できる現象である。個々の粒子を追跡しても、それらは既成の物理法則にしたがっているという結論に行き着くばかりで、新しい発見はない。言い換えれば、説明しうる相互作用は捨てて顧みずともよく、絶対の法則に反すると思われる現象だけが注目に値するということだ。

素粒子物理学の遠い血縁である天文学の考え方もこれと同じである。ほとんどの恒星は面白くもおかしくもない。天文学に進歩をもたらすのは、クェーサー（準恒星状天体）、パルサー（脈動星）、重力レンズ効果といった変わり種、つまり、私たちがなれ親しんで大きくなったモデルとは異なる天体や現象である。水星のクレーターを数えれば、太陽系の初期にこの惑星がどれだけ大きな隕石衝突に見舞われたかがわかる。一方、水星の特徴であるクレーターを分断する崖や急斜面を調べることによって、この惑星が最初の一〇億年の冷却でどのように収縮したかを知ることができる。天文学の研究においては、まず生のデータを収集し、そのなかからあらかじめ予想されたものは捨て去ってしまう。残ったものが新しい理論の発展をいざなうのである。

そんなわけで、私はこの考え方をハッカー追跡に応用することにした。私のデスクには端末機が一台ある。ほかからさらに二台ばかり借りてきて、コンピュータ・センターに出入りする情報の流れを監視してみてはどうだろう。システムに接続している回線はかれこれ五〇〇本である。多くは９６００ボー、すなわち、毎秒一五〇〇語ほどでデータを伝送する。回線の半数が使用されたとすれば、私は毎分一万ページを超す文書を読まなくてはならない。どう考えてもこれはできない相談だ。

ところが、この速い回線を使うのは研究所内部の利用者たちである。すでに、正体不明の利用者は1200ボーの回線でアクセスしたことがわかっている。外線があまり混雑するのは好ましくないから、もともとこの遅い回線は数も少ない。1200ボーの回線五〇本なら、一分間の情報量は文書で一〇〇ページといったところだ。これでも端末のスクリーンでは読みきれない。しかし、五〇人の利用者を一時に監視するのは無理だとしても、利用者とコンピュータの対話を残らずプリントアウトして、あとからゆっくり目を通すことは可能ではなかろうか。プリントアウトはハッカー侵入の確実な証拠となるし、そこで何事もなければ、ひとまず追跡は打ち切りにしてもいい。

とはいうものの、1200ボーの回線で接続があるたびに、そのすべてを記録するとなると、技術的にも生やさしいことではない。なにしろ、私はハッカーが五〇本あるうちのどの回線でコンピュータを呼び出しているのか知らないのだ。とりあえずは全部を監視しなくてはならない。それに、利用者とコンピュータの対話を監視することが許されるかどうか、倫理上の問題もある。私たちシステム・マネージャーに、はたしてそれだけの権限があるだろうか？

最愛のパートナー、マーサは間もなくロー・スクールを修了するところだった。深皿のピザを食べながら、ハッカー侵入の疑いを話した私は、利用者とコンピュータの対話を〝盗聴〟することに問題があるかどうか、マーサの意見を尋ねてみた。

「あのね」マーサは溶けたチーズで口蓋をやけどして目を白黒させた。「あなたは政府の役人じゃあないでしょう。だから、捜査令状はいらないわよ。悪くすればプライバシーの侵害が問題になるかもしれないけれど、でも、システム・マネージャーに監視されたからって利用者が文句を言う筋合いはないはずよ。何も気にすることはないわ」

私は気も晴ればれと監視システムの構築にとりかかった。1200ボーの回線は五〇本である。ハッカーがそのうちのどれを使っているかは知りようがない。だといって、全部を見張るだけの機材はない。

いや、そこまでしなくとも、ハッカーの行動を記録する簡便な手段がある。いぶかしい人物がログインしてきたら、相手のキーボード操作を逐一記録するようにUNIXのオペレーティング・システムを改変すればいい。われながらうまい考えだった。これなら〈デーモン〉と呼ばれるUNIXのソフトウェアにほんの何行かコードを加えればこと足りる。

このデーモンは外部からOSにデータを取り入れるだけのプログラムである。UN

ＩＸの目と耳といってもいい。ギリシャ神話のダイモン（デーモン）は下位の神格で、神々と人間の中間に位置している。ソフトウェアのデーモンもこれに似て、神々に当たるＯＳと人間に当たる端末やディスクの中間で機能する。

　デーモンの出力をパイプのＴ継手のように分岐させてやれば、ハッカーのキーボードの動きはＯＳとプリンターに同時に伝わるはずである。かくのごとく、ソフトウェアの問題は単純かつ上品な手法で解決がつくものなのだ。

「デーモンをいじくるのはいいが、きちんと責任をもってやってくれよ」デイヴ・クリーヴランドは気づかわしげに言った。「手を入れたために動作に遅延をきたすようなことは許されない」

　ウェインも浮かぬ顔だった。「おい、へたをするとシステムがそっくりだめになるぞ。やたらに遅くなったりしたら目も当てられない。コンソールが〝核《カーネル》モード・インタラプト〟の警報をプリントアウトしてから、おれのところへ泣きついて来るなよ」

　デイヴが口をはさんだ。「なあ、そのハッカーがＵＮＩＸに詳しいやつだったら、プログラムが変わっていることに気がつかないはずがないぞ」

　言われてみればそのとおりだ。ハッカーがシステムに精通していれば、オペレーティング・システムの変更を見抜かずにはいまい。監視されているとわかれば、たちまちこっちのデータベースを破壊して姿をくらますことだろう。盗聴は全能のスーパーユーザーですら気づかないほどの、ひそやかな手段をもってしなくてはならない。音もなく、姿も見せずにハッカーの行動を監視するにはどうしたらいいだろうか。

電話回線にテープレコーダーを接続するという手がないでもないが、しかけが仰々しくてどうも感心できない。それに、膨大な量のテープを再生する時間を考えただけでも気が遠くなりそうだ。手がかりになるキーストロークに出くわしたときには、ハッカーはとうの昔に接続を絶っているはずである。第一、五〇台ものテープレコーダーをどこで調達できようか。

情報の流れを監視するのに格好な場所といえば、まずはモデムとコンピュータのあいだ以外にない。モデムとは、電話回線で送られてきた音声（アナログ）信号を、コンピュータやそのOSが読み取れるように電子的パルス（デジタル）信号に復調し、またその逆に、デジタル信号をアナログ信号に変調する装置である。交換室の床板をあげると、その下の空隙に、モデムに出入りする25ピンのワイヤー・ケーブルがとぐろを巻いている。その一本一本にプリンタなり、パーソナル・コンピュータなりをつなげばモデムを通過する信号は残らず記録できる理屈である。

大仕事には違いない。が、やってやれないことではない。

テレタイプ、プリンタ、ポータブル・コンピュータ、合わせて五〇台あればいい。何台かはわけなく調達できた。研究所の機材倉庫に遊んでいるプリンタがあったし、デイヴとウェイン以下、システム管理部の同僚たちもいやいやながら手持ちのポータブルを提供してくれた。金曜日の午後いっぱいかかって私は交換室に監視用の装置十数台をすえつけた。日が暮れて研究者や職員たちが引きあげるのを待って、私はオフィスからオフィスへ駆けずりまわり、秘書のデスクのパーソナル・コンピュータを取りはずして四十数台を交換室に運んだ。月曜日は大騒ぎだろうが、許可を求めるよりは謝罪して歩くほうがはるかに楽というものだ。

旧式のテレタイプとポータブル端末五〇台がずらりと並んだ光景は壮観といえば壮観だが、コンピュータ技術者にとっては悪夢だろう。私はプリンタやコンピュータのお守りをしながら交換室で一夜を明かした。誰かがシステムにダイヤルするたびに中の一台がデータを記録する。プリンタのけたたましい印字音で寝られたものではなかった。おまけに、三〇分ごとにプリンタの用紙が切れたり、ディスク・スペースがいっぱいになったりするから、そのつど、起き上がって装塡し直さなくてはならない。

土曜の朝、私はロイ・カースに揺り起こされた。「どうした？　ハッカーは捕まったか？」

寝袋のなかの私は山羊のような臭いがしていたのではないかと思う。眠い目をしばたたきながら、これから山をなすプリントアウトと格闘しなくてはならないというようなことを口走ったのを覚えている。

ロイ・カースはふんと鼻を鳴らした。「それはいいが、プリントアウトを読む前にプリンタを全部もとへ戻せ。いったい、どういうつもりだ？　この機材はどれもきちんと自分の仕事をしている人間のものだ。君は天文畑の鼻つまみ者だ。君はきちんと自分の仕事をしているか？　そうは言えまい。ここを何だと思っているんだ？　君の専用の砂場じゃあないぞ」

赤い目をこすりながら、私は機材をそれぞれの持ち主のところへ返した。四九台までは見るべき記録を残していなかった。ところが、最後の一台は八〇フィートにおよぶプリントアウトを吐き出していた。夜のあいだに、何者かがオペレーティング・システムに間隙を見つけて忍びこんだのだ。

4――「カッコウの卵」

ハッカーは三時間にわたってシステムを勝手気ままに渉猟していた。私の1200ボーのDECライターがその動きを細大もらさず記録していたとはご存じあるまい。シングル・スペースでぎっしりタイプされたプリント用紙が実に八〇フィートである。ハッカーがコンピュータに与えたコマンドや、そのさいのタイプミスや、コンピュータからの応答がすべてそこに残されている。

プリンタがつながっていたのはタイムネット（Tymnet）の回線だった。私は知らなかったのだが、1200ボーの回線はモデム・ラインだけではなかったのだ。タイムネットは世界中のコンピュータを結ぶ通信サービス会社である。

一九八一年にAT&T（アメリカ電話電信会社）が傘下のベル電話会社を手放すまで、データ通信はベル・システムの独占事業だった。ニューヨーク―シカゴ間でデータ伝送を行うにはAT&Tに頼るしかなかったのである。モデムを使えばふつうの電話網でもデータを扱えないことはないが、雑音が多く、長距離料金が高くついて、コンピュータ通信には不向きだった。一九七〇年代の後半から、ほかの会社がデータフォンのような専門のサービスを掲げて通信分野に進出した。その流れに乗って、タイムネットは大都市を結ぶコンピュータ・ネットワークを発足させたのである。

タイムネットの発想は実に単純にして卓抜だった。デジタル通信の背骨に当たる幹線を敷設し、これに地方の電話回線網を結んでネットワークに加入しているコンピュータ同士、自由にデータのやりとりができるようにしようというものである。タイムネットは利用者のデータを交換機に蓄積し、小包《パケット》と呼ばれる単位情報量に分割して伝送する。この方法によれば回線が経済的に利用でき、雑音がないうえに高速でデータを送ることができる。市内通話とさして変わらない手間と料金で遠方のコンピュータにアクセスできる便利なシステムである。

ローレンス・バークレー研究所は全米の科学者の便宜を考慮してタイムネットに加入した。ニューヨークはストーニーブルック在の研究者がローレンス・バークレーのコンピュータを利用したければ、地元のタイムネットにダイヤルすればいい。タイムネットのモデムにつながったところで研究所を呼び出せば、いながらにしてバークレーのコンピュータと対話できる。遠隔地の科学者たちはこのサービスをおおいに歓迎し、私たちはまた、彼らが地元ではなく、このバークレーのコンピュータに研究費をつかうことを喜んでいるというわけだ。

そのタイムネットの回線を使って何者かが研究所のシステムに侵入した。タイムネットの通信網は全米をおおっているから、ハッカーの所在はどこことも知れない。が、それはともかく、その三時間の記録を見て私はひとまず満足を覚えた。案の定、ハッカーははじめからＵＮＩＸシステムに侵入する目的でスヴェンテクの名義を使っていた。

ただ侵入しただけではない。ハッカーはスーパーユーザーになりすましていた。間隙をついてシステムに侵入したハッカーはスーパーユーザーになった。システム・マネージャーの名前をかたってはいない。カッコウの生態によく似たやり方である。カッコウはほかの鳥の巣に卵を産む。自分で巣を営むことはない。これを托卵《たくらん》という。ほかの鳥が卵を抱いてひなをかえすのだ。カッコウのひなにとっては、この親鳥が自分の卵ではないと知らずに温めてくれるかどうかが運命の分かれ目である。

謎の訪問者はカッコウの卵に当たるプログラムを研究所のコンピュータに産みこみ、システムが卵を抱いて、やがてかえるひなに特権という餌を与えるようにしたのである。

夜明け方、ハッカーは特権を獲得する短いプログラムを書いた。通常、ＵＮＩＸシステムはユーザーに与えられた以上の特権を許しはしないから、そのようなプログラムは実行できない。実行すればハッカーは特権を手にすることになる。そこで、ハッカーとしてはその特定のプログラム、カッコウの卵をシステムがかえしてくれるように、巧みに擬装しなくてはならなかった。

ＵＮＩＸシステムは五分おきにatrunと称する独自のプログラムを実行する。ジョブの実行順序を決定したり、システムのハウスクリーニングを行ったりするルーチンである。atrunは特権モードで無条件に実行される。もしこれが偽のプログラムにすり替えられるようなことがあれば、五分たらず後には絶対の権限をもつ紛《まが》いのatrunが動きだす。それゆえ、atrunはシステム・マネージャー以外の手の届かない保護領域に格納されている。これをいじくることを許されているのはシステム・マネージャーだけである。

ハッカーはそこに目をつけた。カッコウの托卵の要領で、五分間、atrunを偽のプログラムとすり替えようというわけだ。

そのためには、卵を産みこむ異種の鳥の巣に相当するシステムの保護領域に侵入する方法を考えなくてはならない。オペレーティング・システムは、まさにそれを防ぐために厳重な対策を講じている。通常のコピー・プログラムはこの障壁を迂回することができない。「これこれのプログラムをシステム領域にコピーせよ」というコマンドは実行できないようになっている。

ところが、ここに思いがけない抜け道があった。

リチャード・ストールマンといえば、情報は万人の財産であるべきことを強く主張して広く知られているフリーランスのコンピュータ・プログラマーである。彼はすぐれた発想ですっきりとまとまった扱いやすいソフトウェアを作り出しては人に自由に使わせる。ストールマンのソフトウェアはいちど使ったら手放せない。

過去一〇年のあいだに、ストールマンは〈GNU-Emacs〉と呼ばれるきわめて能率のよいエディタを開発した。このGNUは文書編集機能にすぐれているのみか、利用者の必要に応じていかようにも組み替えがきく柔軟性が身上で、これを基礎にほかのプログラムを積み上げることができる。おまけに独自のメール機能まで備えた便利なソフトウェアである。研究者たちがGNUをほしがったことはいうまでもない。コンピュータにはおおいに稼いでもらいたいというわけで、わが研究所は進んでこれを利用した。

と、そこまではよかったが、このソフトウェアには一つだけ、いかんともしがたいバグがあった。

当研究所のUNIXコンピュータに組みこまれたGNU-Emacsは生みの親ストールマンの哲学を反映してか、利用者間のファイル転送が自由自在である。ふつうはありえないことだが、GNUにおいては転送先が誰か、相手がそのファイルを要求しているか、てんから問題にされない。プログラムはただ送り手の意志のままに文書名を変更し、所有者のラベルをつけ替える。これでファイルはあっさりどこへでも転送されてしまう。

それだけのことなら問題はないのだが、同じ伝《でん》で保護領域にもファイルが転送されるとなると、少々始末の悪いことが持ち上がる。保護領域は、本来、システム・マネージャーのほかは立ち入り禁止のはずではないか。ストールマンはそのことを考慮に入れるべきだった。

GNUはいたっておおらかだ。誰であれ保護領域にファイルを送りこむことを妨げない。ハッカーはそれを知っていた。私たちは気づかずにいたのである。

GNUを使ってatrunをまがいのファイルにすり替えれば、五分後にはシステムが卵をかえし、ハッカーはコンピュータの合鍵を手に入れるという寸法である。

ハッカーはこの盲点をついてコンピュータを欺き、まんまと特権を獲得した。疑うことを知らないシステムに偽のプログラムを与えたのだ。UNIXはたちまち紛いのatrunを実行し、ハッカーはスーパーユーザーに早変わりした。どこへでも好きなところへファイルを移せることがハッカーの作戦に成算を与えたのである。

GNUを採用していることそれ自体が研究所のシステムの致命的な欠陥だった。人気の高いソフトウェアの目立たないところにバグがひそんでいた。そうとは知らずに、システム・プログラマーはこれを研究所のシステムに組みこんだのだ。このわずかなバグがシステムの安全を脅かすことになろうとは、いったい誰に予想できたろう？

わかってみれば何のことはない。ハッカーはゲストを装ってシステムに接続し、GNUの欠陥を逆用して特権を獲得した。そして、コンピュータのファイルに新しい名義を書きこんだのである。

プリントアウトを繰り延べると、はじめの数フィートにハッカー侵入の段どりが克明に再現されている。カッコウがほかの鳥の巣をうかがい、卵を産んで、かえるのを待つありさまが手にとるようによくわかった。その後の七〇フィートでひながかえり、飛ぶ練習をはじめる。

スーパーユーザーの特権を手にしたハッカーは放縦《ほうしょう》にふるまった。まず手はじめに彼は自分の足跡を消した。本物のatrunをもとに戻したのである。それからユーザーたちのあいだでやりとりされている電子メールを残らず呼び出し、ニュースやゴシップや恋文を読んだ。過去一カ月のあいだにシステムに加えられた変更や、利用者からの要請、これを受けたシステム側の対応、研究所の人事異動等も調べた。システム・マネージャーのファイルをのぞいてハッカーは、私が新入りであると知り、給料や履歴を調べるばかりか、こしゃくにも、マネージャーたる私の登録名義まで読み取った。

どういうことだろう？　何か私に恨みでもあるのだろうか？　ともあれ、私は以後別名を使うにこしたことはない。

ハッカーは一〇分ごとに人名表示のコマンドを表示して、接続中の利用者名をあらためた。明らかに、誰かに気づかれていないか、監視されてはいないかと警戒している。ややあって、彼はOSに変更がないかどうか点検した。私がはじめに考えたとおり、向こうの動きを記録する目的でデーモンに変更を加えていたら、ハッカーはたちまちそれと気づいたに違いない。私は隠れん坊で鬼が自分の隠れているすぐ前を通り過ぎたような気持ちを覚えた。

侵入してからかれこれ一時間になろうとするところで、彼は誰かが自分の動きに不審を抱いてそのことを人に伝えていはしないか、メール・メッセージを検閲するために、「ハッカー」「機密保護」の二語を拾い出すプログラムを書いた。

ある研究者が週末に行った実験のデータを収集するプログラムを実行した。「収集」の名のもとに、数分おきに無差別に情報をすくい取ってファイルに書きこむプログラムだった。ハッカーはこれに気づき、そこで何が起きているか一〇分ほど様子をうかがったあと、プログラムを強制終了させた。

私はうなった。何者であるかは知らず、ハッカーはたえず肩越しにふり返ってあたりに人気《ひとけ》がないのを確かめている。自分の足跡が残る恐れのあるプログラムは容赦なく破壊する。私あてのメールをのぞいてハッカーのことを通報した利用者がいないか、おさおさ警戒おこたりない。ウェインの考え方は正しかった。システムを開け放しのままにしておけば、ハッカーは遅かれ早かれ監視されていることに気づくに違いない。私たちとしては、気取《けど》られないように、これからは慎重を期さなくてはなるまい。

ハッカーは肩越しにふり返ってはまたファイルに読みふけったが、やがて、何人かの研究者のコマンド・ファイルとスクリプトからほかのコンピュータに通じる侵入路を発見した。センターの大型コンピュータは毎晩、研究所内二〇カ所のコンピュータを自動的に呼び出してメールやネットワーク・ニュースを交換する。その電話番号を読み取ることは、新たに二〇の目標を視野におさめるにひとしい。

たとえば、ある技術者のメール・ファイルにこんな一文があった。


やあ、エド！

おれはむこう二週間、休暇で留守にする。こっちのデータが必要なら、おれの名前でVAXコンピュータにログインすればいい。名義はウィルスン。パスワードはマリアン（これ、女房の名前）。じゃあな！


エドは知るまいが、ハッカーは早速LAN（構内情報通信網）を通じてウィルスンの名前でVAXに接続した。ウィルスンも自分のファイルをハッカーに読まれたとは知る由もないが、読まれたところで痛くもかゆくもないだろう。そこには核物理の専門家でなくてはわかるはずもない数字データが並んでいるばかりだった。

ハッカーは研究所内のネットワークがどのようになっているか、じきにのみこんだ。センターの大型コンピュータはイーサネットで実験室やオフィスに設置された、ざっと一〇〇台のコンピュータと結ばれている。サイクロトロンのコンピュータからセンターの大型コンピュータにデータを送る研究者たちは、なりふりかまわずその時々に空いているポートや回線を使用する。過去何年かのあいだにハードウェアの技術者たちは研究所全体に蜘蛛《くも》の巣のようにケーブルを張りめぐらし、ほとんどすべてのコンピュータを何らかのかたちで相互接続した。こうして出来上がったLANはオフィスというオフィスのIBM／PC、マッキントッシュ、その他各種の端末機をセンターをメインフレーム・コンピュータに結びつけている。

このネットワークにつながったコンピュータは総じて相互信頼を建て前としている。あるコンピュータが受けつける利用者はほかのコンピュータも自由に使えるということで、忙しい研究者にとっては時間の節約である。パスワードを一つ登録しておけばそれが複数のコンピュータで通用する。

ハッカーはこの相互信頼につけこんで数台のコンピュータに侵入した。中央のUNIXシステムでスーパーユーザーになりすましたハッカーは誰の名前をかたるのも思いのままである。ネットワークのコンピュータの扉をたたけば、パスワードをささやくまでもなく迎え入れてもらえる。ハッカーはそれぞれのシステムの負う役割に関心を示すわけでもなく、ただ次々に接続を探っては別のコンピュータをひやかした。

そうこうするうちに、プリンターのインクが切れた。プリントアウト用紙を鉛筆の先で軽くこすると印字の痕跡がかすかに浮き出して、かろうじて判読できた。ハッカーはパスワード・ファイルをコピーして退散していた。

ベースギターの響きが耳を打って、たちまち私はハッカー追跡に興味を失った。研究所からほんの一〇〇ヤードばかり下ったところのバークレー・ギリシア劇場で〈グレイトフル・デッド〉が野外コンサートをやっている。会場からあふれた群衆が芝生の斜面に陣どって高みの見物をきめこむのを、警察はなす術もなく黙認した格好である。私は早々に仕事を切り上げて斜面の群衆に仲間入りした。しぼりのシャツを着た若者がざっと一〇〇〇人ほどもいたろうか。一九六〇年代のヒッピーの生き残りとおぼしきうらぶれた中年男が何人か、人ごみを分けて余り切符を乞い求め、あるいは、ポスターやピース・ボタンやマリファナを売り歩いていた。コンサートは後半に入って、ストロベリー・キャニオンにドラムスのソロが反響した。はね返ってくる谺《こだま》がかもし出すバックビートの不思議な効果が斜面にへばりついているわれわれ只見客には堪《こた》えられない。かくのとおり、人生は楽しいことでいっぱいだ。ハッカーごときのために〈グレートフル・デッド〉のコンサートを聞き逃す手があるものか。

5——これは電子テロだ！

月曜日。職場が変わって二週目を迎えた。私は中途半端なコンピュータ技師でしかない。まわりはいずれ劣らぬ年季の入った専門家ぞろいだが、私はここで何をすればいいのか今もってわかりかねているありさまだ。いつかそのうち、これこそが自分の仕事だと言えることにめぐり合う日もあろうかと、そこはなりゆきにまかせるとして、当面はハッカーを追えるところまで追うしかない。

理学部のフレッシュマンよろしく、私は週末のハッカー追跡の経緯を日誌につづった。日誌を書くことにさしたる関心はなかったが、マッキントッシュのワードプロセッサを習得するにはいい機会である。それに、自分が目にしたことを書きとめるのは天文学者たる者の鉄則だ。文章のないところに現象はない。

書き上げた報告をコンピュータ・センターの面々に回覧したときは、交換室で端末機群と一夜を明かしたことを問題にされなければいいのだがと祈る思いだった。

早速、部長のロイ・カースから呼び出しがかかった。

私は端末機を無断で動員したことで油をしぼられるものと覚悟した。研究所の管理はずさんかもしれないが、コンピュータ・センターの人間が勝手に実験室やオフィスの機械を持ち出して許されるわけがない。

ところが、ロイは端末のことなどおくびにも出さず、ハッカーだけに問題を限った。

「侵入はいつだ？」

「土曜の朝、五時からほぼ三時間にわたっています」

「何かファイルを消去したか？」

「自分のことを監視しているかもしれないプログラムを一つ強制終了しました」

「われわれは危険な状態にあるということかね？」

「向こうはスーパーユーザーですからね。ファイルを残らず消すことだってできますよ」

「締め出せるか？」

「それはまあ、侵入経路はわかっていますから、穴をふさぐのはそんなに大変じゃありません」

「それでハッカーは引き下がるだろうか？」

ロイが何を考えているか、あらかた筋は読めた。門戸を閉ざすことにはさしてこだわっていない。盗用されたスヴェンテクの名義を抹消するのは造作もないことである。

侵入の手口がわかった今ではGNU-Emacsを修正するのも簡単だ。何行かコードを書き加えてねらわれたディレクトリを防御してやればいい。

門戸を閉ざすか、開放しておくか、ということになれば、当然、閉ざすべきだろう。ハッカー侵入の手口はわかっているのだから、締め出すのもわけはない。

しかし、問題はそれだけだろうか？　見知らぬ訪問者は何か置き土産を残していきはしなかっただろうか？　ハッカーはほかの名義でもアクセスしているのではあるまいか？　ほかにどこのコンピュータに侵入しただろうか？

こう考えてくると、これは容易ならぬ事態である。プリントアウトからも明らかなとおり、ハッカーはきわめて有能なシステム・プログラマーと見て間違いない。なにしろ、私たちがうかつにも見すごしていたささいなバグを巧みに逆用する才覚の持ち主だ。はたしてほかに何をしでかしたろうか？

スーパーユーザーの特権をもってすれば、システムのいかなるファイルを改竄することも思いのままである。ハッカーはシステム・プログラムに手を加えて、いわば裏口のドアを開けるようなことをやってのけはしなかったろうか？　魔法の呪文にも似たハッカーのパスワードを認識することをシステムに教えこんだのではなかろうか？

あるいは、コンピュータ・ウイルスを植えつけたとしたら？　コンピュータ・ウイルスは他人のソフトウェアに自分を転写して繁殖する。感染したソフトを人に貸すと、ウイルスは先方のソフトに移ってディスクからディスクへ自己増殖を繰り返す。ウイルスが良性のものならば、発見はむずかしいものの、もとよりさしたる被害はない。ところが、増殖をつづけて、やがてデータ・ファイルをすっかり消去してしまうような悪性のウイルスを作るのはいともたやすいことである。何カ月か潜伏したのち、ある日突然起動するウイルスも同じように簡単に作ることができる。

ウイルスはシステム管理者やプログラマーを悩ます悪夢である。スーパーユーザーに成り上がったハッカーは、その気になれば、ほとんど退治不可能なウイルスを研究所のシステムに送りこむこともできるはずである。ウイルスはシステム・ソフトウェアに自分を転写して、コンピュータのどこか目立たない領域にひそむであろう。そして、プログラムからプログラムへ自己増殖を重ねるから、いくら除去しても追っつかない。

白紙に返してはじめからオペレーティング・システムを再構築できるホーム・コンピュータと違って、研究所のOSはこれまでに大幅な変更が加えられている。メーカーのところへ行って「オリジナルのコピーを下さい」と言うわけにはいかない。ウイルスに感染したら、私たちの場合、バックアップ・テープからシステムを再構築しなくてはならないが、ウイルスが半年前に植えつけられたとしたら、バックアップ・テープ自体が感染しているだろう。

ひょっとすると、ハッカーは論理爆弾をしかけたかもしれない。将来、ある特定の日時に起動してシステムを破壊するプログラムである。それとも、ハッカーは目標を限り、いくつかのファイルを消去して、課金プログラムを狂わせただけだろうか？はたしてそれ以上の悪さをしていないと言いきれるだろうか？　コンピュータはこの一週間、ハッカーに出入りの自由を許していたのだ。データベースはいじくられていないとどうして言えようか？

さあ、そうなると、プログラムもデータもとうてい信頼できないではないか。信頼できなければ、ハッカーを締め出してこれで安心というわけにもいかない。ハッカーはすぐまた別の口から侵入してくるに違いない。安全を期すためには、ハッカーがこれまでに何をしでかしたか究明し、何をねらっているか確かめることが必要である。

いや、何よりも、相手の正体をあばかないことには話にならない。

「バークレーの学生に決まってますよ」私は言った。「彼ら、ＵＮＩＸはお手のものですからね。私らのことを素人と見くびっているんですよ」

「さあて、そいつはどうかな？」ロイは椅子の背にもたれて首をかしげた。「バークレーの学生が何だってタイムネットを通してくるんだ？　ダイヤル通話の電話回線のほうが手っとり早いじゃないか」

「タイムネットは隠れみのですよ、きっと。尻尾をつかまれないようにしてるんです。研究所に直接ダイヤルしたら逆探知されるでしょうからね。しかし、こうなったら私らとしては、タイムネットと電話と、両方を探知しなくてはなりませんね」

ロイは納得しかねる顔だった。科学者としての長い経験がそうさせるのか、根が疑り深い性質なのか、安直に結論を急ごうとはしない。事実ハッカーを捕まえたら学生だった、ということにならないかぎり、学生と決めてかかるのは禁物と考えている様子である。なるほど、プリントアウトはハッカーがすぐれたプログラマーであることを物語っている。しかし、すば抜けて有能なコンピュータ技術者が広い世界のどこにいないとも限らない。ハッカーの尻尾をつかまえるには、まずは電話を探知することだ。証拠を手に入れるのもなかなか楽ではない。

謎の訪問者の残したプリントアウトは、ロイの目にはただの足跡でしかなかった。私にしてみれば、ハッカーの動きまわる様子が目に浮かぶようだというのに、だ。

ロイは結論を保留した。「とりあえず今日一日、ネットワークを閉鎖しよう。明日の朝、研究所長と話し合って方針を決める」

一日二日、行動を延ばしたところでどうということもなかろうが、遅かれ早かれハッカー追跡にかからなくてはなるまい。追跡しないなら締め出すほかはない。

ハッカー追跡は私の望むところだろうか？　やるとなれば、当分、科学計算はお預けだ。天文学や物理学とは縁のない、警官ごっこに頭と時間をつかわなくてはならない。何のことはない。つまりは隠れん坊ではないか。

もっとも、まったく得るところがないわけでもない。電話の逆探知やネットワークの知識を学ぶにはいい機会だ。学生寮に踏みこんで「動くな！　キーボードを捨てろ！」と叫んだときのハッカーの蒼《あお》ざめた顔を想像するとまんざらでもない気がする。

火曜日の午後、ロイから連絡があった。「所長は、これは電子テロだと言っている。ハッカー追跡に全力をあげろということだ。時間がかかってもかまわない。必要なら三週間、かかりきってでもハッカーを捕まえろ。これは所長命令だ」

私さえその気なら、ハッカー追跡は公務と認められるわけだった。

6――ハッカーを追跡せよ

自転車で帰宅の道すがら、ハッカー追跡の手段についてとりとめもなく思案したが、家が近づくにつれて夕食のことが頭を占領した。誰かが帰りを待っていてくれるというのはいいものだ。

マーサ・マシュウズと一緒に暮らすようになってからもう数年が過ぎている。知り合ってから数えればかれこれ一〇年だ。それ以前のことは思い出せないほど、今ではお互いに深くわかり合っている。

古い友人たちはどうしたことかと首をかしげている。私が一人の相手とこれほど長つづきしたことはかつてないからだ。私は恋をしては二年もすれば飽きてしまい、別の女性に心を移すというパターンを繰り返していた。そうやって別れてから友人として親しくしている女性は今でも何人かいる。とはいえ、私の恋はいつも長くはつづかなかった。私は誰に対しても懐疑的な皮肉屋で、自衛心から深入りを避けていたのだと思う。

ところが、マーサはいささか勝手が違った。時とともに私の自衛の垣根は少しずつほころびた。マーサはことあるごとにお互いの違いを話し合おうと言い、私が不機嫌になればその理由について説明を求め、もっと折り合いよくやれるように工夫しなくてはいけないと主張してやまなかった。口もききたくない気分のときにはこれがおおいに負担だったが、結果から見れば、たいていはマーサの言いなりだった。

どうやら私は営巣本能に目覚めたらしい。家のあちこちを修繕したり、スイッチや電球をつけ替えたり、ステンドグラスの蠟付けをしたりして過ごす午後は文句なしに幸せだった。夜は読書や縫い物や、スクラブルのゲームで静かにふける。そんな暮らしがいつの間にやらずいぶん長くなった。

結婚？　私が？　とんでもない。そんな気持ちはさらさらない。因習の虜《とりこ》となって窒息するのはまっぴらだ。結婚すると、世間はもはや人間が変わることを認めない。変わってもいけないし、新しいことをするのも許されない。対立があっても出ていけない。朝な夕な同じ顔をつき合わせていればお互いに飽きがきたって不思議はなかろうというものだ。にもかかわらず、結婚したらひたすらそのままの人間でいなくてはならないことになっている。なんと不自由、不毛、かつ不自然なことだろう。それが結婚という因習だ。

同棲なら話は別である。そこには自由がある。暮らしをともにすることは、お互いの自由意思による選択だ。二人の関係がもはや意味をもたなくなったとき、別れることを妨げるものは何もない。私はこのほうがいいし、マーサも同じ気持ちだと思う。ああ、そうだとも。

これから何週間か研究所に泊まりこむとなったら、マーサは機嫌を悪くするだろうか？

ハッカー追跡に与えられた時間は三週間である。実際問題としてどのくらいかかるだろうか？　段どりに二日、追跡に数日。まあ、そんなところでけりはつくだろうが、警察の手を借りる必要があるかもしれないことを考えて、一日二日余分を見るとしようか。二週間で片づけば、私はもとどおりコンピュータの管理人だ。そのかたわら、多少は天文学の勉強もできるだろう。

何はさておき、ハッカーを捕まえる網を編まなければならないが、その網の目は研究者たちが自由にもぐれる程度にあらくしておく必要がある。さしあたっては監視の目を光らせ、ハッカーが姿を見せたら時を移さずタイムネットに逆探知を要請することだ。

ハッカーを発見するのはさほどむずかしくない。オフィスに泊まりこんで二台の端末とにらめっこをしていればいい。一台は仕事用、もう一台はシステム監視用である。誰かがログインすればビープが二度鳴るようになっている。利用者の名前を見て、怪しい人物だったら交換室へ駆けつけて何をやっているのか調べる。

　理屈のうえではこれで完璧だ。ところが、実際にはとてもこうはいかない。一〇〇〇人を数える利用者のうち、私が知っているのはたかだか二〇人にすぎない。あとの九八〇人についてはいちいち正規のユーザーかどうか確認しなくてはならない。私は二分おきに腹の底でくせ者、と叫びながら交換室へ走ることになるだろう。帰宅すれば監視がおろそかになってしまう。マーサには気の毒だが、この際やむをえない。私はデスクの下で寝ることにした。

　毛布は市バスのシートのような臭いがした。端末のビープが鳴るたびに飛び起きてひきだしの底に頭をぶつけるのは計算になかったことである。額をすりむくこと二晩にして私はつくづく考えた。もっとうまい思案がなくてはかなわぬはずである。

　ハッカーが誰の名前をかたって侵入してくるかわかっていれば、監視のためのプログラムを書くのも簡単だ。利用者全員を見張る必要はない。盗まれた名義でアクセスがあったときだけビープが鳴るようにすればすむことだ。しかし、ウェイン・グレイヴズの忠告も忘れてはならない。監視に気づかれないようにしろ、とウェインは言ったではないか。

　そうなると、メイン・コンピュータに仕事をさせるわけにはいかない。幸い、別のコンピュータでハッカーを監視することは可能だった。研究所の新しいＵＮＩＸ－８

システムを利用すればいい。まだ誰も使っていないから機密保護にまったく不安がないでもないが、ウイルスに感染していないことだけは間違いない。これを研究所のLANに接続し、防御を固めたうえでUNIX-4、5のコンピュータを監視させれば話は簡単だ。

私はUNIX-8の城塞《じょうさい》に一方通行の濠《ほり》をめぐらせる考えだった。入ってくる情報はこれをこばまず、コンピュータ側からはいっさい外に向けて情報を流さないようにするのである。ハッカー追跡にほとんど無関心を装っているデイヴ・クリーヴランドはあいまいな薄笑いを浮かべながら、UNIX-8が外からのログインを拒否する一方で、ひそかにほかのUNIXを見張り、怪しい人物を警戒するためにはどうすればいいか教えてくれた。

プログラムはさほど面倒でもなかった。周辺の各コンピュータからステータス・ブロックが伝えられるように、数十行のコードを書くだけでこと足りる。天文学畑の人間は長年の習慣でフォートランを使っている。それゆえ、今どきそんな古い言語をと、デイヴに目を丸くされても私は何も感じなかった。デイヴは、今はC言語の時代だと言い、たちどころに私のプログラムをすっきり二〇行のコードにまとめてみせた。

デイヴの監視プログラムをさっそくUNIX-8コンピュータで起動した。利用者から見れば、新たにシステムが一つ増設されただけのことである。ステータスを問い合わせれば、誰でも接続自由の回答が表示されるはずである。ところが、ログインしようとしてもコンピュータは受けつけない。デイヴと私以外は何人《なんぴと》も拒否するように教えこまれているからだ。こうしておけば、ハッカーは接続していないコンピュータが自分を監視しているとは夢にも思うまい。

物見やぐらの高みから、ネットワーク・メッセンジャーが一群のUNIXコンピュータに「現在ログイン中のユーザーは誰々か？」問いかける。返ってくる答えをUNIX－8のプログラムが逐次分析してスヴェンテクの名前を捜し出す寸法である。スヴェンテクが現れると端末のビープが鳴り、私はデスクに頭をぶつけることになる。

しかし、警報が鳴っただけではハッカーを捕まえたことにはならない。システム中を追跡してハッカーの塒《ねぐら》をつきとめる一方、被害をくいとめるために、ハッカーが何をしたか確かめることが肝心である。

システムを流れる情報をすべて監視するからといって、また五〇台のプリンターを無断借用するわけにはいかない。そこで私はハッカーが使いそうな回線だけに範囲をしぼることにした。土曜日の朝、ハッカーは四回線あるタイムネットの一つから侵入している。まずここらあたりから取りかかるのが順序だろう。

三週間の監視のために四台のプリンターを買うわけにはいかず、だといって借りる当てもない。どこかからくすねてくるのも無理な相談だ。私はあちこち頭を下げてまわった。さる物理学教授ががたのきたDECライターを一台提供してくれた。一〇年使い古した場所ふさぎのがらくたを引き取ってもらえるならと教授は大喜びだった。秘書の一人は私が表計算ソフトの使い方を教えることを条件に手持ちのIBMのPCを貸してくれた。さらに、クッキーを差し入れ、拝みたおし、別のことで恩を売るなどして、どうにか旧式なプリンターを二台調達した。これでタイムネットの交信をすべて監視できる。あとは網を張って待つばかりだ。

水曜日。最初にハッカー侵入に気づいてからちょうど一週間である。バークレーはいい天気だった。もっとも、迷路のような地下室では窓から青空を仰ぐべくもない。デイヴの監視プログラムは働きを見せて、四台のプリンターは音の絶えるひまもなかった。プレアデス星団の赤外線放射についてぼんやり考えているところへビープが二度鳴った。スヴェンテク。体中の血管にアドレナリンがあふれるのを感じながら、私は交換室に駆けつけた。出力されたばかりのプリントアウトを見ると、ハッカーは二時二六分にログインして、まだ接続中だった。

プリンターはハッカーのキーボード操作を逐一打ち出した。

スヴェンテク名義でUNIX－4コンピュータにログインしたハッカーは、まずシステムに接続中のユーザー全員の名前を一覧した。幸いなことに、出力された名前は常連の物理学者や天文学者ばかりだった。私たちの監視プログラムはUNIX－8の奥深くで息を殺している。「例によって、あたりをきょろきょろ見まわしているな。おあいにくさま。ここにいるのは天体物理学者ばかりだ」私は端末機に向かって低く話しかけた。

どういうつもりか、ハッカーは実行中のプロセスを残らず調べた。UNIXのコマンドでpsは現在のプロセスの状態表示である。私は習慣で、いつもps-axuと入力する。psにつづく三文字は、その時々のすべてのプロセスの実行状況を親コンピュータに伝えるオプションである。ところが、ハッカーはps-eafgと入力した。はて、妙なことをするものだ。私は誰かがgのフラグを使うのを見たことがない。人の仕事をのぞいたところで何の得にもなるまい。現にこの時点で実行されていたのは理学分野の分析プログラムがいくつかと、何やらこみいった植字プログラムくらいなものである。ハッカーにとって唯一発見があったとすれば、それはネットワークとUNIX‐8システムの結合だろう。

ハッカーは三分ほどでUNIX‐8コンピュータが細々ながらUNIX‐4システムにつながっていることに気づいた。これを見すごしにするハッカーではない。彼はスヴェンテクの名前とパスワードで、リモート・システムにログインするコマンドrloginを入力した。UNIX‐8のドアをたたいたわけである。何度か試みたが、気の毒なことにデイヴがしっかり戸締まりをしていたために、門前払いで終わった。

もっとも、これで監視の目はないと安心した様子で、ハッカーはパスワード・ファイルを検索した。ここにも見るべきものはない。パスワードはすべて暗号で記憶されている。見た目には何の意味もない文字と数字の羅列である。この高度な暗号を解読しないかぎり、パスワード・ファイルはハッカーに何を伝えるものでもない。

ハッカーは、今回はスーパーユーザーになろうとはせず、ただGNU-Emacsに変更がないかどうか確かめるだけにとどまったが、これで彼が前回の侵入者と同一人物であることがはっきりした。別の人物がそんな行動をとるわけがない。ログインしてから一一分後の二時三七分、ハッカーはＵＮＩＸ－４からふっと姿を消した。が、すでにこのとき、私たちは追跡を開始していた。

タイムネット！　私はうかつにもタイムネットのオペレーション・センターに事前の連絡をおこたっていた。それどころか、はたして逆探知が可能かどうか問い合わせてもいない。プリンターがハッカーのキーストロークを打ち出すのを目の前に見ながら、そのことに気づいたのは接続が切れるほんの数分前だった。

タイムネット北米ネットワークの事故処理担当者は、ロン・ヴィヴィエと名乗った。電話の向こうでロンがキーボードをたたくのが聞こえた。歯切れのいい早口で、彼は研究所の節点《ノード》のアドレスを尋ねた。さしもの私も、これには即座に答えることができた。ロンはローレンス・バークレー研究所のタイムネット・ポートから逆探知して、たちどころにオークランド支局にかかっているダイヤル直通電話がハッカーの侵入経路であることをつきとめた。

ロンの話では、オークランドのタイムネット・モデムは私たちの研究所からほんの三マイルのところだという。

研究所に直接電話すれば簡単なものを、ハッカーはなぜタイムネットを通してきたのだろうか？　直通ならタイムネットの中継を省けるから、その分だけ通信状態もよくなるはずである。しかし、タイムネットを通せば探知に対しては障害が一つ増える。研究所に侵入するのに地元のタイムネットに電話するのは、つい三街区先まで行くのに大回りして高速道路を走るにひとしい。何者であれ、ハッカーは追手をまくことを心得た人物だ。ロン・ヴィヴィエは慰めの言葉をかけてくれたが、タイムネットの支局の電話番号がわかったところで何ほどのこともない。私が追っているのは生きた人間である。

ともあれ、追跡ははじまった。だが、まっすぐな道ではない。いずれは電話を逆探知しなくてはならない時がくるだろう。それには裁判所の許可がいる。考えただけでもうんざりだ。

ハッカーが接続を絶って、私はプリントアウトから顔を上げた。ロイ・カースが急を聞いて消防士のように駆けつけた。デイヴとウェインも前後して交換室にやって来た。

ロンが電話を切るのを待って私は言った。「オークランドのタイムネットからです。ということは、ハッカーはこの近くの住人ですね。ピオリアの人間なら、ピオリアのタイムネットに電話するはずですよ。そのほうが安くつきますから」

「ああ、それはそうだろうな」ロイはハッカーが近くにいるらしいと知って浮かぬ顔だった。

デイヴは回線の接続経路には関心がなかった。「この、ps-eafgのコマンドがちょっと気になるな。何がどうとはっきりは言えないが、どうも釈然としない。私の思いすごしかねえ。いや、こんなコマンドの組み合わせは見たことがない」

「ＵＮＩＸなんぞどうだっていいさ。だいたい、あんないいかげんなＯＳを使うからこういうことになるんだ」ウェインはここぞとばかりデイヴを当てこすった。「なあ、パスワード・ファイルを見たところで何の役にも立ちゃあしないだろう。違うか？」

「向こうがスーパーコンピュータを持っているとしたら話は別だ。暗号の解読にはスーパーコンピュータがいる。ＵＮＩＸはＶＭＳと違って、高度な暗号システムを使っているからな」デイヴも負けじとやり返した。

ＯＳの優劣の論議は超越した気でいるロイは、二人のやりとりをまたかという顔で聞き流した。「君が逆探知することだな、クリフ」

わざわざ私を指名するような言い方が気に入らなかったが、実際、ほかにとるべき行動はない。「どこからはじめます？」

「手当たりしだい、しらみつぶしだ」

7——75セントではFBIは動かない

ハッカー侵入を目のあたりにした翌日、ロイ・カースは研究所の顧問弁護士、アレサ・オーウェンズと話し合った。アレサはコンピュータのことは何も知らないが、将来を見通す勘は鋭い。彼女はその場でFBIに連絡をとった。

FBIは眉ひとつ動かすでもなかった。オークランド支局の特別捜査官、フレッド・ウィニケンはあきれかえった口ぶりで言った。「コンピュータ時間七五セントの被害で、私らにどうしろというんです?」

アレサは、これは情報の秘密にかかわる問題であることを話し、データの価値について説明に努めたが、ウィニケンは聞く耳をもたなかった。「いいですか。被害が一〇〇万ドルを超えるとか、あるいは、国家機密が盗まれたとか、そのような事実の提示があれば、われわれは行動を起こします。そうでないかぎり、われわれとしてはお役に立ちかねますね」

なるほど、同じ一つのデータも見方によって、およそ価値のないものにもなれば、何兆億ドルという値打ちにもなる理屈である。酵素一つの構造にどれだけの価値があるだろうか？　高温超電導の技術にどんな値段がつくだろうか？　ＦＢＩは銀行の横領といった次元でものを考えている。私たちは純粋な学術研究の世界に生きている。国家機密？　私の研究所は軍事基地でもなければ、核爆弾の工場でもない。

とはいうものの、どうしてもＦＢＩの手は借りなくてはなるまい。今度ハッカーがどこかの水面に潜望鏡をつき出せば、タイムネットのオークランドに電話がつながっているところまでは難なく追跡できるだろう。そこから電話を逆探知すればハッカーの正体が割れる、というのが私の読みである。ところが、電話会社は捜査令状がなければ逆探知の要請には応じないと聞いている。令状をとるにはＦＢＩに話を通さなくてはならない。

ＦＢＩからけんもほろろにあしらわれて、アレサは地方検事にかけ合った。オークランドの地方検事は話が早かった。「研究所のコンピュータに何者かが侵入している？　それはいけない。すぐ令状をとって逆探知しましょう」ＦＢＩは耳も貸さなかったが、地方検事は私たちの訴えをまじめに聞いてくれたのだ。さりながら、検事局といえども手続きを踏んで判事を納得させなくてはならない。令状がおりるのは早くて一週間先のことだった。

五時すぎにデイヴが私の部屋に顔を出して、またハッカーの話になった。

「クリフ。ハッカーはバークレーの人間じゃあないな」

「どうしてわかります?」

「問題の人物はコマンドをps-eafgと入力している。そうだな?」

「ええ。ここにプリントアウトがありますよ」私はうなずいた。「これは実行中の全プロセスに関する情報を呼び出す標準的なUNIXコマンドでしょう。psはプロセスの状態表示で、つづく四文字は表示する情報を示すオプションですね。ステレオのスイッチみたいなものだな、コマンドの動作を変えるんだから」

「クリフ。君がバークレーUNIXになじんでいることは、言われなくてもわかっているよ。バークレーUNIXが開発されて以来、プロセスの状態表示はpsで、これは誰でも自動的にやることだ。それはいいとして、あとの四文字が何を意味するか、君は知っているか?」

デイヴは私がめったに使われることのないUNIXコマンドまでは精通していないのを見こして言った。私はぼろを出すまいと必死にならざるをえなかった。「ええと、eのフラグはプロセス名とコマンドの実行環境を表示するんでしたね。aは一つのプロセスだけではなしに、端末を使用中の全プロセスの状態……」

「ようし、それで半分だな。じゃあ、gとfはどうだ?」

「さあ」問い詰められて私は口ごもった。

「ｇは自分の興味のあるなしにかかわらず、全プロセスの状態を表示するコマンドだ。料金計算みたいに、たいして重要ではないプロセスも全部表示される。もちろん、誰かがひそかに何かやっているようなものも含めて、全プロセスだ」

「でも、ハッカーは現に料金計算プログラムをいじくってるじゃないですか」

デイヴはにやりと笑った。「となると、残るはｆフラグだけだ。実は、バークレーＵＮＩＸにはこれはない。ｆはＡＴ＆Ｔ／ＵＮＩＸで個々のプロセスのファイルを表示するコマンドだ。バークレーＵＮＩＸはこれを自動的にやってのけるからｆフラグは必要ない。ハッカーはバークレーＵＮＩＸを知らない、旧世代のＵＮＩＸ信者だ」

ＵＮＩＸオペレーティング・システムは一九七〇年代のはじめごろ、ニュージャージーのＡＴ＆Ｔベル研究所で開発された。七〇年代後半に同研究所のＵＮＩＸ熱心党《ゼロット》はカリフォルニア大学バークレー校に移ってシステムに改良を加え、新たに内容豊富なＵＮＩＸを作り上げた。それゆえ、バークレーは温水浴療法、新左翼、自由言論運動の本場であると同時にＵＮＩＸの原点とされている。

その後、ＡＴ＆Ｔの小ぢんまりと体裁よくまとまったシステムの信奉者と、バークレーの間口が広く、かつ、巧緻なシステムの支持者のあいだに流派の対立が起こった。話し合い、標準化、紳士協定といろいろの努力にもかかわらず、ついにコンセンサスが成り立たなかったために、現在ＵＮＩＸオペレーティング・システムは両派が並立している。

私たちの研究所がバークレーＵＮＩＸを採用していることはいうまでもない。これは良識の問題だ。東部ではＡＴ＆Ｔ／ＵＮＩＸのほうが人気が高いと聞いているが、まあ、温水浴の功徳も知らない人々であってみれば無理もなかろうというものだ。デイヴはコマンド中のただ一字をもって西海岸の全コンピュータ人口を無罪放免にした。バークレー在のハッカーが旧式のコマンドを使うことだってないとは言いきれまいにと思ったが、デイヴは取り合わず、大きく一つ息をついて声を落とした。「敵はバークレーＵＮＩＸを知らない。異教徒だ」

ウェインはＵＮＩＸをてんから認めていなかった。ＶＭＳ一辺倒の彼は、ＵＮＩＸ派から見れば不信心者である。何よりもウェインは、パスワード・ファイルを盗んだところでハッカーは何の得にもならないことを力説した。「どうやったって暗号は解けやあしないだろうが。わかるのはユーザー名だけだ。大騒ぎするほどのことじゃあないって」

私はその点をじっくり思案した。パスワードは大型コンピュータの機密保護の要《かなめ》である。ユーザーが単独で利用するホーム・コンピュータにパスワードはいらない。誰であれ、キーボードに向かえば必要なプログラムにアクセスできる。これにくらべて、一つのシステムを一〇人、二〇人というユーザーが同時に利用するとなると、コンピユータは現在端末機の前にいる人物が正規のユーザーであることを確かめなくてはならない。

パスワードは、つまり、電子的な署名であり、ユーザーの身分証明である。銀行の自動窓口機、クレジットカード、自動振り込みのネットワーク、それに留守番電話による家事の管理等、いずれもパスワード一つに安全が委ねられている。パスワードを盗み、あるいは偽造することで、ハッカーは不正に富を築き、恩典にあずかり、また、不渡り小切手を補塡しうる。金庫の札束をねらう錠前破りの時代は去って、コンピュータが記憶するたかだか数ビットの情報が安全を左右する現代の盗人は、何はさて、パスワードに目をつけるのだ。

コンピュータは五〇人なり一〇〇人なりのユーザーのパスワードをファイルに記憶している。ユーザーがシステムに接続すると、コンピュータはパスワードの呈示を求め、これをファイルに登録されているパスワードとつき合わせて、間違いがないと確認してはじめてシステムの利用を許可するのである。善良なユーザーばかりなら、これで何の問題も起こらない。しかし、なかには盗み心からパスワード・ファイルをのぞこうとする不らちな人間がいないとも限らない。これを防ぐにはどうするか？　システムだけが読めるようにファイルを保護することである。

しかし、保護するにしてもパスワード・ファイルは定期的にバックアップ・テープにコピーされる。これをほかのコンピュータから呼び出して検索するくらいは駆け出しのプログラマーでもできることだから、ファイルを保護しただけでは秘密は充分に守れない。

一九七五年にベル研究所のボブ・モリスとフレッド・グランプが、ファイルの保護が万全でなくてもパスワードの秘密が守られる方式を考え出した。ファイルを保護するよりも、パスワードを暗号化することで秘密が盗まれないようにしたのである。たとえば、ユーザーが〈クレイドル〉というパスワードを選んだとすると、コンピュータはこれをそのままでは記憶しない。UNIXはパスワードをいったん暗号に直したうえで、その暗号を記憶する。クレイドルなら〈pn6yywersyq〉である。これをいくら眺めても、クレイドルとは読めない。

というわけで、UNIXのパスワード・ファイルは見たところこんな体裁である。

アーロン　fnqs24lkcvs
ブラッカー　anvpqwoxcsr
ブラッツ　pn6yywersyq
ゴールドマン　mwe785jcy12
ヘンダースン　rp2d9c14967

ユーザーの名前にそれぞれ暗号化されたパスワードが対応している。ウェインが言うとおり、パスワード・ファイルを盗んでも、そこから知れるのは登録されている名義だけである。

〈クレイドル〉を〈pn6yywersyq〉に暗号化するプログラムは、いわば落とし戸《トラップドア》式のアルゴリズムで成り立っている。パスワードを暗号にするのはいとも簡単だが、暗号をもとのパスワードに反訳するのは至難のわざである。たとえば、サリー・ブラッツがログインするときは、まず登録名義ブラッツを入力し、次いでパスワード、クレイドルを打ちこむ。コンピュータはこれを即座にpn6yywersyqと翻訳してパスワード・ファイルと照合する。暗号が一致しなければ、サリーは門前払いである。コンピュータはパスワードをそのままではなく、翻訳された暗号で照合する。パスワードの安全はこのトラップドア機能、つまり、一方通行の暗号化にかかっているわけだ。

トラップドアは数学的な歯止め装置《ラチェット》である。前へ進むばかりで後戻りがきかない。プログラムはパスワードをただちに暗号に変える。錠前破りを寄せつけないように、アルゴリズムは不可逆でなくてはならない。

わが研究所の暗号化方式は、ＩＢＭと国家安全保障局（ＮＳＡ）によって設定されたデータ暗号化基準（ＤＥＳ）を範としている。聞くところによると、ＮＳＡの電子諜報部は基準を定めるに当たって多少手心を加え、ふつうではとうてい読めない暗号もNSAなら解読できるようにしたという。だから、NSAは官憲が私信を開封するのと同じに、どんな暗号も解読してメッセージを検閲できるのだと一部ではささやかれている。

私たちのUNIXのDES暗号プログラムは公開されている。誰でもこれを知ることができる。NSAがこのプログラムの得失を分析評価したが、結果は公表されていない。ときに誰かが暗号解読に成功したという噂が流れることもある。しかし、あくまでも噂の域を出ない。NSAが分析評価を公表しないかぎり、私たちは暗号が充分に堅固であると信じるほかはない。

ハッカーは私たちの目の前でシステムに侵入し、パスワード・ファイルを盗んだ。何百人もの科学者の名前を覚えたことになる。どうせなら電話帳を呼び出せばアドレスまでわかったろうに、と私はあらぬことを考えた。クレイのスーパーコンピュータでも使わないかぎり、ハッカーが暗号を解読する気づかいはない。盗まれはしてもパスワード・ファイルは安全である。

ウェインは意外にも慎重な態度を示した。「こいつ、奇想天外の知恵を働かせてトラップドアを反対に開ける手を考えつかないとも限らないな。ここは用心して、大事なパスワードは変えたほうがいい」

異を唱える理由は何もなかった。ここ二年ほど、システム・パスワードは変わっていない。その間には研究所を去った人たちもいる。パスワードを変えることに否やはない。私は安全を期してコンピュータごとに別のパスワードを使っている。ハッカーがたまたまＵＮＩＸ－４の私のパスワードを解読したとしても、それでほかのシステムに侵入することはできない。

帰りがけにもう一度、前日のプリントアウトをじっくり読んだ。一〇ページのコンピュータ用紙にハッカーの人物像を知る手がかりが隠されている。居所や動機もハッカーはこの中のどこかで明かしているかもしれない。それにしても、どうも腑に落ちないことが多すぎる。ハッカーがカリフォルニア州オークランド市のタイムネットを通して研究所のシステムに侵入したことはわかったが、デイヴはハッカーがカリフォルニア大学バークレー校の学生ではありえないと言いきっている。ハッカーはパスワード・ファイルをコピーしたが、暗号化されたパスワードはおよそ無意味であって、何の役にも立たないはずである。いったい、どういうつもりでパスワードを盗んだのだろうか？

考えてみれば、私が今していることは天文学に似ていないでもない。私たち天文学者はひたすら受動的に現象を観察し、そこから得られたいくつかの手がかりを頼りに宇宙の出来事を説明したり、エネルギー源の位置を特定したりする。天文学者は黙々とデータを集めることになれている。凍えるような山頂の望遠鏡に釘づけということも珍しくない。データはどことも知れぬところから気まぐれに飛びこんでくる。今の私に必要なのは熱力学や光学の知識ではない。パスワードの暗号方式やオペレーティング・システムを理解することが求められているのだ。研究所のシステムとどこか遠くの端末は何らかのかたちで物理的につながっているはずである。物理学の法則に照らして考えれば、何が起きているのか理解できるはずではあるまいか。

物理学。鍵はこれだ。現象を観察して記録する。記録したところを物理学の原則によって解釈する。そのさい、すでに証明されている事実のほかは信じてはならない。ここで前進を目指すなら、私は物理学の課題に向かうフレッシュマンの態度でことに臨まなくてはなるまい。ノートを整理して勉強の遅れを取り戻せということか。

8――侵入先は軍事ネットワーク

そんなことを考えていたおりもおり、九月十日、水曜日の朝七時五一分にハッカーはまたしても現れて六分間システムに滞留した。端末の警報が鳴るには充分な時間だが、私はどうすることもできなかった。前の晩は自宅に帰っていたからだ。「五日も泊まったらもういいじゃない」とマーサは言った。

ハッカーが侵入したとき、私はその場に居合わせなかったが、プリンターは三ページにわたってハッカーの行動を記録していた。ハッカーはスヴェンテクの名義でUNIX－4コンピュータにログインした。ここまでは、どうというほどのことではない。スヴェンテクのパスワードを使ってタイムネットから入りこんできたことはすでにわかっている。

ところが、ハッカーはUNIX－4に居すわらず、飛び石づたいにミルネット(Milnet)に接続した。ミルネットといえば今では知らぬ者もない。一〇〇に余るコンピュータ・ネットワークを縦横に結びつけている大規模ネットワーク、インターネット（Internet）の一部である。研究所のＵＮＩＸからインターネットを介してミルネットに接続することを妨げるものは何もない。

ミルネットは国防総省の管轄である。

われらがハッカーは〈ハンター〉の名前でミルネットのアドレス２６・０・０・１１３にログインし、ここでもGNU-Emacsが採用されていることを確かめて姿を消した。

昼近くに自転車で出勤した私には時間をさかのぼってハッカーを追跡する術もなかったが、研究所に侵入してからの足どりはたどることができた。ミルネットのアドレスは、具体的にはどこだろう？　ネットワーク情報センターに問い合わせると、すぐさま検索してくれた。アラバマ州アニストンの陸軍兵站《へいたん》部。バークレーから二〇〇〇マイルの距離を隔てたレッドストーン・ミサイル基地の本営である。

ハッカーは研究所を経由して難なく軍事施設に侵入したのだ。プリントアウトを見れば、これが毎度おなじみのハッカーであることは明らかだった。スヴェンテク名義で研究所に接続しているのが何よりの証拠だし、アラバマのコンピュータのGNU-Emacsに探りを入れる人間がほかにいようはずもない。

幸いその場に誰もいなかったので、私はアニストンに電話した。案にたがわずアニストン陸軍兵站部にはコンピュータ・センターがあって、あちこちたらいまわしにされたあげく、アニストンにおけるＵＮＩＸの大目付、チャック・マクナットに紹介された。

「やあ、チャック。突然だけれど、そちらのコンピュータに侵入している人物がいるらしいのでね」

「そういう君は何者かね？　侵入している本人でないとどうして言える？」

押し問答の末、チャックは私の電話番号を尋ねていったん受話器を置き、折り返し電話をかけてよこした。未知の人間は疑ってかかる男と見える。それとも、秘話回線でかけ直してきたのだろうか？

「あまりいい話ではないけれど」私は言った。「そっちのシステムに、ある人物が侵入するところを見たように思うので、さしでがましいことは承知で一報したんだ」

「ははあ、ハンターの悪党だな？」

「そのとおり。でも、どうして知っているんだ？」

「これがはじめてじゃあないのでね」

チャック・マクナットは強いアラバマ訛《なま》りで、レッドストーン・ミサイル基地では兵器庫の物資補給を二台のＵＮＩＸコンピュータで管理しているのだと話した。発注処理を迅速にするため、兵器庫はアニストン兵站のチャックのコンピュータと結ばれている。交換される情報は日報のたぐいがほとんどで、遠隔の地から兵站のコンピュータにログインしてくる人間はめったにいない。

ある土曜日の朝、八月の暑熱を避けて職場に逃げこんだチャックはこれという当てもなくシステムの利用者を点検した。ハンターなる人物が長時間にわたってコンピュータを使っている。土曜の朝に何者が、と不審に思ったチャックはハンターのスクリーンにメッセージを表示した。

「誰だ？　身分を明かせ！」

ハンターと名乗る謎の人物は応答した。「私は誰でしょう？」

チャックはうかうかと挑発にのる男ではない。重ねて身分証明を求めた。「身分を明かせ。さもなければシステムから締め出すぞ」

ハンターは、これには応じなかった。「身分を明かすわけにはいかない」

「それで、たたき出してやったんだ」チャックは言った。「ＦＢＩに連絡したところが、ろくにこっちの話を聞こうともしない。しょうがないから、ＣＩＤにわけを話して、ここへ通じている電話回線を残らず見張らせているがね」

「ＣＩＤというと？　栗の実検査局《チエストナツト・インスペクシヨン・デパートメント》か？」

「まじめにやろうか」チャックは憮然とした。「ＣＩＤは軍の警察だよ。犯罪捜査課《クリミナル・インヴエステイゲーシヨン・デイヴイジヨン》だ。ところが、こっちもあまり頼りにならない」

「国家機密が盗まれたというようなことはないわけだね？」

アラバマ州モントゴメリーのＦＢＩ支局は、オークランドのＦＢＩが私たちに言ったと同じことをチャックに話した。一〇〇万ドルの現金が消え失せたなら捜査もしようが、そうでないかぎりやっかいを持ちこんでくれるなということだ。ＦＢＩにとってコンピュータ犯罪は色気がないと見える。

「電話を見張って、何か手応えがあったかな？」

「それが、どうもおかしいんだ」チャックは電話の向こうで眉を寄せている様子だった。「ハンターはその後も二、三度、ここのコンピュータに割りこんでいるのだがね。電話監視の記録にはその形跡がない」

「ああ、それはそうだろう。やつは裏口から忍びこむんだから。ミルネット経由だよ。実は今朝も何者かがうちのコンピュータに侵入して、さらに、そっちへ接続した」

チャックは悪態をついた。三分間の侵入を彼は見逃していた。電話回線はもれなく監視していながら、ネットワークの接続には警戒をおこたったためである。

「こっちも今、ハッカーを追跡しているところでね」私は言った。「おそらく、カリフォルニア大学バークレー校の学生だろうということで、いろいろ手を打っているよ。これまでの追跡で、どうやら、オークランドかバークレーあたりと見当はついているのだがね」

「なるほどな。われわれはまた、アラバマの学生ではないかとにらんでいる。締め出すことも考えたが、それよりはとっ捕まえてやろうということになってね。こういうやつに端末をいじくらせておくとろくなことはない。暗いところへぶちこんでやったほうが世のため人のためだ」

それまでは思ってもみなかったが、私は急にハッカーの身の上が気になりだした。陸軍に捕まったらただではすむない。

「もう一つおまけだ、チャック。ハッカーはそっちのシステムでスーパーユーザーになりすましているはずだよ」

「いいや。人の名義は盗めても、スーパーユーザーにはなれっこない。何といったってここは陸軍の基地だからな。規律の乱れた大学とはわけが違う」

私はバークレーに対する当てこすりを聞き流した。「GNU-Emacs のメール移転ファイルをのぞいたろう」

「ああ。それが、何か?」

「カッコウの托卵という習性を知っているかな?」私はGNU-Emacsがハッカーに対していかに無防備であるかを説明した。

チャックは愕然とした。「じゃあ、何か? ホワイトサンズのお声がかりでGNUを採用してからこっち、ずっと壁に穴が開いたまんまだっていうのか?」電話の向こうでチャックの口笛が聞こえた。「となると、ハッカーがいつごろから跳梁しだしたかわかったものではないな」チャックはこれがゆゆしき大事であることを正しく認識していた。

ハッカーはアニストンのシステムのファイル一覧を呼び出していた。ファイルの日付から判断すると、アニストンにはじめて侵入したのは六月初旬のことである。四カ月ものあいだ、もぐりのシステム管理者がアラバマの軍事施設のコンピュータをわがもの顔に使っていたのだ。もっとも、化けの皮がはがれたのはひょんな偶然で、論理爆弾や情報漏洩が発覚してのことではない。

その限りにおいては、実害はない。

朝方のプリントアウトをよく見ると、ハッカーはアニストンのコンピュータでパスワードをハンターからヘッジズに変えている。はじめて手がかりらしきものがつかめた、と私は思った。それにしても、ヘッジズとはまたよりによって妙なパスワードを考えたものだ。ヘッジズ・ハンター？　ハンター・ヘッジズ？　ヘッジ（hedge）は予防線を張るという意味だから、ここまでおいで、という洒落《しゃれ》だろうか？

バークレーの電話帳にはH・ハンターが三人載っている。Hはそれぞれ、ハロルド、ハイジ、ヒルダである。試みにこの三人に電話して「〈コンピュータ・レヴュウ〉の無料購読をおすすめしておりますが」と言ってみたが、どなたもコンピュータにはとんと興味をおもちでなかった。

バークレーの理学研究所とアラバマ州アニストンの陸軍兵站に共通するものは何だ

ろう？　政治的にこれほどの両極端はそうおいそれとあるものではない。かたや古きよきアメリカの伝統を誇る軍事基地、こなた過激なヒッピーの町である。が、コンピュータ技術のうえでは相通じるところ少なくない。両者ともＵＮＩＸを使っているのみか、ミルネットで結ばれている類縁である。

だが、しかし、同じＵＮＩＸとはいえ、アニストンはＡＴ＆Ｔ／ＵＮＩＸで、バークレーとは互換性がない。デイヴ・クリーヴランドの言うとおりだとすれば、ハッカーはアニストンのシステムのほうがなじみが深いはずである。ハッカーは南部の人間だろうか？

9――パスワード盗みの「トロイの木馬」

蛍光灯に照らされた殺風景な地下室は耐えがたいまでに息苦しく、私は外に出て眼下に開けるベイ・エリアの眺望に疲れをいやした。研究所と境を接して海側にカリフォルニア大学バークレー校のキャンパスが広がっている。かつて自由言論運動と反戦プロテストの牙城と謳《うた》われたこの大学は今もなお、学生の政治意識が高く、また、人種の多様性に富むことで知られている。斜面を下れば、ヤング・リパブリカンズが社会主義労働党に議論を挑み、それをチャイニーズ・クラブがぽかんとして眺めているといった光景に出くわすことだろう。

キャンパスの周辺には煙草のけむりの立ちこめるコーヒーハウスが集まり、げっそりやつれた大学院生たちがエスプレッソを気つけに飲みながら修士論文の下書きに余念がない。近くのアイスクリーム・ショップでは女子学生会の才媛たちが、黒革のジャンパーを着て髪を逆立てたパンク青年らとふざけ合っている。点在する本屋は学生の街にふさわしい。

研究所から遠く南へ視線を転ずれば、オークランドの閑静な町並みが見える。私はその一郭の古びたバンガローで世の中から少々ずれた友人たちと寄り合い所帯で暮らしている。湾をへだてた対岸は霧の町サンフランシスコ。虹のかなたのオズの国……。

三年前、マーサがバークレーで法律を学ぶことにして東部からこの地に移ったとき、私もあとを追うかたちでやって来たのだが、大陸を横断したかいは充分にあった。マーサは以前からハイキングには絶好の道づれで、洞窟探検家としても一流だった。そもそも、知り合ったきっかけは私が洞窟で三〇フィートの深みに転落してマーサに助けてもらったことである。動転と捻挫で身動きもならず、脂汗を流してうめいているところへ、マーサが臆するふうもなくするすると岩壁を伝って降りてきた。彼女のチキン・スープのおかげで私は元気を取り戻した。小生意気な口をきき、大胆に岩登りをやってのけるマーサを面白い女の子だと思ったが、いくばくもなくその気持ちは恋に熟した。

今は一緒に暮らしている。マーサは嬉々として法律の勉強に励んでいるが、弁護士になるつもりはない。目指すところは法哲学である。どうやって時間を工面するのか、彼女は合気道の稽古にも精を出し、時々あざをこしらえて苦笑しながら帰ってくる。料理、庭いじり、キルティング、日曜大工、ステンドグラス、と趣味も広い。世間の常識からは相当はみ出している私たちではあるけれど、こうしてうんざりするほど健全な家庭的幸福に浸りきっている。

自転車で家に戻ると私はアラバマの軍事施設におけるハッカー侵入について、自分の推理もまじえてマーサに話した。

「技術官僚型の破壊活動分子がいるっていうことね」彼女はこともなげに言った。「ほかに何か変わったことはないの？」

「これこそまさにニュースじゃないか。現代では技術者が情報や通信に関しては途方もない強大な力を握っているんだ」

「それがどうだっていうの？　情報は常に誰かが管理しているものだし、その情報を盗もうとする人間がいることは今も昔も変わりないわ。マキアヴェッリを読んでごらんなさいよ。技術が進歩すれば、権謀術数の形態もそれにつれて新しくなっていくのよ」

マーサが私に歴史の講釈をしているところへクローディアがやって来て、できの悪い子供たちをこきおろした。バークレーではどこへ行ってもたいてい一人や二人、ルームメイトと称する共同生活者がいる。私たちの場合はそれがクローディアで、一つ屋根の下で暮らしをともにする相手としては理想的な友人だ。明るくおおらかな性格で、私たちと生活、音楽、炊事道具を共有することに積極的である。彼女はプロのバイオリニストで、二つのオーケストラと室内楽のトリオを掛け持ちで演奏するかたわら、子供たちにバイオリンを教えて自活している。

クローディアはじっと静かにしているということがない。わずかな仕事のひまに料理をし、友人に電話をかけ、愛犬と遊ぶ。それも、全部同時にだ。

はじめは私もクローディアが見こみのない子供たちのことをこぼすのに耳を傾けていたが、ハッカーはどんな悪党だろうかと考えているうちに、彼女の声はオウムのおしゃべりのように意識から遠ざかった。こうして家に帰っているあいだ、ハッカーが何をしでかすかわかったものではない。

クローディアは私の頭からハッカーを追い払う術を心得ていた。その日、彼女はどこかから『地球侵略第九計画』のビデオを借りてきた。銀色の空飛ぶ円盤に乗って大気圏外の宇宙から押し寄せた異星人が墓場の吸血鬼どもを呼びさます話だ。

九月十七日、水曜日。バークレーは雨だった。カリフォルニアでただ一組、車のないカップルであるマーサと私は霧雨のなかを自転車で出かけた。研究所に乗りつけると、まっすぐ交換室へ行ってハッカーの動きを調べた。私の髪からしたたる雨しずくがプリントアウトにしみを作った。

夜のあいだに何者かがＵＮＩＸ－４コンピュータに接続を試みていた。ゲストを装って、パスワードも〈ゲスト〉を使ったが、これがだめとわかると、今度はビジターの名でパスワードも〈ビジター〉に変えた。同様に、ルート、システム、マネージャー、サービス、シスオペ、といろいろやってみたが、どれも通じず、謎の人物は二分ほどですごすご退散した。

別のハッカーだろうか？　この侵入者は正規に通用するスヴェンテクやストールの名義を試そうともせず、ただ、どこのシステムにもありそうな略式名義と単純なパスワードをやみくもに使っただけである。こんなやり方ではたしてどこかのシステムに侵入できるものか、私は首をかしげるしかなかった。

まず望みはないだろう。六文字のパスワードを任意に選んで、いかな偶然であれ誰かが登録した暗証と一致するわけがない。宝くじのほうがまだしも確率が高い。ハッカーが手品のようにシステムに侵入することは断じてありえない。侵入するためにはパスワードの少なくともどれか一つを知らなくてはならない。

一二時二九分。服はあらかた乾いたが、スニーカーはまだ歩くとぐじゅぐじゅ音がした。私は湿気でふやけたような堅焼きのベーグルをかじりながら、天文学雑誌の木星の寒冷な衛星の構造に関する記事を読み終えようとしていた。端末のビープが鳴った。すわやとばかり私はぬれたスニーカーで交換室へ走った。ハッカーがまたしてもスヴェンテクの名前で接続してきたところだった。

毎度のことながら、体中の血管にアドレナリンがあふれた。私は大急ぎでタイムネットのロン・ヴィヴィエに連絡した。目の前でDECライターがハッカーのコマンドを打ち出しはじめた。

ハッカーは時間をむだにせず、ただちに現在端末を使用中の全ユーザー名とバックグラウンド・ジョブを照合した。次いで彼はカーミットを起動した。

マペットの人気者から名をとったカーミットは異種のコンピュータ同士を結ぶ、いわば万能言語である。一九八〇年にコロンビア大学のフランク・ダ・クルスは機種の違う多数のコンピュータにデータを送る必要に迫られて、互換性のない何通りものプログラムを書くかわりに、どんな機種でもファイルを交換できる標準的な通信ソフトを開発した。以後、カーミットはコンピュータ世界のエスペラントとされている。

私はベーグルをかじるのも上の空で、ハッカーがカーミットを使って短いプログラムを研究所のＵＮＩＸコンピュータに送りこむのを見守った。カーミットはハッカーのコマンドを一行ずつ忠実に再構成し、プログラムは見る間に形を現した。ユーザはて、面妖な。これはただごとではない。このプログラムが設定されると、ユーザーはよからぬ相手に身分を明かすことになってしまうではないか。何も知らないユーザーがこのプログラムを実行してコンピュータと交わすやりとりは以下のとおりである。


LBL／UNIX－4コンピュータへようこそ。

どうぞログインして下さい。

ログイン

コンピュータはここでユーザーが登録名義を入力するのを待つ。名前を打ち込むと、端末にコンピュータの応答が表示される。

パスワードを入力して下さい。

当然、ユーザーはパスワードを打ちこむ。コンピュータは気の毒なユーザーの名前とパスワードをファイルに書きとめてから応答する。

パスワードが違っています。入力し直して下さい。

ユーザーはてっきり自分が間違ったと思い、まずたいていはもう一度キーをたたく。が、すでにここで、パスワードはまんまと盗まれているのである。

今を去ること四〇〇〇年の昔、トロイの町は木馬にひそんで侵入したギリシャの軍勢に滅ぼされた。

```
echo-n "WELCOME TO THE LBL UNIX-4 COMPUTER"
echo-n "PLEASE LOG IN NOW"
echo-n "LOGIN:"
read account_name
echo-n "ENTER YOUR PASSWORD:"
(stty-echo;\
read password;\
stty echo;\
echo" ";\
echo $account_name $password〉〉 /tmp/.pub)
echo "SORRY, TRY AGAIN."
```

トロイ軍は木馬を女神アテナに捧げられたいけにえと考えて城門を開いたばかりに陥落を免れぬ破目となったのだ。数千年を経た今もなお、よほどの被害妄想狂は別として、人はしばしばこの手でしてやられる。

　ハッカーのプログラムはパスワードを盗むトロイの木馬である。発覚しないはずのないプログラムを使ってまでパスワードを知ろうとするからには、ハッカーはよくよく思いつめていると見なくてはなるまい。

　本当にトロイの木馬だろうか？　物真似鳥《モッキングバード》といったほうがいいかもしれない。一見本物そっくりだが、ハッカーのプログラムはあくまでも偽物である。どこがどう違うか検分のひまはなかった。ハッカーは今にもこのプログラムをシステム領域に送りこんで実行する気配である。どうしたらいいだろう？　実行を停止させれば、監視していることがわかってしまう。だといって、ほうっておけば誰かがログインするたびにパスワードを盗まれるのは目に見えている。

しかし、私もシステム管理者だ。だてにスーパーユーザーの特権を与えられてはいない。ハッカーがプログラムを実行しないうちに、ちょっとした間違いを犯したように見せかけて中の一行を書き替え、システムのパラメータをいくつかいじくって処理速度を遅くした。これでハッカーがプログラムの手直しをするのに一〇分はかかる計算である。それだけあれば次の攻撃に備えることができる。

私は廊下に顔を出して、UNIXの導師、デイヴを呼んだ。

「トロイの木馬の餌は何です?」

デイヴはすぐに駆けつけた。コンピュータを高速に切り替えて、二人して架空の名義とパスワードのファイルをでっちあげた。

ところが、そんなにあわてることはなかったのだ。ハッカーはトロイの木馬を組み直したが、設定を間違えていた。デイヴは即座にプログラムが見当違いなディレクトリに納まっていることを見抜いた。トロイの木馬はAT&T/UNIXなら威力を発揮しただろう。しかし、バークレーUNIXは勝手が違う。

デイヴはにったり笑った。「それ見たことか、とは言わないがね。どうやら、こいつ、カリフォルニアははじめてだな。西海岸でコンピュータを扱う人間は誰だってバークレーUNIXだ。それが、このハッカーはいまだにAT&T/UNIXでやっている」

デイヴはかみくだいて説明する顔で言った。「コマンドのつづりだけじゃあない。プログラム全体の感じがバークレーと違うんだな。ちょうど、文体によって作家がイギリス人かアメリカ人か、見当がつくようなものだ。同じ英語でも、単語によってイギリスとアメリカで違うつづりがあるだろう。文体も違う。プログラムにもそういうことがあるのだよ」

「たとえば?」私は尋ねた。

デイヴはふんと鼻を鳴らした。「ハッカーはキーボード・データの表示に〈read〉のコマンドを使っている。意識の進んだプログラマーなら〈set〉とやるところだ」デイヴの言う意識の進んだプログラマーとはバークレーUNIX派のことである。それ以外は遅れているというわけだ。

ハッカーは悲しいかな、そのことを知らなかった。トロイの木馬を首尾よく送りこんだつもりで、これをバックグラウンド・プロセスにして接続を絶った。そのころにはタイムネットのロン・ヴィヴィエがハッカーの侵入経路をカリフォルニア州オークランドの電話回線とつきとめていた。裁判所の手続きがまだ片づいておらず、逆探知はできない。

ハッカーは引きあげたが、あとにはトロイの木馬が残ってバックグラウンド・タスクを引き受けている。もっとも、デイヴが指摘したとおり、プログラムはログインの最中には呼び出されることのない領域に格納されているから、パスワードを盗まれる気づかいはない。はたせるかな、二〇分後にハッカーはまた現れて、収穫はいかにとパスワードを検索した。苦心のプログラムが用をなさなかったと知って、ハッカーはさぞがったりしたことだろう。

「ねえ、デイヴ。ハッカーにバークレーUNIXを教えてやらなきゃあいけないんじゃないですか」私は言った。

「まったくだ。電子メールでトロイの木馬がちゃんと動くプログラムの書き方を教えてやるか」デイヴはうなずいた。「基本的なところはわかっているんだからな。こっちのログイン・シーケンスを真似て、ユーザー名とパスワードを聞き出す。そうやって盗んだ情報を自分のファイルに書きこもうというねらいだろう。バークレーUNIXをちょっと勉強すれば、そんなことは朝飯前だ」

ウェインが立ち寄って、ハッカーが四苦八苦するさまを眺めた。「バークレーUNIXを勉強してどうなるものか。だいたいUNIXは種類が多すぎるんだよ。素人ハッカーどもにも扱えるように、うちもDECのVMSオペレーション・システムにすりゃあいいんだ。必ずしも侵入が容易というわけではないけれど、少なくともVMSは標準化されているからな。誰の目から見たって、そいつは明らかだ」

ウェインの言うことにも一理ある。トロイの木馬が失敗に終わったのは、ハッカーが研究所のオペレーティング・システムに慣れていなかったせいである。どこへ行ってもシステムが同じなら、機密保護に一つでも欠陥があればすべてのコンピュータにハッカーの侵入を許すことになる。現実には、オペレーティング・システムは多種多様である。バークレーUNIX、AT&T/UNIX、DECのVMS、IBMのTSO、VM、DOS。マッキントッシュやアタリもある。それぞれにソフトウェアが違うため、ハッカーがあるところで侵入に成功しても、その手口が別のシステムにそのまま通用するわけではない。遺伝子の多様性が、疫病によって種が一挙に絶滅することを防いでいるのと同じことで、ソフトの多様性は機密保護の役に立っているのである。

デイヴとウェインは例によって議論を戦わせながら立ち去った。あとに残った私はプリンターの用紙を交換した。一時三〇分にまたもやハッカーが接続してきた。プリンターは調整も待たずにコマンドを出力しはじめた。

ハッカーのこの二度目の行動は予想できることだった。自分の大事なファイルにパスワードが一つも書きこまれていないと知ると、ハッカーはトロイの木馬のプログラムを呼び出して何度かテストした。これはうまくいくはずがない。ハッカーにはデイヴ・クリーヴランドのように知恵を貸してくれる仲間がいないと見える。かんしゃくを起こしたか、ハッカーはファイルを消去して、二分ばかりで退散した。

が、そのわずかな時間でタイムネットは侵入経路を探知した。やはりオークランドである。タイムネットで探知を受け持っているロン・ヴィヴィエは会議の席をはずせるなら緊急事態も大歓迎というわけで、私からの電話に飛びついた。電話会社がその先の探知を引き受けてくれれば、この騒ぎもあと二日で片づくことだろう。

デイヴは頭から、ハッカーは西海岸の人間ではないと決めてかかっている。アニストンのチャックはアラバマの学生を疑っている。タイムネットが探知したかぎり、侵入経路はオークランドの電話回線だ。

私自身は何とも言えない。

10——令状がなければ逆探知できません

オークランドはかつてジャック・ロンドン、エド・ミーズ、ガートルード・スタインなどが一時期を過ごした土地である。バークレーのキャンパスから自転車で二〇分ほど走ったところに思いきりふるったアールデコの建築様式と瞠目すべき壁画で知られるオークランド・パラマウント劇場がある。そこから数街区へだてた、格好の悪い現代風のビルの地下を借りて、タイムネットは五〇台のダイヤルアップ・モデムを置いている。ロン・ヴィヴィエは私たちの研究所からハッカーを追跡してこのモデム・バンクに行き着いた。ここから先は地元電話会社の領分である。

太さ二インチの電話ケーブルがブロードウェイをくぐってタイムネットのモデムと標識も窓もない一軒の建物を結んでいる。パシフィック・ベル電話会社フランクリン局の電子交換機がここで市外局番415、局番430の一万本の回線をさばく。そのうちの五〇回線をタイムネットがリースしている。

ハッカーはどこかでダイヤル415／430-2900をまわした。つながった先がパシフィック・ベルのESS－5交換機である。サンフランシスコ湾をへだてた対岸の、マーケット・ストリートの場末を見下ろすビルにリー・チェンのオフィスがある。パシフィック・ベルの探索犬《ブラッドハウンド》をもって鳴るリー・チェンはこの一室に陣どり、ときにはまた電柱によじ登って電話を逆探知する。

リーの専門は犯罪学で、大学院では事故の再構成と原因調査の技法を修めた。電話逆探知八年の実体験は彼に電話に対する技術者の目と、社会に対する警察官の視覚を与えた。彼にとって地域とは、市外局番と交換局と中継回線からなるものであり、警察分署の管区とその住民である。

加入者から逆探知の要請があると、リーは電話交換を制御しているコンピュータのESSメインテナンス・チャネルにログインし、回線状態監視ソフトを呼び出して探知プログラムを実行する。

自動探知プログラムは電話回線の状態を個別に監視し、通話の日時、受話器が上がるまでにベルが鳴った回数、発信源等を記録する。

電話が近くからかかったもの、つまり自局内接続であれば、探知はこれで終わりである。リーは椅子から腰を上げるまでもない。しかし、電話はよその局からかかってくる、いわゆる中継接続のことが多い。その場合、リーはおそらく五カ所ほどの交換局に探知の範囲を広げなくてはならない。

探知の指示を受けた交換局の技術者は何もかも放り出してただちに行動を開始する。交換局が火事にでもならないかぎり、リーの探知指令はすべてに優先する決まりである。技術者は交換制御コンピュータにログインして着信加入者の受話器の状態（通話中、待機中、受話器がはずれている等）を端末に表示させ、同時にどこからの接続かを識別するプログラムを実行する（中継ルート検索、交換接続の種類、最寄りの交換局等）。

うまくいけば逆探知は数秒で片がつく。ところが、交換局によっては一九五〇年代の遺物であるクロスバー交換機が今なお使われている。ダイヤルをまわすと受話器の向こうでリレーがバーを駆動するかすかな音が聞こえるのがこれである。この旧式な交換方式に愛着をもつ一時代前の技術者たちは「核戦争になっても生き残るのはこの交換機だけ」と誇らしげに言うが、実は、これがリーの仕事をやっかいにしている。通話を探知するために交換機のラックのあいだを走りまわる技術者を確保しなくてはならないからである。

市内通話は接続中でなくては探知できない。受話器を置けば接続は切れて、探知も何もありはしない。それゆえ、接続が切れないうちに探知を終えなくてはならないリーの仕事は時間との競争である。

電話会社はどこも、逆探知は時間のむだと考えている。探知は年季の入った老練な技術者が頼りで、おまけに経費がかさむ。裁判沙汰の危険もあり、加入者の不信をかう。

　リーの見方がこれとは別であることはいうまでもない。「昨日は麻薬、今日は恐喝、明日は窃盗団。満月の前後には猥褻《わいせつ》ないたずら電話。最近では、コールガールのポケットベルを探知することもある。大都会の人間模様の断片を見る思いだよ」

　そう言う彼も弁護士とかかわり合いになることを嫌って、無許可の探知には消極的である。

　一九八六年九月、私はリーと短いやりとりを交わした。

「もしもし、電話の逆探知を頼みたいんですが」

「令状はありますか?」

「いいえ。そんなものがいるんですか?」

「令状がなければ逆探知はできません」

　まるで取りつく島もない。アレサ・オーウェンズが裁判所に話をつけるまで探知はお預けである。

　しかし、ハッカーは昨日も侵入した。もう、ぐずぐずしてはいられない。電話帳をひっくり返してみたところでちらが明かない。もっと優秀なトロイの木馬が現れたら、ロイ・カースはうろたえて私のハッカー追跡を差し止めるであろう。与えられた三週間も、すでにあと残り一〇日である。

サンディ・メロ一ラはロイ・カースの女房役で、職員の誰彼がロイからきびしいお目玉をくらったりすると陰でそっと慰めてくれる。所用でバークレーのキャンパスに出向いたサンディは、図書館のロビーにＩＢＭのパーソナル・コンピュータが置いてあるのに気づいた。コンピュータ人間の例にもれず、目の前に端末があれば素通りはできない性分である。案の定、そのコンピュータはタイムネットを通じて自動的にダウ・ジョーンズ情報サービスにログインするようにプログラムされていた。

タイムネット？　サンディは関心をそそられてキーボードをたたき、ひとしきり株式市況をのぞいたり、〈ウォールストリート・ジャーナル〉の経済記事を検索したりした。それだけならばどうということもない。ダウ・ジョーンズを切り上げると、端末にタイムネットのユーザー名を求める表示が出た。これに答えたところで別に不都合はない、と判断してサンディは〈ＬＢＬ（ローレンス・バークレー研究所）〉と入力した。すると、どうだろう。サンディはたちどころに研究所のコンピュータにつながった。

公共の場所に端末が置かれている事実が意味するところは何か？　そこに誰でも自由に使えるコンピュータがあるということだ。コンピュータはオークランドのタイムネットにダイヤル回線でつながっている。図書館はバークレーＵＮＩＸを自在に使いこなす学生たちのたむろするコリー・ホールからほんの一〇〇フィートと離れていない。

　サンディはジョギングの信奉者である。世の中にカトリック教徒がいるのと同じことだ。彼はカーディアック・ヒルを駆け上がって警察に飛びこみ、今しがたの発見を伝えた。電話を逆探知する必要はない。今度ハッカーが現れたら、図書館へ急行して端末を使用している悪党を取り押さえればすむことだ。令状などに用はない。

　サンディは汗をかきかき警察から研究所に戻った。私はヨーヨーで曲芸の練習をしているところだった。

「道化の真似なんかしてる場合か、クリフ。警察はいつでもキャンパスへ乗りこんで端末を使っているやつを問答無用で逮捕するかまえだぞ」

　警察は駐車違反の取り締まりや人身事故の処置ならなれっこだが、コンピュータのことは何も知らず、電話の逆探知にはおよび腰だった。

「事実、ハッカーかどうか確かめるほうが先じゃあないですか？」私は端末を張りこんだ私服刑事が、ダウ・ジョーンズ工業株平均を調べたかどで図書館の司書を護送車に押しこむ光景を想像した。

「そんなことは簡単だ。今度ハッカーが現れたらただちに私に連絡してくれ。私は警察を連れて図書館へ行く。スクリーンを見て、ＬＢＬのデータが出ていたら、あとは警察に任せればいい」

「端末を見張るんですか？　刑事ドラマの『ドラグネット』みたいに、ワンウェイ・ミラーと双眼鏡か何か使って？」

「何だ、それは？　もうちょっとまじめにやれ。クリフ」サンディは走り去った。どうも科学者というのは大まじめな態度をとるか否かで評価される傾向がある。それで思い出したが、学生時代に健康診断の問診で疾患の項に〝ポテト飢餓〟と記入したことがある。医者は私を呼びつけて、しかつめらしく注意した。「君、大学としては、学生の健康をまじめに考えているのだよ」

間もなく、サンディの理論を試す時がやってきた。トロイの木馬が失敗に終わってから二日後の一二時四二分、ハッカーはまたしても登場したのである。ちょうど昼休みのことで、学生が図書館の端末を使うには絶好の時間帯だった。

警報を聞いて私はただちにサンディに連絡した。五分後に、彼は私服刑事を二人連れて現れた。刑事たちはきちんとスーツにネクタイで、なんとその上に冬のコートをはおっている。ヒッピーふうの学生であふれる夏のキャンパスにこれ以上場違いな姿はない。コートの下に大きなリボルバーがのぞいていた。刑事たちはまじめそのものだった。

それから二五分、ハッカーは特に目立った行動をとるでもなかった。GNU-Emacsを使ってスーパーユーザーに成り上がり、この日とどいた電子メールを読んで、プロセスの状態をひとわたりあらためただけである。ロン・ヴィヴィエは昼食抜きでタイムネットの接続を探知した。例によってオークランドだ。私は今にもプリンターがはたと止まるかとわくわくした。止まればサンディと二人組の刑事がくせ者を取り押さえた証拠である。ところが、案に相違して、ハッカーはあわてるふうもなく一時二〇分に悠然と引きあげた。

サンディはじきに戻ってきた。

「だめでしたか」尋ねるまでもない。顔に書いてある。

「図書館の端末には誰もいない。それどころか、端末の近くには人の気配もない。たしかにハッカーは侵入したんだな？」

「ええ。ここにプリントアウトがあります。タイムネットも、いつもと同じオークランドまで探知しました」

サンディはしゅんとした。行けると思った近道は袋小路だった。こうなったら、いよいよ電話を逆探知するしかない。

11——逆探知開始

その夜、マーサは憲法の勉強をそっちのけにしてキャラコのキルトを刺していた。私は意気消沈して家に帰った。図書館の一件はほぼ確実と見こんでいただけに、落胆は大きかった。

「ハッカーのことなんて忘れなさいよ。家へ帰ったんだから」

「今こうやっているあいだにも、やつは侵入してるかもしれないんだ」私はこだわった。

「でも、だからって、どうすることもできないでしょう。ねえ、糸を通して、ここのところ手伝ってよ」

マーサはキルティングで法律学習のうさをまぎらせている。私もこれで気分転換ができるかもしれない。マーサは私に針を渡して本に向かった。二〇分ほどだまって針を運ぶうちに、私の縫い目は乱れはじめた。

「令状がおりたら、ハッカーが現れるのを待たなくてはならない。でも、夜中の三時に現れたら誰もその場にいないんだ」

「ハッカーのことは忘れなさいって言ってるでしょう。家へ帰ってまで」マーサは本から顔を上げようともしなかった。

翌日、ハッカーは音沙汰なしだったが、裁判所から令状がおりた。これで逆探知の障害はなくなった。しかし、電話の逆探知という重要な仕事が私のような新入りに任されるわけがない。いうまでもないことである。部長のロイ・カースは自分が警察と話をつけると胸を張った。

私たちは何度かいざという時の手順を話し合い、警察や電話会社の連絡相手や、研究所内の電話網の接続を確認した。私はそんなことにすっかり退屈してしまい、自室に引きあげて天文学で使う光学フォーミュラ分析のプログラムを書いた。

午後、ロイ・カースは私たちシステム管理者とオペレーター全員を招集して、ハッカーはどこからどのような経路で侵入してくるかわからない以上、このことは研究所の外では他言無用、と逆探知を秘密裡に行う必要を説いた。事情をよく知っている者ほど口は堅い、という考えから私はこれまでの経緯と今後の見通しをかみくだいて話した。デイヴ・クリーヴランドがGNU-Emacsの欠陥について補足説明し、ウェインはハッカーが侵入のつど電子メールを読んでいることを指摘して、今後、追跡に関する話し合いは口頭に限るべきだと提言した。かくてひとまず、人気漫画のコンビ、ボリスとナターシャもどきの作戦会議は終わった。

火曜日の昼、一二時四二分にスヴェンテク名義のアクセスがあった。ロイはただちに所轄の警察に連絡した。逆探知となれば警察の出番である。タイムネットが接続経路を探るあいだ、ロイは警察と電話でやり合った。

「逆探知する以外はないんだ。令状もとってある。ただちにかかってもらいたい」

ひと呼吸あって、ロイはかんしゃく玉を破裂させた。

「そっちの問題なんぞはどうだっていい！ ぐずぐずするな！」

またしばらく沈黙がつづいた。

「今すぐ行動しないと研究所長の名前で抗議することになるぞ」ロイはたたきつけるように受話器を置いた。

部長は顔面に朱を注いで怒り狂った。「あの役立たずが！ 逆探知の経験がない。電話会社のどこへ連絡をとるかもわかっていない！」

部長の怒りがよそへ向けられたのは、私にとっては幸いだった。

結果的にはそれでよかったのかもしれない。ハッカーは端末を使用中のユーザー名をざっと当たっただけで、二分後に接続を絶った。逆探知にかかったところでもう間に合わない。

部長の気持ちが落ち着くのを待つあいだ、私はプリントアウトを子細にあらためたが、足跡と呼べるほどのものは何も残っていなかった。ハッカーはユーザー名を調べたのみで、電子メールをのぞこうともしていない。

そういうことか！　私はハッカーがなぜすぐに接続を絶ったか、ここにいたってはじめて悟った。システム・オペレーターがいたからである。ハッカーはシステム・オペレーターの名前を知っている。潜望鏡を上げたところ、敵艦が目の前にいて、あわてて深く潜航したというわけだ。過去のプリントアウトを見返すと、はたせるかな、ハッカーはシステム・オペレーターが不在の時に限って長時間侵入している。よほど用心深い人物に違いない。

私はオペレーター一人ひとりに会ってこの発見を伝えた、オペレーターたちはこの先、別名を使って目立たないように仕事をしなくてはならない。

九月十六日。ハッカー追跡をはじめてから丸二週間が過ぎた。光学系のプログラムに取り組んではみるものの、プリントアウトのことが気になってしかたがない。正午をまわったところでまた端末のビープが鳴った。まるでこっちの気持ちを見すかしたようにハッカーはやって来る。

私はタイムネットと部長のロイ・カースに連絡した。会議電話で探知の様子を聞きながら、私はプリントアウトをにらんでハッカーの動きを追跡した。

「やあ、ロン。クリフだがね。また探知を頼むよ。ＬＢＬ・タイムネット・ノード1

28、ポート3」
電話の向こうでキーボードをたたく音が伝わってきた。

「1200ボー回線ブロックの第三モデムだな。ということは2903……。電話番号でいうと415／430‐2903だ」

「お世話さま、ロン」

警察がこれを電話会社のリー・チェンに取り次いだ。

「フランクリン交換局だな。ちょっと待った」

電話会社にこう言って待たされるのは毎度のことで、私はなれっこだ。

ハッカーはGNU-Emacsのメール移転ファイルを利用して、私の目の前でスーパーユーザーになろうとしていた。少なくともまだ一〇分は居すわる気だろう。うまくいけば逆探知が成功するかもしれない。頼むぞ、パシフィック・ベル、と私は祈る思いだった。

三分ほどしてリーの声が返ってきた。

「たしかに電話がつながっている。バークレーに接続する基幹回線だ。今、技術屋に調べさせている」

さらに二分が過ぎた。ハッカーはスーパーユーザーとなって、早速、システム・マネージャーのメール・ファイルをあさりはじめた。

「バークレーの技術屋の話だと、問題の回線はAT&Tの長距離回線に接続しているらしい。ちょっと待った」リーは通話保留のボタンを押さなかったから、バークレーの技術者とのやりとりがそっくり聞こえた。発信源は非常に遠い、と技術者は言い、それに答えてリーはもう一度よく調べるように指示した。その間に、ハッカーはパスワード・ファイルに手を出した。なにやら編集を試みている様子だが、私は電話会社の探知作業に神経を奪われていた。

「うちのトランク・グループ369ですね。ははあ、こいつは5096 MCLNへまわってるな」バークレーの電話局の言うことは私には理解できなかった。

「そうか。となると、ニュージャージーを呼ばなくてはな」リーは気落ちした口ぶりで言った。「クリフ、聞いてるか？」

「ああ。どうなった？」

「どうもならんね。ハッカーはまだしばらくねばっていそうか？」

私はプリントアウトに目をやった。ハッカーはパスワード・ファイルを切り上げて、足跡を消しにかかっていた。

「さあ、それはどうかな。おそらく、これから……おっと、ログオフだ」

「タイムネットの接続も切れた」これまで無言だったロン・ヴィヴィエの声が割りこんだ。

「電話が切れた」リーの逆探知もこれまでだった。

警察が口をはさんだ。「さて、皆さん、どういうことになりますかな?」

リー・チェンが真っ先に応じた。「電話は東部からだね。バークレーの市内通話である可能性もまったく考えられないわけではないけれど……いや、こいつはAT&Tの回線からだから」リーは修士論文の口頭試問でも受けるように、声に出して考えをたどった。「パシフィック・ベルの基幹回線は全部三桁の番号でね。長距離回線だけが四桁の標識番号なんだ。この回線は……ええと……」

リーがコンピュータのキーを打つのが聞こえた。

待つほどもなく、彼は話しかけてきた。「もしもし、クリフ。ヴァージニアに知り合いはいるか? たぶん、ヴァージニアの北部だと思うがね」

「いいや。あの辺には粒子加速器どころか、理学研究所ひとつないからね。そういえば、妹がいることはいるけれど……」

「その妹さんが君んとこのコンピュータに侵入すると思うか?」

それはもう、おおいにありうることだ。私の妹は驚くなかれ海軍専属の技術記者で、海軍国防大学の夜学にも通っている。

「妹がハッカーなら」私は言った。「こっちは教皇聖フランシスコといったところだよ」

「とにかく、本日はこれまでだな。次はもっと探知を早くしよう」

しかし、今以上に早くできるとも思えない。私が関係者全員を電話口に呼び出すだけでもたっぷり五分かかっているのだ。ロン・ヴィヴィエがタイムネットの接続経路をつきとめるのに二分。リー・チェンが数カ所の交換局を当たるのにさらに七分。コンピュータ一台とネットワーク二つをくぐってハッカーを追跡するのにざっと一五分近くかかった勘定である。

ハッカーの正体はいっこうにしぼれない。サンディ・メローラはカリフォルニア大学バークレー校の学生とにらんでいる。デイヴ・クリーヴランドはバークレーの人間を頭から除外している。アニストンのチャック・マクナットはアラバマの見当だと言う。タイムネットの接続経路はカリフォルニア州オークランドだ。ところが、パシフィック・ベルの探知ではヴァージニアか、あるいは、ニュージャージーあたりが怪しいらしい。

ハッカーが侵入するたびに、私の日誌はデータでふくれあがる。にもかかわらず、何が起こっているのか、そのデータからは読み取れない。私はプリントアウトに注をつけ、そのつどそのつどのハッカーの行動にどのような関連があるか分析を試みた。私はハッカーを知りたかった。その動機をつかみ、次の行動を予測し、名前を特定して居所をつきとめたかった。

逆探知の進行に夢中になるあまり、私はその最中のハッカーの行動に対していささか注意散漫だった。興奮が去ってのち、私は今しがたハッカーが残していったプリントアウトを持って図書館にこもった。

なんと一見して明らかなのは、私がプリンターの動きを目で追っていた一五分はハッカーが立ち去る前のほんのわずかな時間でしかないことだった。ハッカーは、実に二時間の長きにわたって研究所のシステムでわがもの顔にふるまっていたのである。私が目撃したのはその末尾の一五分にすぎない。私は地団駄ふむ思いだった。いちはやく気づいていれば。二時間あれば逆探知も充分可能だったはずである。

それ以上に腹にすえかねるのは、私がハッカーの侵入に気づかなかったその理由である。私はスヴェンテク名義を見張っていた。ところが、ハッカーはスヴェンテクを名乗るまでに三人の別の名義を使っているではないか。

午前一一時〇九分に何者かが核物理学者、エリッサ・マークの名前でログインした。これは核物理学部に籍のある研究者の正規の登録名義である。ただ、本人はこの一年、研学休暇でエンリコ・フェルミ研究所に遊学している。電話してみると、エリッサは誰かが自分の名義でコンピュータを使っているとは夢にも知らなかった。それどころか、ローレンス・バークレー研究所のシステムで自分の名義がまだ生きていることすら彼女は初耳だった。エリッサ名義でログインしたのは私が追跡しているハッカーだろうか？　それとも別人か？

エリッサ・マークの名義が使われていることは事前に知る由もなかったが、プリントアウトをさかのぼってみれば一目瞭然である。

何者であるにせよ、マークの名前をかたった人物はGNU-Emacsの虚をついてスーパーユーザーになりすまし、システム・マネージャーの権限をもって、長いこと使われていない名義を調べた。銀行の睡眠口座と同じ、忘れられた名義が三つあった。マーク、ゴラン、ウィットバーグ。マークを除くあとの二人は、はるか以前に研究所を去った物理学者である。

ハッカーはパスワード・ファイルを編集して、睡眠口座の三人の名義を復活したのだ。いずれの名義も抹消されていないから、登録情報はすべて有効である。これらの名義を盗もうとすれば各人のパスワードを知らなくてはならないが、パスワードは暗号化され、DESのトラップドア機能によって保護されている。これればかりは、いかなるハッカーもお手上げである。

ハッカーは不正に取得したスーパーユーザーの特権によってシステム全体のパスワード・ファイルに編集を加えた。具体的には、ゴランの暗証を解読するかわりに、これを消去したのである。したがって、この名義にパスワードはなくなった。ハッカーはゴランの名でログインできるというわけだ。

ここまででハッカーは接続を絶った。いったい、どういうつもりだろう？　暗号化されたパスワードは解読できないが、スーパーユーザーとしてはその必要もない。ハッカーはパスワード・ファイルに編集を加えただけである。

と、一分後、ハッカーはゴランの名前でふたたび登場し、新しいパスワード〈ベンスン〉を登録した。正規のユーザーであるロジャー・ゴランが何かのことで研究所のUNIXコンピュータを使おうとしたら、前のパスワードが通用しないことに、かつ驚き、かつ腹を立てることだろう。

ハッカーはこの伝《でん》でまた別の名義を盗んだ。

なるほど、と私は膝をたたいた。ハッカーが睡眠口座をねらうのは当然だ。現役の名義を盗めば、自分のパスワードが無効になった利用者がだまっているはずがない。それで、使われていない名義に目をつけた。いうなれば墓地の盗掘である。

スーパーユーザーといえどもDESのトラップドアを反対向きにこじ開けることはできない。暗号化されたパスワードは知りようがないということだ。しかしながら、パスワードをいじくることは可能である。トロイの木馬を使うなり、名義を盗むなりして、ハッカーは他人のパスワードを勝手に変えることができるのだ。

ハッカーはゴランに次いでウィットバーグの名義を盗んだ。これで、スヴェンテク、ウィットバーグ、ゴラン、マーク、と二つのUNIXコンピュータで四つの名義をかたっていることになる。ほかのシステムも含めて、はたしてハッカーは何通りの名前を盗用しているだろうか？

　ハッカーはウィットバーグに化けて、ミルネットで空軍のシステム三つに侵入を試みた。が、遠隔の地のコンピュータが応答するのを待ちきれず、接続をあきらめて、ＬＢＬのファイルを呼び出した。退屈な学術文書である。研究課題の提案や、ベリリウム同位元素の断面積を測定する手法に関する技術論など門外漢にとっては面白くもおかしくもない。ハッカーはあくびが出たことだろう。コンピュータに侵入したところで、権力も名声も手に入るものではない。永遠の知恵が身につくわけでもない。

　研究所の二つのシステムに侵入して満足せず、ハッカーはＵＮＩＸ‐８の外濠をまたぎ越えようとしたが、デイヴが守りを固めているから、これはどうにも歯が立たない。業を煮やしたハッカーは、ＬＢＬから接続できるよそのシステムの一覧表を呼び出した。

　これは秘密でも何でもない。バークレー三〇カ所のコンピュータの名称、電話番号、それに電子的アドレスが表示されるだけのことである。

12――ホワイトサンズ・ミサイル試射場

満月の夜にはハッカーの動きも活発になるのではあるまいかと考えて、研究所のデスクの下で寝ることにした。ところが、ハッカーは現れず、かわりにマーサがやって来た。七時ごろ、魔法瓶に入れたミネストローネと、私が退屈しないようにキルトの材料を自転車で届けてくれたのだ。キルトを刺すのに手抜きの近道はない。三角、四角、平行四辺形の断片は正確な寸法に裁断し、アイロンをかけて順序正しく縫い合わせなくてはならない。断片の一つひとつをにらんでいても全体の模様はわからない。縫い合わされた断片の集まりがある大きさになって、はじめてそこにデザインが浮かび上がってくるのである。考えてみれば、これは私のハッカー追跡に通じるところ少なくない。

一一時半までがんばって、私はシステム監視をあきらめた。真夜中にハッカーが現れれば、プリンターが行動を記録してくれるはずである。

翌日、ハッカーはちらりと姿を見せたが、私はキャンパスのはずれでマーサと弁当を広げていて、留守を襲われた格好である。マーサと食事をすることにして損はなかった。道端でどこかのジャズバンドが一九三〇年代の曲を演奏していた。

シンガーが当時の流行歌を絶叫した。「みんなあの子が好きだけど、あの子が好きなのは私だけ」

「あの歌、おかしいわ」歌詞の合間にマーサは言った。「論理的に考えれば、あの子って歌い手本人のことになるじゃない」

「え？」私には歌がおかしいとは思えなかった。

「だって、そうでしょう。〝みんな〟っていうのは、言葉の厳密な意味からいえば〝あの子〟も含まれるはずよ。〝みんなあの子が好き〟なんだから、その女の子は自分のことを愛してるわけでしょう。違う？」

「ああ、そういうことになるか」私はあいまいにうなずいた。

「でも、〝あの子が好きなのは私だけ〟なんでしょう。つまり、自分のことを愛してるあの子が好きなのは私だけである以上、あの子と私は同一人物でしかありえないのよ」

二度説明を聞いて、やっと私は納得した。あの歌い手は論理学の初歩の初歩もわかっていない。それは私も同じだ。

食事をすませて部屋に戻ったときには、ハッカーはとうの昔に引きあげていたが、プリントアウトにありありと足跡が残っていた。

珍しいことに、ハッカーはスーパーユーザーになろうとはしなかった。神経質なまでにシステム関係者を警戒し、プロセスの状態をうかがっているところはいつものとおりだが、オペレーティング・システムの隙をついて忍びこみはしなかった。

そのかわり、ハッカーはミルネットに探りを入れている。

情報通信網とは接続のない孤立したコンピュータはハッカーの被害とは無縁である。が、世捨て人のように外界とつながりを絶ったコンピュータはおのずから利用範囲が限られている。世の中の動きについていけないからだ。コンピュータは人間や各種の機械装置、異種のコンピュータと交流してはじめて底力を発揮する。ネットワークはデータ、プログラム、電子メールの交換を可能にしてコンピュータの利用価値を高めるのだ。

コンピュータ・ネットワークとはどのようなものだろうか？　コンピュータ同士はどんな対話をするのだろうか？　おおかたのパーソナル・コンピュータは所有者の必要を満たすだけで、よそのシステムと対話することはほとんどない。文書処理や表計算、ゲームといった機能を利用するだけならば、ほかのコンピュータに用はないのである。しかし、コンピュータにモデムを接続すれば、電話一本で最新の株価や国際情勢、はては巷《ちまた》の噂まで、いながらにして知ることができる。よそのコンピュータとつながることによって、利用者の視野は無限に広がるのだ。

コンピュータ・ネットワークは一種の共同体である。高エネルギー物理学のネットワークはコンピュータ間で極微粒子に関するデータや研究をめぐる提言のみならず、次期ノーベル賞の下馬評にいたるまで、実に多種大量の情報を交換する。秘密区分の指定がない軍用のネットワークなら、靴の注文や、支払い請求や、基地司令官候補をめぐる思惑といった情報も流れていることだろう。国家機密を扱うようなネットワークでも、軍の秘密命令が伝えられるばかりか、やはりその筋のゴシップがささやかれているに違いない。どこそこの基地司令官の夜のお相手は誰それといった話だ。

コンピュータが形づくる電子共同体は、コミュニケーション・プロトコル、つまり、通信を行うさいの手順や約束ごとによって秩序が維持されている。電子掲示板のような不特定多数を対象とするネットワークはしくみも手順も単純である。パーソナル・コンピュータと電話があれば、誰でもこのネットワークに接続できる。より高次のネットワークになると、貸し切りの専用電話回線と、何百台、何千台というコンピュータを結びつける通信制御装置が必要である。こうした物理的な違いがネットワークのあいだに序列を構成している。そして、ネットワーク同士は方式の異なるシステムのあいだを取り持つゲートウェイ・コンピュータによって結ばれている。

アインシュタインの宇宙と同様、総じてネットワークは有限であって、しかも、はてしない。接続されているコンピュータの数は知れてもネットワークの広がりは無窮である。ネットワークの向こうには必ず別のコンピュータがある。どこまでもたどっていくと、ネットワークはいつか円環を閉じて出発点に戻ってしまう。ネットワークは複雑にからみ合い、入り組んで、どこがどうつながっているのか知りつくすことはとうていむずかしい。いきおい、利用者は目的を達するためにネットワークのなかを手探りでさまようことになるのである。

研究所のコンピュータは十数種のネットワークに接続している。構内のある建物と隣の試験棟を結ぶイーサネットのような域内通信網もあれば、地元の一円をおおうネットワークもある。カリフォルニア北部の大学十数校を結ぶベイエリア・リサーチ・ネットもその一つである。加えて、研究者たちが世界中のコンピュータにアクセスできる全米ネット、国際ネットがある。なかでも特に重きをなしているのがインターネットである。

一九五〇年代半ば、連邦政府はインターステート・ハイウェイの整備に乗り出した。二十世紀最大のポーク・バレル事業、すなわち連邦議員が選挙民の歓心をかうために法案を通した公共事業である。第二次大戦中、道路網の不備に泣かされた苦い経験から、軍首脳部は新しく建設される道路が戦車、自動車隊、兵員輸送車等の使用に耐えるものであるようにと注文をつけた。今でこそ、インターステート・ハイウェイが軍用道路網だとは誰も思うまいが、実際、州間高速道路は戦車がトラックのように全米を自由に移動できるように作られているのである。

同じ考え方で、国防総省は全米の軍事施設のコンピュータを結ぶ情報通信網の構築に着手した。一九六九年、国防高等研究企画庁（DARPA）が重ねてきた実験はアーパネットに結実し、さらにインターネットに発展した。世界中のコンピュータ一〇万台を結ぶ電子のハイウェイ網が完成したのである。

コンピュータ世界でインターネットは州間高速道路網に匹敵する成功をおさめた。いや、それどころではない。道路網も通信網も、ともに設計者の予想をはるかに上まわる利用率で車と情報が氾濫した。渋滞と迂回路の不足に対する苦情が殺到し、近視眼的な計画と不充分な保守に対する批判の声は高まる一方だった。とはいえ、そうした苦情、批判はわずか数年前、手探りの実験であったことがあっという間に社会に定着し、普及した事実の反映にほかならない。

当初、DARPAのネットワークはコンピュータが通信網によって相互に接続されうることを立証するための試験台にすぎなかった。実験段階ということで、大学や研究所はこのネットワークを利用したが、本家の軍はこれをほとんど黙殺した。八年を経てなお、アーパネットに接続するコンピュータは数百台を出なかったが、その後このネットワークの信頼性と使い勝手のよさが広く知られるところとなって徐々に人気が高まり、一九八五年には数万台のコンピュータが参加するまでになった。現在、この数は一〇万を超えているに違いない。ネットワークで結ばれたコンピュータの所在を調べるのは、州間高速道路で行ける町を数えるにひとしい。どう迂回路をとってもたどり着けない場所などというのはめったにあるものではない。

ネットワークの成長の苦しみは名称の変化にその跡をとどめている。初期のアーパネットは大学や軍事施設や兵器産業のコンピュータを無差別に結ぶ総合システムだった。その後、軍部がしだいに情報交換をこのネットワークに頼るようになり、ある時点でネットワークは軍専用のミルネットと、研究分野の情報を受け持つアーパネットに分割された。

とはいうものの、軍事関係のネットと学術ネットにさしたる違いはない。しかも、ゲートウェイが情報の交通整理をして、二つのネットワークのあいだをメッセージは自由に行き交っているのである。実際、アーパネットの利用者は誰でも、特にやっかいな手続きもなしにミルネットのコンピュータに接続できる。このアーパネットとミルネットはさらに大小幾多のネットワークに連結している。それらすべてをひっくるめた巨大ネットワークが、すなわち、インターネットである。

インターネットで相互接続された、大学、企業、軍事施設等のおびただしいコンピュータは、都市の建物と同じく、おのおの固有のアドレスをもち、そのアドレスはカリフォルニア州メンローパークのNIC（ネットワーク情報センター）に登録されている。コンピュータはいずれも多数の利用者を擁し、その個々人の名前も同様にNICに登録されている。

NICのコンピュータはこうした管理情報を記憶しているから、インターネットの利用者の名義は電話一本でたちどころに検索できる。コンピュータ人種は転職の機会が多く、データベースはとかく時期遅れになりがちだが、それでもNICのディレクトリはコンピュータ世界の電話帳としてけっこう役に立っている。

私が昼休みで部屋を留守にしているあいだに、ハッカーはNICに忍びこんだ。プリンターはハッカーがNICに〈WSMR〉の略号を照会した対話をそっくり記録に残した。

WSMR？　ホワイトサンズ・ミサイル試射場である。コマンド二つ、わずか二〇秒でハッカーはホワイトサンズのコンピュータ五台のアドレスを探り出した。

天文学者でニューメキシコ州のサンスポット天文台を知らなかったらもぐりである。太陽観測に関しては世界でも指折りの場所とされている。アルバカーキの南数百マイル、サクラメント・ピーク山頂は鳥も通わぬ陸の孤島だが、澄みきった空と大口径望遠鏡が観測者の寂寥《せきりょう》を慰めて余りある。この天文台に通じる唯一の道が、陸軍の誘導ミサイル試射場のあるホワイトサンズを抜けている。かつて私は太陽のコロナ観測で

```
LBL〉 telnet NIC. ARPA   ハッカーはネットワーク情報センターを呼び出す
Trying...
Connected to 10.0.0.51.
Escape character is '^]'.
+------------------ DDN Network Information Center -------------------
|
| For user and host information, type:  WHOIS 〈carriage return〉
| For NIC Information, type:            NIC 〈carriage return〉
+---------------------------------------------------------------------
@ whois wsmr              WSMRを検索する
White Sands Missile Range WSMR-NET-GW. ARMY. MIL
                                                    26.7.0.74
White Sands Missile Range WSMR-TRAPS. ARMY. MIL
                                                    192.35.99.2
White Sands Missile Range WSMR-AIMS. ARMY. MIL
                                                    128.44.8.1
White Sands Missile Range WSMR-ARMTE-GW. ARMY. MIL
                                                    128.44.4.1
White Sands Missile Range WSMR-NEL. ARMY. MIL
                                                    128.44.11.3
```

ない。

サンスポット詣《もう》でのつど、荒涼たるホワイトサンズを通過した。南京錠もいかめしいゲートと守衛所は物見遊山の民間人を寄せつけない。太陽に焼かれることは免れたとしても、不用意に近づけばフェンスに通じた電流で黒焦げになる危険がないとはいえない。

軍は人工衛星を撃ち落とすロケットを開発しているという噂を小耳にはさんだことがある。ＳＤＩスターウォーズ計画の一環だろうが、私たち民間の天文学者風情には、しょせん、軍のやっていることはわからない。私などよりハッカーのほうがホワイトサンズをよく知っているのではあるまいか。

が、それはともかく、ハッカーは明らかに今以上にホワイトサンズのことを詳しく知りたがっている。インターネット経由で彼は五台のコンピュータにログインを試みた。その間一〇分。

プリンターはハッカーの手順を逐一記録した。

コンピューター一台ごとに、ハッカーはゲスト、ビジター、ルート、システムの名義でログインを試みた。あてずっぽうのパスワードを入力してははねつけられるありさまがプリントアウトにそっくり記録されている。おそらく、どのコンピュータもこれらの名義で接続可能でありながら、ハッカーはパスワードを知らなかったばかりに侵入をはたせなかったのであろう。

LBL〉 telnet WSMR-NET-GW. ARMY. MIL	ホワイトサンズのコンピュータに接続
Trying…	
Connected to WSMR-NET-GW. ARMY. MIL	
4.2 BSD UNIX	
Welcome to White Sands Missile Range	
login: guest	ゲストを名乗る
Password: guest	あてずっぽうのパスワードを試す
Invalid password, try again	これは無効
login: visitor	別のありそうな名前を使ってみる
Password: visitor	
Invalid password, try again	これもだめ
login: root	もう一度
Password: root	
Invalid password, try again	やっぱりだめ
login: system	さらに四度目の試み
Password: manager	
Invalid password, disconnecting after 4 tries	

プリントアウトを眺めて、私は憫笑《びんしょう》を禁じえなかった。ハッカーがホワイトサンズをねらっていることは疑いの余地もない。しかし、基地の守りは固かった。電流を通じたフェンスとパスワードにさえぎられて、旅行者もハッカーもミサイル試射場へは一歩も入れない。ホワイトサンズの誰かがきびしく警固の役を務めているのだ。

私はこみあげる笑いをかみ殺して、プリントアウトを部長のロイ・カースに見せた。

「で、われわれとしてはどうします？　ハッカーは、現実には侵入していないわけですが、ホワイトサンズに知らせますか？」

「ああ、もちろん、知らせなくては」ロイはきっぱりうなずいた。「隣に泥棒が入ろうとしているのがわかったら、知らせてやるのが当然だろう。警察にも連絡したほうがいい」

インターネットの治安はどこの管轄だろうか？

「そんなことを私が知るものか」ロイはにべもなかった。「とにかく、今後の方針として、ハッカーにねらわれている機関なり組織なりがあれば必ず知らせることにしよう。実際に侵入するかどうかは問題ではない。電話で注意してやればいいことだ。電子メールは禁物だぞ。それから、これがどこの管轄か、君のほうで調べてくれ」

「わかりました」

まず電話したＦＢＩは、インターネットの治安維持に何のかかわりもない口ぶりだった。

「ああ、その件で、五〇万ドルを超える被害があったのかな？」

「いえ、それは」

「国家機密が盗まれたとか？」

「いえ、それは」

「だったら、お門違いだね」

　ＦＢＩはまたしても私たちの訴えを聞き流した。

　ネットワーク情報センターなら治安機関もわかるはずと考えてメンロー・パークに電話すると、ナンシー・フィッシャーという女性に取り次がれた。ナンシーにとって、インターネットは単なる通信回線とソフトウェアの集合ではなかった。ネットワークは生き物であり、全世界に神経組織を延ばす頭脳である。毎時何万というユーザーがその神経組織に生命を吹きこんでいる。ナンシーは宿命論者のようなことを言った。「これは現代社会の縮図です。遅かれ早かれ、このネットワークという生命体を破壊しようとする暴漢が登場するに違いありません」

　聞いてみると、ネットワークを管轄する特定の治安組織はなかった。現在では国防データ・ネットワークと名を変えているミルネットは、国家機密にかかわる情報を扱う権限がない。それゆえ、機密保護には誰もさして関心を払わないのだという。

「空軍省特別調査課に話してごらんになったらどうかしら」ナンシーは言った。「いわば空軍の麻薬捜査局ですね。麻薬や殺人を扱う軍の警察機構です。コンピュータ犯罪は必ずしも、背任、横領、詐欺等の、いわゆるホワイトカラー犯罪に当たるものではありませんけれど、とにかく、空軍へ話をもっていってむだではないと思います。こちらであまりお役に立てなくて申し訳ありませんが、管轄外だものですので」

それから三カ所に電話して、空軍特別調査課の捜査官、ジム・クリスティと、国防通信庁のスティーヴ・ラッド少佐と会議通話で接続した。

ジム・クリスティはいかにも麻薬捜査官らしい態度物腰で、私はたじろぎを覚えずにはいられなかった。

「確認しますが、ハッカーとおぼしき人物がお宅のコンピュータを経由して、アラバマの陸軍基地のコンピュータに侵入した。そうして、現在さらに、ホワイトサンズ・ミサイル試射場に侵入を試みている、ということですね？」

「はあ。私どもはそのように見ています」ＵＮＩＸシステムにおけるGNU-Emacsの欠陥については触れずにおくことにした。「目下追跡中ですが、ハッカーはカリフォルニアか、アラバマか、ヴァージニアか、ひょっとすると、ニュージャージーか、まだ何とも言えません」

「ほう……。お宅のコンピュータから締め出して逮捕することは考えないのですか？」

ジム・クリスティは先まわりして言った。

「ここで締め出せば、またどこか別の穴からインターネットにもぐりこむでしょう」

スティーヴ・ラッドはハッカーの正体をつきとめることに意欲を示した。「野放しにしておくわけにはいきませんね。機密情報の伝達がないとはいえ、ミルネットの信頼性のためにもスパイは摘発しなくてはなりません」

スパイ？　私は耳がぴくりと立つような気がした。

ジム・クリスティが言った。「ＦＢＩは指一本あげようともしなかったでしょう」

私は過去五回にわたるＦＢＩとのやりとりを省いてただ一言、そのとおりと答えた。

ジム・クリスティはほとんど弁解口調になった。「ＦＢＩは、犯罪という犯罪を全部扱わなくてはならないと決められているわけでもありませんでね。ＦＢＩが引き受けるのは五件に一件といったところでしょう。コンピュータ犯罪は、目撃者がいたり、あるいは、被害のはっきりしている誘拐事件や銀行強盗などと違って捜査がやっかいです。見通しの立ちにくい事件を敬遠したからといって、ＦＢＩのことを悪く思わないで下さい」

スティーヴが性急に口をはさんだ。「ようし、わかった。ＦＢＩは頼りにならない、と。空軍特別調査課はどうなんだ？」

ジムは落ち着いた声でこれに答えた。「私のところは空軍のコンピュータ犯罪を担当している。ふつう、コンピュータ犯罪は被害が出てから訴えがあるものだがね。現在進行中というのははじめてだ」

スティーヴは話をせかした。「ジム、君は特別捜査官だろう。FBIとどこが違うかといえば、法域だけだな。この事件は当然、君の縄張りじゃあないか」

「ああ、そうだとも。おまけに、いくつもの司法機関の管轄にまたがる珍しいケースだよ」電話を通して、私はジムの胸中のつぶやきまで聞こえるように思った。――おおいに関心がある。深刻な事件か、ただ人騒がせのいたずらか、それは何とも言えないが、捜査してみる価値はある……。

ジムは言葉をついだ。「ああ、クリフ。司法機関はそれぞれに権限の範囲というものがあって、人的資源も限られている。それでいきおい、捜査する事件を選ばざるをえないのです。FBIが被害の額を問題にしたのもそのためです。捜査するなら、その努力に見あった成果をあげなくてはならない。これが、国家機密が盗まれたとなると、また話は別です。国家の安全は金には換えられません」

スティーヴがまた口をはさんだ。「しかしね、秘密区分の指定がない情報だって、国家の安全にかかわる場合がないとは言いきれないだろう。要は司法機関にどうやって問題を認識させるかだよ」

「それで、この件はどうなるんです？」私は尋ねた。

「この時点では、われわれとしても行動のしようがありません。もし、ハッカーが軍のネットワークを利用しているということであれば、これははっきりわれわれの管轄です。ひとつ、連絡を絶やさないようにして下さい。いざとなったらただちに行動できるよう、こちらも態勢を整えましょう」

空軍特別調査課をたきつけるねらいで、私は業務日誌とハッカーのプリントアウトのコピーをジム・クリスティに送った。

このやりとりのあとで、ジムはミルネットのことを説明してくれた。私の言うミルネットは国家機密外の情報を扱う国防データ・ネットワークで、国防通信庁が運営している。「国防総省が四軍、つまり、陸海空軍と海兵隊のためにやっているのがミルネットだよ。だから、四軍はいずれも同じ資格でこのネットワークにアクセスできる。ネットワークの支線には必ず軍のコンピュータがつながっているわけだな」

「国防通信庁のスティーヴ・ラッドと空軍省の関係は？」私は尋ねた。

「スティーヴは、いってみれば真っ赤な法衣の大司教みたいな人物でね、陸海空三軍に対してにらみがきく。何かあるな、と思えば直接こっちへ声をかけてくるのだよ」

「あなたは、コンピュータ犯罪専門ですか？」

「ああ、そうだ。ここで空軍のコンピュータ一万台を監視しているよ」

「だったら、こんな事件を片づけるくらい造作もないことじゃありませんか」

ジムは慎重に答えた。「まずは境界線をはっきりさせないことにはね。それをしないとお互いに足を踏んづけあう破目になる。ああ、クリフ。君は特別調査課の手で逮捕されることはないから、その点は心配無用だよ。われわれの権限がおよぶのは空軍基地内だけだ」

またしても管轄の問題だ。

権限だの縄張りだのと、七面倒くさいことこのうえないが、考えてみればこれが一市民である私の権利をも守っているわけだ。憲法は軍が民間の問題に口出しすることを禁じている。ジムに言われて、私は新たな角度から権利について考えるようになった。個人の権利が司法権を妨げることもまたないではない。私は公民権が警察の仕事に制限を加えていることにはじめて思いいたった。

ロイ・カースからホワイトサンズに連絡するように言われていたのを危うく忘れるところだった。電話をすると、さんざん待たされたあげくに文官の身分でミサイル試射場に勤務しているクリス・マクドナルドに紹介された。

私はこれまでの経緯をかいつまんで説明した。UNIX、タイムネット、オークランド、ミルネット、アニストン、空軍特別調査課、FBI。

クリスはみなまで聞かずに言った。「アニストンだって?」

「ええ、ハッカーはアニストン陸軍兵站部でスーパーユーザーになりすましました。

ている」

「アニストンならよく知っているよ。ホワイトサンズとは姉妹基地だ。ここで試験したミサイルをアニストンへ運ぶ。向こうのコンピュータもホワイトサンズとつながっている」

アラバマの片田舎だと思いますが」

偶然の一致だろうか？　いや、そうではあるまい。ハッカーはアニストンのコンピュータのデータを読んで、その出どころは大半がホワイトサンズであることを知ったのだ。ひょっとすると、ハッカーは軍のミサイル貯蔵場に軒並み侵入を企てているのではなかろうか。

あるいは、機密保護に欠陥のあるコンピュータのリストを持っているのだろうか。

私は試みに尋ねた。

「そちらでは、GNU-Emacsを採用していますか？」

クリスはそのことを知らず、後刻確かめると言った。しかし、GNU-Emacsを悪用するには、まずコンピュータにログインしなくてはならない。ハッカーは五台のコンピュータにそれぞれ四度ログインを試みて失敗した。

ホワイトサンズではユーザーに長いパスワードの使用を強制し、かつ、四カ月ごとにパスワードを変更することで機密保護に厳重を期している。ユーザーは自分でパスワードを決められない。コンピュータが〈agnitfom〉〈nietoayx〉といった、あてずっぽうには出てくるはずのないパスワードを設定してユーザーに割りふるのである。ログインには不可欠のパスワードが、こうして偶然に盗まれることのないようになっている。

私はこのホワイトサンズ方式が苦手である。コンピュータが勝手に繰り出してくるパスワードはなかなか覚えられないから、紙切れに書いて財布に入れたり、端末機の脇に貼りつけたりしなくてはならない。ユーザーが自分で好みのパスワードを決めるほうがよほど楽だろう。なるほど、なかには本名をそのままパスワードにするユーザーもいて、まぐれ当たりで盗まれる危険がないでもないが、少なくとも、自分でパスワードを決めるかぎりは〈tremvonk〉といったふうな意味のない文字の羅列を記憶したり、紙切れに書いたりする負担はない。

とはいうものの、ハッカーは私のシステムにまんまと侵入し、ホワイトサンズでは門前払いをくった。やはり、無意味で舌をかむような、覚えにくいパスワードのほうが安全なのだろうか。私には何とも言えない。

ロイ・カースに指示されたことは全部すませた。FBIは見向きもしなかったが、空軍の捜査官は協力を約した。ホワイトサンズには何者かが侵入を企てていることを伝えた。これでよし、と満足して私はマーサを呼び出し、屋台で野菜ピザの食事をした。ホウレンソウとペストーの厚いピザをほおばりながら、ボリスとナターシャごっこで、私は一日の出来事を話した。

「どうやら、ミッション・ワンは終わったよ、ナターシャ」

「よかったわね、ボリス。堂々の勝利じゃないの。ところで、ボリス。ミッション・ワンて何？」

「空軍秘密警察と接触したのだよ、ナターシャ」

「あらそう、ボリス」

「ミサイル基地に、対敵情報工作に力を入れるように忠告してやったよ」

「まあ、そう、ボリス」

「それで、秘密工作ピザを注文した」

「でも、ボリス。スパイはいつ捕まるの？」

「まあ、見てろって、ナターシャ。そいつはミッション・トゥーだ」

歩いて家へ戻る途中から、私たちはまじめに話し合った。

「何だか、だんだんおかしな方へいってるようよ」マーサは言った。「これはあなたが趣味ではじめたことでしょう。はねっ返りの学生をとっちめてやるくらいの気持ちだったわね。それが今では、あなた、制服を着て、ユーモアのセンスなんてかけらもない軍人と手を組んで犯罪捜査よ。クリフ、軍とつき合うなんてあなたの柄じゃないわ」

私はもったいぶって自己弁護した。「これは周囲に害をおよぼすことじゃあないし、軍の警察機構を働かせるのは、むしろ世の中のためになるんだよ。だってそうだろう。悪いやつを排除するのは、もともと彼らの仕事なんだ」

マーサは引き下がらなかった。「それはそうかもしれないけど、あなた自身はどうなの、クリフ？　あなたが軍とつき合ってどうなるの？　連絡をとり合うのは避けられないでしょうけれど、あなた、いったいどこまで深入りするつもり？」

「僕としては、一つひとつちゃんと理屈があって行動してるけどね。僕はシステム・マネージャーだから、コンピュータを守るのは当然の責務だろう。ハッカーが侵入してきたら追跡しなきゃあならないじゃないか。ほうっておけばよそのシステムを破壊するようなことにだってなりかねないんだ。僕が空軍の警察機構に協力しているのは事実だよ。でも、だからって僕は軍隊のすべてを支持してるわけじゃあないさ」

「ええ。でも、あなたは自分の生き方に責任をもたなくてはいけないのよ」マーサは言った。「警官の真似ごとなんかに時間を使っててもいいの？」

「警官？　とんでもない。僕は天文学者だよ。だけど、現に今、研究所の仕事をじゃましようとしてるやつがいるんだ」

「さあ、それはどうかしら」マーサは言い返した。「そのハッカーは案外、政治的には治安当局より私たちに近いかもしれないわよ。味方を追っかけていたら、どうなるの？　ハッカーは、もしかしたら、軍備拡張の害を広く訴えようとしているのかもしれないでしょう。電子時代の反体制行動の一種よ」

私自身の政治的信条は一九六〇年代の末ごろからあまり変わっていない。はなはだあいまいな、新左翼の亜流といったところだ。もともと、政治について深く考えたことはない。人畜無害なノンポリが分相応とわきまえて、やっかいな政治運動にのめりこむこともなかった。左翼過激派のドグマには抵抗を感じるが、自分が保守反動だとは思わない。連邦検察局と仲良しになる気は毛頭ない。が、それはさておき、現に私は軍の警察機構と手を結んでいる。

「ハッカーの正体をつきとめるには、電話を逆探知するしかないんだよ。軍やＦＢＩは必ずしも僕たちの好みではないとしてもさ。ここで軍と一緒に行動したって、ちっとも悪いことはないじゃないか。コントラに武器を横流ししようっていうんじゃないんだし」

「とにかく、足もとに気をつけてね」

13——逆探知は完了したが……

早くも三週間が過ぎようとしている。二四時間以内にハッカーを捕まえなければ、研究所は追跡を打ち切りにすることだろう。私は交換室に張りこんで、息を抜くひまもなかった。

僕の家へおいで。

蜘蛛は蠅に声をかけた。

待ったかいがあって、午後二時三〇分、プリンターがページを送った。ハッカーのログインだ。ゴランの名義を盗用しているが、毎度おなじみのハッカーであることは疑いの余地もない。ハッカーは早速、現在コンピュータを使用中のユーザー名を確かめた。オペレーターの目が光っていないのをよいことに、ハッカーはGNU-Emacsの壁の穴を探り、なれた手順で鮮やかにスーパーユーザーに早変わりした。

私はそれに目もくれず、接続と同時にタイムネットのロン・ヴィヴィエと電話会社のリー・チェンに連絡した。ロンが電話口でなかば独り言のようにつぶやく言葉を書き取るのも仕事のうちである。「お宅のポート14に入っているな。タイムネットはオークランドからだ。こっちのポートは322、ということは、ええと、待てよ……」キーボードをたたく音が聞こえた。「ああ、2902。430-2902だ。この番号を探知すればいい」

リー・チェンの声が割りこんだ。「そのとおり。今こっちで探知している」キーボードの音にまじって何度かビープが鳴った。「たしかにつながっているぞ。AT&Tから接続している。AT&Tのヴァージニアだ。ちょっと待った。ニュージャージーを呼び出すから」

リーがニュージャージー州ウィップニーのAT&Tに電話してエッゼルだか、エド・セルだか、とにかく向こうの技術者とやりとりを交わすのが聞こえた。AT&Tの長距離回線はすべてニュージャージーから探知するものと見える。電話会社の技術用語を理解できないまま、私は耳に入ったとおり書き取った。

「ルーティング5095、いや、5096 MCLNだ」

別の技術者が言った。「マクリーンに連絡しよう」

ニュージャージーの技術者がこれに答えた。「ああ、5096の終端は703ランドだ」

いつの間にか電話の声は六人になった。電話会社の会議通話は音声が実に鮮明だった。最後に、ちょっと訛りのある女性が登場した。「皆さん、マクリーンの中継回線にお集まりね。こっちはそろそろCアンドPで夕食よ」

リーの歯切れのよい声が彼女をさえぎった。「緊急逆探知、ルーティング・コード5096 MCLN。そっちのターミネーション・ラインは427」

「5096 MCLN、ライン427。今こっちで探知してるところ」

しばらく間があって、また彼女の声が伝わってきた。「はい、いただき。あらぁ、これ、415区域からよ」

「やあ、こちら、サンフランシスコ・ベイ」リーが合の手を入れた。

ヴァージニアの女性は誰にともなく言った。「トランク・グループ5096 MCLN、427経由で448に接続。ということはESS4。PBXかしら?」彼女は自分で自分の質問に答えた。「いや、これはロータリーだわね。フレーム24。ええと、どこまで行くのかしら? ああ、ここだ。500のペア・ケーブル。グループ3の12番、ということは、10……そう、1060。ショート・ドロップアウトで確認する?」

彼女が何を言っているのか、私にはちんぷんかんぷんだったが、リーが引き取って説明してくれた。

「逆探知は完了だ。この番号で間違いないか、確認の意味でちょっと接続を絶ちたいそうだ。その間、電話が切れることになるけれども、いいかな？」

ハッカーは電子メールを読んでいる最中だった。何行か脱落があったところで、どうということもなかろう。「どうぞ、やって下さい。どうなるか、こっちで様子を見ますから」

さらに東部と短いやりとりがあってから、リーは決然として言った。「スタンバイ！」中央交換局には遮断器があって、落雷や、電話線を電源ソケットにつないでしまうといった粗忽《そこつ》な事故からハードウェアを守るようになっている。遮断器を落とせば通話は切れる。そこまでする必要はないのだが、念のため、とリーは言った。

ほどなく、交換局の技術者の声が聞こえた。「じゃあ、切りますよ……はい」はたせるかな、ハッカーのコマンド入力の途中でプリンターははたと止まった。逆探知は成功した。

くだんの女性が言った。「1060で間違いないわね。はい、お疲れさまでした。じゃあ、私のほうでティッシュペーパーを切って上へまわしますから」

リーは全員に礼を言って会議通話を打ち切った。「以上で逆探知は終わり。結果は技術屋が文書にまとめるから、探知データがそろいしだい、私から警察へ渡すよ」

どういうことだろう？　逆探知が成功したなら、電話の主を私に知らせてくれなくては困るではないか。

ところがリーの説明によれば、電話会社は警察が相手なのであって、個人に探知情報を明かすことはできないという。それに、リー自身、探知の結果は知らない。探知に当たった技術者が正式な文書をまとめて当局に報告する段どりである。マクリーンの女史がティッシュペーパーを切ると言ったのはこのことだったのだ。

私は抗議した。「そんな官僚的なことを言わないで、ハッカーが何者か教えてくれたっていいじゃないですか」

そうはいかない、とリーは重ねてこばんだ。彼は探知の結果を知らされていない。知っているのはヴァージニアの技術者である。ヴァージニアの電話会社が情報を公開しないかぎり、ハッカーについては何も知らないという点でリーは私と少しも変わらない。

加えて、彼はもう一つの問題を指摘した。私たちが手に入れた令状はカリフォルニアを一歩出れば効力がないことである。カリフォルニアの裁判所はヴァージニアの電話会社に証拠の提示を強要できない。どうしても、ということであれば、私たちはヴァージニア州の裁判所、ないしは連邦裁判所から令状をとらなくてはならない。

私は食い下がった。「ＦＢＩはこれまでにもう五回も私らをつっぱねているんですよ。それに、ハッカーはヴァージニアの法律には触れていないかもしれないじゃないですか。ねえ、そっとこっちへ番号を教えて、あとは知らん顔っていうわけにはいきませんか?」

リーは即答を避け、ヴァージニアに連絡して私に情報を渡すようにかけあってみると言ったが、あまり自信のある口ぶりではなかった。なんとばかげた話だろう、何者かが軍のコンピュータに侵入し、逆探知で番号をつきとめていながら、私たちは手も足も出ないのだ。

が、それはともかく、満足できないまでも逆探知はひとまず成功した。ヴァージニアの裁判所から令状をとるにはどうすればいいだろう。部長のロイ・カースはむこう二週間休暇をとっている。考えあぐねた末、私は研究所の法律顧問に電話した。意外にも、アレサはこの問題を深刻に受けとめ、もういちどFBIに揺さぶりをかけてヴァージニアで立件できるかどうか当たってみる、と請け合ってくれた。私は新参者の分際で、法律上の相談をもちこむことはおろか、直接電話することさえ許されないかもしれないのだとひとこと断りを入れたが、アレサはとり合わなかった。「そんなことを言っている場合ではないでしょう。それに、特許がどうこうという問題よりこのほうがよっぽど重大だし、私としてもやりがいがあるわ」

所轄の警察はしきりに逆探知のことを知りたがった。私はヴァージニア州全区域を強制捜査するようになるだろうからそのつもりでいるようにと答えたが、警察はそんな私のひねくれた態度を意に介さず、ヴァージニアの令状のことで頭をかかえている私にすっかり同情してくれて、引退警官の人脈で裏から情報を手に入れようと申し出た。そうは問屋がおろすまいとは思ったが、せっかく言ってくれるものを断る理由は何もない。だめでもともとではないか。

14 ――ハッカーはCIAをねらう

電話会社が逆探知の結果を秘密にしようとどうしようと、プリンターはハッカーの動きを克明に記録している。私がタイムネットと電話会社の技術者たちと連絡をとり合っているあいだ、ハッカーは研究所のコンピュータ・システムのなかを好き勝手にうろつきまわった。システム・マネージャーの電子メールを読むだけでは満足せず、核物理学者たちのメールまで盗み読むやじ馬ぶりである。

一五分ほど電子メールを読みあさったあと、ハッカーはあらためてベンスンのパスワードで盗用名義、ゴランに立ち返り、ユーザーのパスワードを検索するプログラムを実行しながら、ミルネットのネットワーク情報センターを呼び出した。ホワイトサンズの場合と同様、ハッカーははっきりと目的意識をもって行動している。

ハッカーはCIAへの接続経路を問い合わせたのだ。ところが、コンピュータのアドレスのかわりに、CIAの職員四名の連絡先を知らされた。

これはおどろいた。私はCIAのスパイたちが秘密工作に血道をあげているあいだ

```
LBL〉 telnet Nic. arpa
Trying…
Connected to 10.0.0.51.
+------------------- DDN Network Information Center -----------------|
 | For TAC news, type:                TACNEWS 〈carriage return〉
 | For user and host Information, type:WHOIS 〈carriage return〉
 | For NIC Information, type:          NIC 〈carriage return〉
+---------------------------------------------------------------------|
SRI-NIC, TOPS-20 Monitor 6.1(7341)-4
@ Whois cia
Central Intelligence Agency (CIA)
  Office of Data Processing
  Washington, DC 20505
  There are 4 known members:
Fischoff, J.(JF27)           FISHOFF@A. ISI. EDU   (703)351-3305
Gresham, D. L (DLG33)        GRESHAM@A. ISI. EDU   (703)351-2957
Manning, Edward J. (EM44)    MANNING@BBN.ARPA      (703)281-6161
Ziegler, Mary (MZ9)          MARY@NNS. ARPA        (703)351-8249
```

に、何者かが裏口をうかがっているさまを想像した。

さて、どうしたものだろう？　ＣＩＡに通報すべきだろうか？

いや、そんなことをしたって時間のむだではないか。どこかよそのスパイがＣＩＡの裏庭に忍びこもうというのなら、勝手にさせておけばいい。こっちの知ったことではない。ハッカーの追跡のために私に与えられた三週間はもう過ぎた。このあたりでハッカーは締め出して、物理学や天文学の大事な仕事に身を入れたほうがいい。もはやハッカー事件は私の手を離れたのだ……。

とはいうものの、私はどうにも気持ちが片づかなかった。ハッカーは軍のコンピュータに侵入したにもかかわらず、誰もそれに気づかなかった。ＣＩＡも知らずにいる。ＦＢＩは我関せず焉《えん》である。逆探知までしておきながら、ここで私たちが手を引いたら、あとはいったいどうなるだろうか？

プリントアウトに表示されたＣＩＡの人間に電話しようとして、私は思いとどまった。長髪のヒッピーがＣＩＡのスパイに電話して何になるだろう？　マーサは何と言うだろうか？

そもそも、私は誰の味方だろうか？　ＣＩＡの味方でないことだけは確かである。が、だといって、何者かがＣＩＡに侵入するのを応援しているわけでもない。そんな気持ちは毛頭ない。

私はほとほと頭をかかえた。目の前でどこかの悪党がコンピュータに侵入しようとしているのだ。そのことをＣＩＡに知らせる者は誰もいない。だったら、やはり私が知らせるべきではないか。ＣＩＡの行動に関しては、私は何の責任もない。私は私の責任において行動するだけだ。

また気が変わらないうちに、プリントアウトに出ている最初の一人に電話した。いくら待っても応答がない。二人目は休暇中、とこれは留守番電話の返事である。三人目……。

事務的な声が答えた。「内線６１６１」

私はいささかうろたえた。「あの、もしもし、エド・マニングさんは……」

「私ですが」

私は言葉に窮した。スパイを相手にどう自己紹介すればいいだろう？「あの、突然ですが、私、コンピュータ・マネージャーでして、今、ハッカーを追跡中なんですが」

「ほう」

「で、そのハッカーがＣＩＡのコンピュータに侵入を試みたところが、アドレスのかわりにお宅の電話番号が返ってきたわけなんです。それがどういうことかはわかりませんが、誰かがあなたを捜しています。あるいは、ＣＩＡに接触しようとして、たまたまあなたの名前に出くわしたのかもしれません」私はすっかりおびえてしどろもどろだった。

「そういうあなたは？」

私はおどおどと自己紹介した。今にもトレンチコートの殺し屋集団が押しかけてくるのではないかと気が気でなかった。私は研究所の性格を説明し、バークレー人民共和国とCIAのあいだには公式な外交関係はないことをよくよく強調した。

「明日、そちらへ人をやりましょうか？　いや、明日は土曜日だな。月曜の午後ではどうです？」

さあ大変だ。いよいよ殺し屋がやって来る。私は逃げ腰になった。「いえ、そんなに大げさな話じゃあないのかもしれません。ハッカーに知れたのは、そちらの四人の方の名前だけですから。コンピュータに侵入する気づかいはないだろうと思います」

マニング氏は安心しなかった。「私の名前がそこに出ている理由はわかります。去年、陸軍弾道研究所で多少コンピュータに関係したからです。それはそれとして、情報機関の立場上、このことにはおおいに関心があります。もっと詳しく知りたいと思います。きわめてゆゆしい事態であるのかもしれません」

私はいったい誰を相手に話しているのだろうか？　中米の政治にくちばしを差しはさんで右翼ゲリラに武器を供与しているスパイの一味ではないか。しかし、電話の声を聞いたかぎりでは、さほどの悪党とも思えない。むしろ、憂《うれ》い顔の平凡な一市民という印象である。

これまで私はＣＩＡこそ賊徒とばかり思っていたが、彼らをけしかけて、ＣＩＡに負けず劣らず性質《たち》の悪いやっかい者を追跡させることに何の不都合があるだろう？本当に世に害をなす悪党をＣＩＡが追いかける分にははた迷惑なことはない。いや、それ以上に人助けになることだし、ＣＩＡの逸脱行為も防げるというものだ。

こうなったら四の五の言ってもはじまらない。ＣＩＡは詳しい事情を知りたがっている。隠し立てしなくてはならない理由は何もない。ＣＩＡに話したところで、誰に迷惑がかかるわけでもあるまい。軍事独裁政権に武器を貢ぐこととは話が違う。それどころか、有害な人物から国を守ることこそＣＩＡ本来の務めではないか。ここで私が口を閉ざしたら、いったい誰が話すだろうか？

私はＣＩＡの迅速な対応とＦＢＩのつれない態度を比較せずにはいられなかった。ＦＢＩには六度かけあったが、返事はいつも「おととい来い」の一点張りだった。というわけで、私はＣＩＡと会うことに同意した。ただし、トレンチコートはご遠慮願いたいと条件をつけた。

乗りかかった船だ、と私は思った。電話で接触したのみか、私はＣＩＡをバークレーに請じ入れることにしたのだ。過激派の友人たちにこれをどう話したものだろう？

15――CIAの殺し屋がやって来る

ウィンドミル・クウォーリーは私が生まれ育ったニューヨーク州バッファローとナイアガラ川をへだてて向かい合っている。自転車でピース・ブリッジを渡ってカナダに入り、一〇マイルほどうねうねと下ったあたりに一円では最も環境のよい水泳場がある。路面の穴に気をつけ、アメリカとカナダの出入国管理官に対しててていねいにふるまえば、そこへ出かけていくのに何の問題もない。

一九六八年の六月、ハイスクールが夏休みに入ったばかりの土曜に、私は友人たちとウィンドミル・クウォーリーへ泳ぎに行った。流れの真ん中に浮かべてあるいかだまで泳ぐことが目標だった。夕方六時ごろ、私たち三人は泳ぎ疲れて自転車にまたがり、バッファローへ戻りの道をこぎだした。

ピース・ブリッジの手前三マイルあたりで一台のピックアップ・トラックが、砂利の路肩を走っている私たちを押しのけるようにして追い越していった。トラックから罵声とともに投げられた半分空のギネス・ビールの缶が先頭を走っている女の子に当たった。けがはなかったが、私たち三人は心ない仕打ちに腹を立てた。

しかし、こっちは自転車である。トラックに追い着けるはずがない。かりに追い着いたとしても、私たちにどうする術があったろう？　なにしろ、そこは国境から三マイルもカナダに入った場所である。報復しようにも、私たちはまるで無力だった。

が、一瞬、私はトラックのナンバー・プレートを見た。ニューヨーク州、おお、やつらもバッファローへ帰るのだ。私はとっさにひらめいた。

公衆電話を見つけて飛びこむと、うまい具合に電話帳もある。私はアメリカの税関吏に電話した。「緑色のシェヴィのピックアップ・トラックがピース・ブリッジへ向かっています。はっきりそうとは言いきれませんが、どうやら麻薬を運んでるらしいんです」

税官吏が礼を言うのを聞いて、私は電話を切った。

私たち三人はゆっくり自転車を走らせた。橋のたもとにさしかかって道端の光景を目にしたとき、私は胸中快哉《かいさい》を叫んだ。あの緑のピックアップに間違いない。フードははね上げられ、シートは引きずり出され、おまけに車輪を二つはずされている。役人たちが何人かで車をつつきまわして麻薬を捜していた。

やった！　私はこれですっかり溜飲が下がった。

もうずいぶん昔の話だが、あのとき、何もこっちからビールの缶を投げつけてくれと不心得者に頭を下げて頼んだわけではない。今度のことにしても、私はハッカーに侵入してくれと頼んだ覚えはない。ネットワークからネットワークへハッカーを追跡することになろうとは思ってもいなかった。私にしてみれば、天文学の研究に打ちこめたらどんなにいいか知れない。

とはいえ、今はこっちも腹をくくったのだ。このうえは、巧妙に、かつ、執念深くハッカーを追いかけるほかはない。国家機関が事態を真剣に受け取るなら、情報を提供する用意もある。ＣＩＡのようにだ。

ロイは休暇中である。三週間が過ぎたからハッカー追跡を打ち切れと言えないばかりか、ＣＩＡを研究所に呼んだことについても、私をなじる立場ではない。部長代理のデニス・ホールがスパイ一行を出迎える回り合わせになった。

デニスは禅の修行をした物静かな男で、小型コンピュータとクレイのスーパーコンピュータの仲を取りもつことを自らの務めと心得ている。ネットワークとはコンピュータの強大なデータ処理能力をデスクトップで小出しに利用する手段である、というのがデニスの持論である。人との対話こそが小型コンピュータの身上である。生のデータを処理するのはメインフレームに任せておけばいい。デスクトップ・ワークステーションが遅いなら、面倒な仕事は大型コンピュータにやらせればすむことだ、と彼は言う。

ある意味で、デニスはコンピュータ・センターの背教者である。彼は人々がやっかいなプログラムにわずらわされずに自由にコンピュータを利用することを願っている。ソフトウェアの神さまや、OSの導師がいるかぎり、コンピュータが万人に開放されることを理想とするデニスは満足できない。

デニスはイーサネットと光ファイバーと衛星通信の世界に生きている。

コンピュータのサイズといえば、ふつうは何メガバイトという記憶容量の単位で示される。速さならメガフロップス。つまり、一秒間にどれだけの浮動小数点演算が可能かということだ。ところが、デニスにとってサイズとは、ネットワークに接続するコンピュータの台数のことである。速さはメガバイト・パー・セカンド、すなわち、コンピュータ同士の対話速度が物差しである。システムというのはコンピュータではなく、ネットワークのことである。

デニスはハッカーの侵入を社会倫理の問題と受けとめていた。「人のデータを盗もうという性悪《しょうわる》はいつだっているのだよ。そんなことよりも、ハッカーがこのネットワークを築き上げている信頼を損ねはしないか、それが私は心配だ。長年にわたってコンピュータをつなぎ合わせてきた努力が、ほんの何人かの不心得者のせいで水の泡になるかと思うと何ともやりきれない」

私にはこれが信頼関係を云々《うんぬん》すべき問題とは思えなかった。「ネットワークというのは、要するにケーブルとワイヤーでしかないじゃないですか」

「州間高速道路は、要するに、コンクリートとアスファルトと橋でしかないか？」デニスは言い返した。「君は、単なる物理的な道具立て、つまりワイヤーと通信のことしか考えていないじゃないか。回線を張りめぐらすことがネットワークの仕事じゃあない。隔絶した共同体のあいだを結ぶのが本当の仕事なんだ。誰の負担でネットワークを維持するか、改良していくか、ということも大事だがね。つまるところ、お互いに信頼していない集団同士の橋渡しをして共通の意識を生み出すところにネットワークの意味があるのだよ」

「軍隊や大学みたいに？」私はインターネットのことを考えながら言った。

「ああ、いや、それ以上だ。今のところ、ネットワークで結ばれている共同体間の合意は口約束で、はなはだ心もとない。ネットワークはどこも過密状態だ。ソフトウェアも信頼性に乏しい。世の中の建築物が、現在私らが書いているプログラムのように頼りない技術でできているとしたら、キツツキ一羽で文明なんぞはたちまち滅びてしまう」

あと一〇分でＣＩＡがやって来るという段になって、私たちはどう対応すべきかを話し合った。金曜日の電話逆探知はいいとして、そのほかにＣＩＡが何を知りたがっているかは見当がつかない。私はジェイムズ・ボンドばりの秘密工作員か、ＣＩＡ専属の殺し屋が押しかけてくるありさまを想像した。当然、ミスター・ビッグが背後で糸を操っていることだろう。やって来るのは黒眼鏡にトレンチコートの男たちに違いない。

デニスは因果を含める口ぶりで言った。「クリフ。わかっていることは隠さず話したほうがいい。ただ、勝手な想像はいけない。確かな事実だけを話すことだ」

「それはいいですがね、なかに殺し屋がいて、ハッカーが軍をスパイしていることを発見したという理由で僕を消そうとしたらどうします」

「まじめにやれ」デニスは言った。皆、私の顔を見ればまじめにやれと言う。「くれぐれも態度に気をつけろよ。ＣＩＡはただでさえいろいろと問題をかかえている。バークレーの反体制長髪族はよけいな負担なんだ。ＣＩＡの前でヨーヨーなんかやるんじゃない」

「はい。お父さん。いい子にしますよ。約束します」

「妙に身がまえることはないからな。ＣＩＡといったって、ふつうの人間と変わりない。ただ、多少、神経過敏なだけだ」

「それに、多少、共和党寄りですよね」

ＣＩＡの男たちはトレンチコートも着ていなければ、サングラスもかけていなかった。それどころか、きちんとスーツを着てネクタイをしている。電話で会見を約束したとき、原住民にならって着古しのダンガリーとフラノのシャツで来るように言わなかったことがくやまれた。

ウェインはＣＩＡの四人がやって来るのを窓から見て、私の端末にメッセージを送ってよこした。「総員、甲板へ！　右舷より販売代理店接近中。チャコールグレイのスーツ着用。ＩＢＭの口車に乗らぬよう、時空移転速度を設定すべし」

何も知らずに、無邪気なものだ。

ＣＩＡの四人は自己紹介した。なかの一人、五十過ぎとおぼしき男は運転手とだけ言って名前は名乗らず、終始無言で脇に控えていた。二人目の、グレッグ・フェネルという男はコンピュータの専門家に違いない。それが証拠にスーツが板に付いていない。

三人目はフットボールの選手のような大兵《だいひょう》で、Ｔ・Ｊと名乗った。フルネームを明かしたくない理由があるのだろうか？　一行のなかに殺し屋がいるとしたら、このＴ・Ｊ以外ではありえまい。第四の男は明らかに上級職で、彼が口を開くと、ほかの者たちは神妙に耳を傾けた。総じて彼らはスパイというより、見るからに役人然としていた。

デニスがこれまでの経緯を話すあいだ、ＣＩＡの四人は堅く口を結んで、質問一つはさむでもなかった。私は立って黒板に図を描いた。

グレッグ・フェネルは私の図だけでは納得しなかった。「電話会社とタイムネットのつながりはどうなっていますか？」

私は逆探知とロン・ヴィヴィエの電話会議について説明した。

「ハッカーは文書をいっさい消去していないということですね。そうすると、どこでハッカーに気がつきましたか？」

「課金システムの、ほんのちょっとした事故です。事故というほどでもない、ささいなことですが、ハッカーが入りこんだせいで数字にわずかな誤差が生じて……」

グレッグはみなまで聞かずに言った。「つまり、ハッカーはお宅のＵＮＩＸシステムでスーパーユーザーになりすましたということですね。そいつはやっかいだな」

グレッグはシステムを知りつくしている。私は詳しい話をする気になった。

「GNU-Emacsエディタの盲点をつかれましてね。メール・ユティリティはスーパーユーザーの特権で実行されますから」技術上の問題なら説明に困ることはない。

グレッグと私がＵＮＩＸの話に深入りしかけると、ミスター・ビッグが鉛筆をもてあそびながら口をはさんだ。「ハッカーの人物像についてはどうです？　年齢は？　コンピュータに関する知識はどの程度ですか？」

むずかしい質問だ。「それが、監視をはじめてまだ三週間ですから、はっきりしたことは言えません。ＡＴ＆Ｔ／ＵＮＩＸを使いこなしているところを見ると、バーク

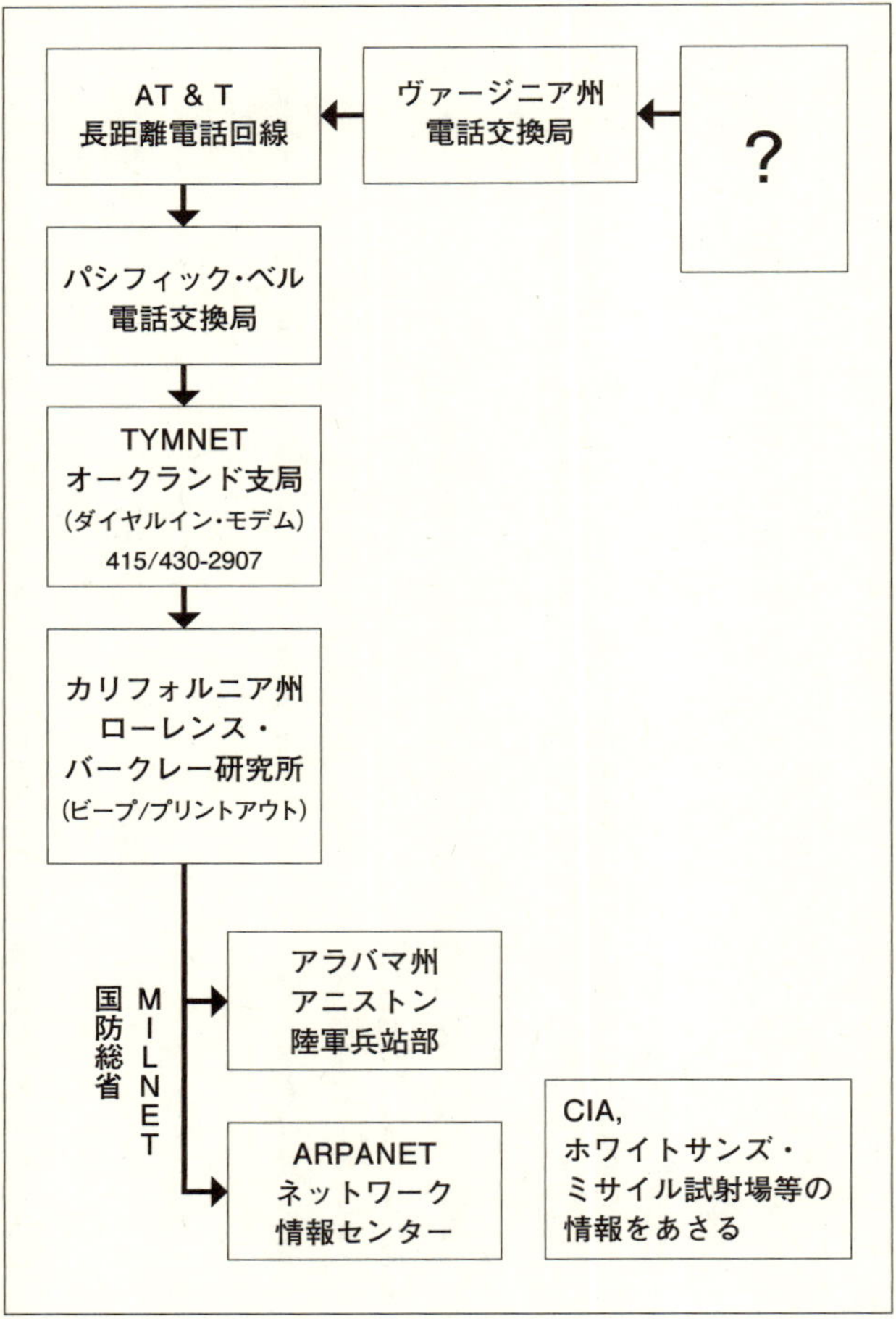
?
ヴァージニア州
電話交換局
AT & T
長距離電話回線
パシフィック・ベル
電話交換局
TYMNET
オークランド支局
(ダイヤルイン・モデム)
415/430-2907
カリフォルニア州
ローレンス・
バークレー研究所
(ビープ/プリントアウト)
国防総省
MILNET
アラバマ州
アニストン
陸軍兵站部
ARPANET
ネットワーク
情報センター
CIA,
ホワイトサンズ・
ミサイル試射場等の
情報をあさる

レーの人間ではないようです。どこかのハイスクールの生徒かもしれません。非常に神経質で、たえず肩越しにふり返っているふうですが、えらく執念深いし、知恵も働きますね」

「英語はわかりますか？」

「さあ、一度うちのシステム・マネージャーあてに〝ハロー〟と電子メールで挨拶をよこしたことがありますが、それっきり、その時の名義は使っていません」

それまでだまっていたＴ・Ｊが質問した。「ハッカーは、セッションを記録していますか？」

「それは何とも言えませんが、手帳にメモくらいはつけているでしょう。いずれにしろ、記憶力は抜群ですよ」

ミスター・ビッグはうなずいた。「これまでに、どういったキーワードを検索しましたか？」

「パスワード、核、ＳＤＩ、北米防空軍といったあたりでしょうか。自分のパスワードは人をくった言葉を選んでいますね。ＬＢＬハック、ヘッジズ、イェーガー、ハンター、ベンスン。人の名義はゴラン、スヴェンテク、ウィットバーグ、マークを盗んでいますが、これは何の手がかりにもなりません。全部、この研究所の人間ですから」

Ｔ・Ｊは何やらふっと思い当たった顔でグレッグに一片の紙切れを渡した。グレッグはそれをミスター・ビッグにまわした。

ミスター・ビッグはものものしくうなずいてから、私に向かって尋ねた。「ハッカーがアニストンで何をしでかしたか聞かせて下さい」

「こっちにはプリントアウトが一部しか残っていませんが、アニストンのシステムにはもう何カ月も前から侵入していますね。一年になるかもしれません。今では侵入が発覚したことを知っていますから、ログインしてもすぐ切り上げます」

ミスター・ビッグはぎこちなく体を揺すった。そろそろお開きという意味だ。グレッグが最後に一つ質問を加えた。「侵入された機関はどことどこです？」

「うちの研究所とアニストンの陸軍兵站。ホワイトサンズ・ミサイル試射場と、メリーランドの海軍工廠にも侵入を試みています。たしか、ドックマスターと言ったと思いますが」

「え？」グレッグとT・Jは色めき立って顔を見合わせ、ミスター・ビッグはきょとんとして二人を見た。グレッグが言った。「ドックマスターがやられたことは、どうして知っているんです？」

「ちょうど、うちの課金システムがいじくられたのと同じころ、ドックマスターから電子メールで、何者かが侵入を図ったと言ってきたんです」

ＣＩＡがどうしてそれにこだわるのか、私は合点がいかなかった。

「侵入したんですか？」

「いえ、そこまではいかなかったと思います。それはそうと、ドックマスターというのはどういうところですか？　海軍工廠じゃあないんですか？」

ＣＩＡ一同は声をひそめて話し合った。ややあってミスター・ビッグがうなずき、グレッグが私の質問に答えた。「ドックマスターは海軍工廠ではありません。ＮＳＡ――国家安全保障局の施設です」

ハッカーはＮＳＡ侵入を企てたということか？　いよいよ妙な話になってきた。謎の人物はＣＩＡ、ＮＳＡ、陸軍ミサイル基地、北米防空軍司令部を目標と見定めている。

ＮＳＡについては私も多少は知っている。電子諜報専門の情報機関で、世界各国のラジオ放送を聞くのが主な務めである。人工衛星を打ち上げて、ソヴィエトの電話を盗聴するようなこともやっている。ＮＳＡが国際電話電報を残らず記録しているという噂を耳にしたこともあるが、これは信じられない。

グレッグは自身の立場からＮＳＡについて解説を加えた。「国際間に飛びかう電気信号を傍受して情報を分析することがＮＳＡの仕事の大半ですが、一方、ある部門ではアメリカの国家機密を保護する仕事を受け持っています」

「ああ」私は知ったかぶりでうなずいた。「共産圏の人間には解読できない暗号を編み出すとかね」

デニスがきっと私をにらみつけた。口を慎め、とその動かぬ唇は言っていた。

「まあ、そんなところです」グレッグはうなずいた。「その任に当たっている部門では、当然ながらコンピュータの機密保護に神経を使います。ドックマスターのコンピュータもそこの管理下です」

「双面の神ヤヌスみたいですね」私は言った。「一方では外国の暗号を解読しながら、片方では解読されない暗号を作ろうっていうんだから。常に矛盾をかかえこんでいるわけですよ」

「われわれCIAも似たようなものです」グレッグはばつが悪そうに左右をふり返った。「CIAは悪辣な手段を弄して秘密工作をする組織だと一般には思われていますが、そもそもCIAは地味な情報機関でしてね。もっぱら情報の収集と分析評価が私らの仕事です。ところが大学へ行ってそういう話をしてもなかなかわかってもらえない」

グレッグは目をむいて天井を仰いだ。彼は大学へ人集めに出かける苦労も体験しているというわけだった。なぜとはなしに、私はこのスパイなら信用してもよさそうだという気になった。グレッグはふんぞり返ったところがなく、のみこみがよくて、しかも、沈着冷静だ。この先も暗がりでハッカーを追跡することになった場合、グレッグのような男が一肌ぬいでくれたら頼もしい。

「それにしても、国家機密には縁のない、保護も不完全な研究所のコンピュータからＮＳＡのコンピュータに接続できるのはどうしてですか？」私は尋ねた。こっちからＮＳＡに手が届くなら、ＮＳＡもまた私を監視できる理屈である。

「ドックマスターはＮＳＡで唯一、機密扱いの指定を受けていないコンピュータでしてね」グレッグは言った。「コンピュータの安全基準にかかわるＮＳＡの下部機構の所属で、事実上、公開されています」

ミスター・ビッグが重々しく押し出すように言った。「どうやら、この件についてはわれわれは動きようがありませんね。他国の情報工作であることを裏づける証拠はないと考えていいでしょう。任務を帯びた工作員が相手方に合図を送るというのはありえないことだし」

「じゃあ、これはどこへ持ちこめばいいんですか？」私は尋ねた。

「ＦＢＩです。お役に立てずに申し訳ありませんが、管轄外ですので。ＣＩＡの被害は職員四人の氏名が表に出たことですが、もとより、それはＣＩＡの機密に属するものではありません」

一同を見送りかたがた、私はグレッグとＴ・Ｊに研究所のＶＡＸコンピュータを披露した。ディスク・ドライヴのあいだを歩きながら、グレッグは言った。「これは私が今までにかかわったハッカー事件のうちでも最も重大だと思います。上司はあのように言っていますが、この先、何かあったら私に知らせるようにしてくれませんか」

私はすっかりグレッグが気に入った。「そうしましょう。私の業務日誌をごらんになりますか？」

「ええ。資料は全部送って下さい。CIAは何もできないとしても、この種の脅威についてはよく知っておく必要がありますから」

「じゃあ、何ですか？　スパイもコンピュータを使うんですか？」

グレッグとT・Jは顔を見合わせ、声を立てて笑った。「何台あっても足りないくらいですよ。CIAの建物はコンピュータの上に乗っかっているようなものです」

「CIAはコンピュータを何に使うんです？　外国の政権を転覆させるソフトウェアがあるんですか？」幸い、デニスはそばにいなかった。

「私ら、非道な暴漢の徒党じゃありません。情報収集家の組織です。情報というのは、データの相関関係を見きわめて、分析統合してはじめて価値をもつものです。そのための文書処理だけでも、実に膨大な量になりますよ」

「でも、それはパーソナル・コンピュータ次元でしょう」

「いえ、情報活動に十全を期するなら、そんなことでは間に合いません。私らは何としても真珠湾の二の舞は避けなくてはならないと考えています。そのためには、しかるべき人物にいちはやく情報を伝える必要があるのです。情報は速くなくてはいけない。とりも直さず、ネットワークとコンピュータということです。各国政府の行動を分析、予測するのに、ＣＩＡはコンピュータ・ベースのモデルを使います。これも、超大型コンピュータの仕事です。現代は、経済予測から映像処理にいたるまで、何もかも大型コンピュータですよ」

ＣＩＡが大型コンピュータを必要とするとは知らなかった。「システムの安全はどうやって守るんですか？」

「完全隔離ですよ。外部とは、いっさい、回線の接続はありません」

「ＣＩＡの職員が、人のファイルを読むことはできるんですか？」

グレッグは笑ったが、Ｔ・Ｊはしかつめらしい顔だった。「それはできません。ＣＩＡでは、人と人とのあいだが全部、壁で仕切られていましてね。だから、ある人間が……何といいますか、信用の点で問題があったとしても、危険のおよぶ範囲はおのずと限られるわけです」

「でも、誰かが他人のファイルを読むことを、どうやって防ぐんですか？」

「信頼性が保証されているオペレーティング・システムを使うのですよ。個人個人のデータのあいだに厚い壁のあるコンピュータです。どうしても人のファイルを読むことが必要な場合は、きちんと許可をとらなくてはなりません。これについては、Ｔ・Ｊがいろいろ恐ろしい話を知っていますよ」

T・Jは横目使いにグレッグをにらんだが、グレッグはまるで屈託がなかった。「かまわないじゃないか、T・J。どうせもう、表沙汰になっていることなんだ」

「二年前に、出入りの業者に集中制御式の端末交換装置を作らせたんだ」T・Jは態度を変えて重い口を開いた。「なにしろ、何千台という端末とコンピュータを相互接続しなくてはならないのでね」

「ああ、ここの交換室と同じですね」

「お宅の交換室の五〇倍と思ってくれれば、だいたい規模は想像がつくだろうな」T・Jは先をつづけた。「業者の従業員は全員、CIA職員と同じ身元調査をして、審査に合格した者だけがその仕事にたずさわった。情報関係でいう秘密区分では、これは最高機密だよ。

その後、情報部の秘書が一カ月の休暇をとってね、休み明けにコンピュータにログインしたところが、前の週に何者かが彼女の名前でアクセスしていることに気がついた。CIAのシステムでは、コンピュータを使うつど、最後にその名義でログインしたのがいつかわかるようになっているのだよ。

そこで、いろいろ調べてみると、端末の接続をした男がコンピュータ・ルームから電話盗聴の要領でパスワードとテキストを盗んだことがわかった。それでパスワード・ディスクをこっそり読んだのだな」

私はＬＢＬの交換室で回線を監視することなど、ＣＩＡから見れば児戯にひとしいと思い知った。「その男は消されましたか？」私は尋ねた。深夜、サイレンサー付きの拳銃を帯びた殺し屋がコンピュータ技術者の自宅に忍び寄る光景が目に浮かんだ。

Ｔ・Ｊは何とも形容しがたい顔で私を見た。「冗談じゃない。ＣＩＡではね、〝われら神を信ず。神のほかは嘘発見機《ポリグラフ》にかく〟と言うのだよ」

グレッグが引き取って結末を話した。「問題の人物を一週間、嘘発見機にかけましてね、それを受けて、ＦＢＩが起訴しました。当分は明るいところへ出られないでしょう」

別れしなに、私はＴ・Ｊに尋ねた。「ＣＩＡはこの件について、行動を起こすことはない、という見通しですね？」

「上のほうで、それにはおよばず、と判断したら、われわれの出る幕はないな。そういうことは、エド・マニングの胸ひとつだよ」

「え？　エド・マニングって、プログラマーじゃないんですか？」

「どういたしまして。マニングは情報技術担当部長だよ。エド・マニングに電話するのは中枢神経を刺激するようなものだ」

ＣＩＡの上級管理職にもネットワークのことを熟知している人物がいるということか。ＣＩＡも隅におけない。職員を四人も派遣してきたのも、それを聞いてみればばうなずける。本部には、もっと強大な権力をもつミスター・ビッグがいるのだ。

「じゃあ、皆さんが本部へ帰って、たいしたことはない、と報告すれば、この件はそれまでですね？」

「いずれにせよ、われわれにできることはほとんどありません」グレッグが言った。「これはFBIの縄張りですから」

「CIAから揺さぶりをかけて、捜査に腰を上げさせる手はありませんか？」

「その方向で努力はしてみますが、あまり期待しないで下さい。FBIは銀行強盗や誘拐犯なら喜んで引き受けます。しかし、コンピュータ犯罪となると、その、いろいろとむずかしい問題がありましてね」

「つまり、いいかげんに見切りをつけて、ハッカーを締め出せということですか？」

「いいえ、そうは言っていません。あなたは広範囲にわたるハッカーのネットワーク侵害を目撃しているのです。何者かが、国家の情報システムの心臓部をうかがっています。小規模な侵入については、これはもう、以前からいずれそういうこともあるだろうと覚悟していました。しかし、これほど大々的な例ははじめてです。複雑な接続経路……微妙な目標ばかりを選ぶ執念……。あれこれ考え合わせると、ハッカーは明らかにCIAのコンピュータにねらいを定めています。あなたが締め出せば、別の穴からもぐりこむまでの話でしょう」

「じゃあ、ＦＢＩに知らん顔をされても、ハッカーを泳がせて見張りをつづけろ、ということですか？」

グレッグはＴ・Ｊの顔色をうかがった。「役所がこうと方針を決めたら、私は逆らえません。ですが、あなたが今していることは、ああ……それ自体、一つの重要な研究です。ＦＢＩもいずれは目を覚ますでしょう。それまでは、投げ出さずにがんばって下さい」

私はびっくりした。ＣＩＡはことの重大さを認識していながら、手も足も出ないという。口先だけのことだろうか？

ともあれ、激励の言葉を残してＣＩＡは引きあげていった。

16――ルイス・アルヴァレズ

ＣＩＡの目の前でハッカーが現れてくれると面白かったのだが、そういう時に限って鳴りをひそめている。そして、翌朝九時一〇分に接続してきた。例によってタイムネットと電話会社を動員して逆探知を進めたが、またしてもヴァージニアで厚い壁にぶつかった。カリフォルニアの捜査令状がヴァージニアで通用するものなら、と私は地団駄ふむ思いだった。

この日、ハッカーは自信を通り越してふてぶてしいほどだった。手順はいつもと同じである。現在システムを使用中のユーザー名を確認して、壁の穴から忍びこみ、電子メールを読みあさる。これまでは、新しいコマンドを試みて失敗することもままあったが、この日は何一つ不なれなことはしなかった。勝手を知って迷いがない。誤操作のへまも犯さない。

まるでこれ見よがしである。

ハッカーはただちにアニストン陸軍兵站に侵入してミサイルの即戦態勢に関する短

いファイルを呼び出し、次いでメリーランド州アバディーンにあるBRL——陸軍弾道研究所のコンピュータに侵入を試みた。ミルネットの接続には何秒とかかからなかったが、BRLのパスワード方式がハッカーを寄せつけず、彼はすごすごと引き返すしかなかった。

それから午前中いっぱい、ハッカーはバークレー研究所のファイルを手当たりしだいにひっくり返してパスワードをあさった。おかげで私は身動きがとれない。ある物理学者の古いファイルから、ハッカーはローレンス・リヴァモア研究所のクレイ・スーパーコンピュータに入りこむ手順を探り出した。

やたらな人間があてずっぽうのパスワードでスーパーコンピュータに接続することを防ぐために、リヴァモアもまた、〈agnitfom〉や〈ngagk〉といったコンピュータが無作為にひねり出すパスワードを採用している。当然ながら、こうしたパスワードはなかなか覚えにくい。そのために何が起きるかといえば、ユーザーのなかにはコンピュータ・ファイルに自分のパスワードを記憶させる者が出てくるわけなのだ。目の前の壁に番号錠の組合せ番号《コンビネーション》が書きつけてあったら錠前は用をなさない。

われらがUNIXの導師、デイヴ・クリーヴランドはハッカーの動きを眺めながら言った。「どうがんばったところで、リヴァモアの機密指定コンピュータには入りこめないさ」

「どうしてです？」

「機密システムはネットワークとつながっていない。完全に孤立しているんだ」

「じゃあ、このパスワードは何ですか？」

「リヴァモアにも機密指定を受けていないコンピュータはある。核融合エネルギー研究部門のようにな」

「爆弾を作ってるみたいに思えますけどね」私は言った。核融合と聞くとどうしても爆弾を想像せずにはいられない。

「核融合炉をこしらえて、安い電気を実現しようという研究だよ。ドーナツ型の磁場を作って、そのなかで核融合反応を起こすんだ」

「ああ、子供のころ、よくそれで遊びましたよ」

「そうだろう。これは兵器開発ではないから、コンピュータはネットワークからアクセスできる」

「リヴァモアに知らせて、このパスワードの登録名義は抹消するように言ったほうがよくはないですか」

「まあ待てよ。磁気的核融合エネルギー――MFEコンピュータは、ここからではアクセスできない。君の仲良しのハッカーは骨折り損のくたびれもうけだ」

「しかし、敵もさる者ですからねえ。そう簡単には……」

「私の言うことに間違いはないって」

ハッカーはさらに数分間、システムをうろついてから接続を絶った。リヴァモアには見向きもしなかった。

「案ずることもなかったな」デイヴは肩をすくめた。

のちの証拠にと、デイヴと私はハッカーの残したプリントアウトに署名した。自分の部屋へ戻って一時間ほどすると、端末のビープが鳴った。ハッカー再登場である。ところが、プリンターはこそとも動かない。UNIXシステムを調べてみると、ハッカーはスヴェンテクの名前でログインしていた。にもかかわらず、タイムネットはくぐっていない。

私は急いでダイヤルイン・モデムを当たってみた。研究者二人がプログラムを編集しているほかは、営繕課が業者から提出された見積もりを検討し、学生が一人、ラブレターを書いているところだった。ハッカーの姿はどこにもない。

交換室から自分の部屋へ駆け戻って、UNIXコンピュータの状態表示を出力してみると、たしかにスヴェンテクがログインしている。はて、どこから入りこんできたのだろうか？

私ははっと気がついた。ハッカーの侵入路は通常の1200ボー回線ではない。だから交換室を素通りしたのだ。つまり、ハッカーは研究所のLAN、構内情報通信網イーサネットから侵入しているということである。研究所内の無数の端末機やワークステーションを緑色のケーブルが相互に接続している、あのイーサネットだ。

私はウェインの部屋に飛びこんだ。「ねえ、ハッカーが、うちのＬＡＮにつながってますよ」

「落ち着け、クリフ。どれどれ……」ウェインのところでは五台の端末がそれぞれ別のシステムを監視している。「ほう、スヴェンテクだな。ＵＮＩＸ－４コンピュータだ。さあ、どうする？」

「どうするって、こいつはハッカーですよ。しかも、うちのイーサネットから侵入している」

「見上げたものだな。イーサネットに入りこむ手はいくらでもあるけれども」ウェインは別の端末に向き直った。「俺の敬愛するイーサネット・アナライザーで、やつが何をやってるのか見てやろう」

ウェインがパラメータを入力する手もとをながめながら、私はハッカーがＬＡＮに登場したことが何を意味するか考えた。イーサネットは研究所の構内全域を共同回線で結んでいる。そのネットワークにハッカーが入りこんだとあってはおだやかでない。イーサネットにつながったパーソナル・コンピュータまでがハッカーにねらわれるということだ。

が、一方、これは喜ぶべきことかもしれなかった。ハッカーはバークレーの住民どころか、当研究所に籍のある人物である可能性さえ考えられるではないか。もしそうだとすれば、追跡の範囲はぐっとしぼられる。ウェインがイーサネットを探知すれば、ハッカーからほんの数フィートのところまで接近できるに違いない。

「接続経路がわかったぞ。こいつは、ああ……MFEネットを制御するコンピュータから入ってきている」

「じゃあ、何ですか？　ハッカーはMFEネットワーク経由でこの研究所に侵入しているっていうんですか？」

「そうだよ。ローレンス・リヴァモア研究所の磁気的核融合エネルギー・ネットワークだ」

私は廊下に顔をつき出して叫んだ。「ねえ、デイヴ！　リヴァモアのお客さんに誰が来てると思います？」

デイヴはあわてるふうもなくウェインの部屋にやって来た。「どうやってリヴァモアに入りこんだって？　それに、あそこからうちのUNIXへは接続がないぞ」

「どうやってリヴァモアへ入りこんだかわからないけど、現にリヴァモアからここのイーサネットにつながってるんですよ」

ウェインはまたぞろデイヴを相手に、UNIXをぼろくそにこきおろした。仇敵同士の議論をよそに、私はリヴァモアに電話した。

三度かけ直して、やっとMFEネットワークのシステム・マネージャーに通じた。

「もしもし、はじめまして。突然ですが、お宅のシステムにハッカーが侵入してるので、お知らせしておこうと思いましてね」

女性の声が答えた。「は？　あなた、どちら？」

「私、LBLの者です。誰かがここのコンピュータにいたずらをしてるもので、調べてみると、これがMFEネットワークから入りこんでいるんですね。リヴァモアからログインしているようですよ」

「まさか、そんな。ちょっと調べてみますけど……現在、リヴァモアからバークレーに接続中のジョブは一つしかありません。登録番号1674……ユーザー名はクロムウェル」

「それそれ」私は言った。「そいつがハッカーですよ。ほんの二時間ばかり前に、バークレーのコマンド・ファイルからパスワードを盗んだんです」

「この名義はこちらで抹消します。うちのシステムを利用したいなら、クロムウェルはパスワードの秘密を守ることを覚えるべきです」彼女はユーザーに非があると理解している。本当は、〈agnitfom〉などというわけのわからないパスワードを強制する不親切なシステムに問題があるというのに。

「接続を探知できますか？」私としては、せめて回線をつきとめるまではリヴァモアにハッカーを引きとめておいてもらいたかった。

「いえ、私どもはいっさい探知の権限を与えられていません。どうしても、ということでしたら、そちらから上のほうへ話を通して下さらなくては」

「でも、話がつくころにはハッカーは消えてますよ」

「リヴァモアの機密保護は厳重です」彼女は言った。「リヴァモアにハッカーが侵入したことが表沙汰になったら、上層部の首が飛びますよ」

「ハッカーがどこから侵入してるか探知しなかったら、お宅のシステムから締め出せたかどうかだって知りようがないじゃないですか」

「私の仕事はコンピュータを動かすことであって、犯罪捜査ではありません。あなたがハッカーを追跡するのは自由ですが、私はごめんこうむります」

　彼女はすべてのアクセスを遮断して、盗まれた名義をシステムから抹消することにした。ハッカーはリヴァモアのコンピュータから、ということは、つまり、私たちの目の前から姿を消した。

　まあ、それはそれでよかったと思う。彼女が探知を開始したとしても、私はハッカーの動きを監視できないのだ。ハッカーが侵入している事実はわかる。しかし、MFEネットワークは交換室を通さずに私のコンピュータに直結している。プリンターはハッカーの行動を何一つ記録できない。

私はさえない気持ちで食事に立った。研究所のキャフェテリアで、たまたまルイス・アルヴァレズと一緒になった。発明家でノーベル物理学賞受賞者のルイスは二十世紀のルネッサンス人間である。ルイスは官僚主義にわずらわされて時間をむだにすることを好まない。何ごとであれ、彼は常に結果を重視する。

「どうかね、天文学のほうは?」ルイスは成層圏の高みにいる人物でありながら、私のような青二才にも気さくに声をかけてくれる。「相変わらず、望遠鏡の組み立てか?」

「いえ、今はコンピュータ・センターにいましてね。プログラムを書いていなきゃあいけないんでしょうが、このところ、ハッカーを追いかけることに追われていますよ」

「うまくいっているかい?」

「これが、回線上の隠れん坊でしてね。はじめはバークレーの人間だとにらんだんですが、オークランド、アラバマ、ヴァージニアと転々として、今度はリヴァモアですよ」

「FBIには連絡したか?」

「六回しました。でも、ほかのことで手いっぱいだとかで、どこへ行っても冷たくあしらわれて参ってるところです」私は昼間のリヴァモアとのやりとりを話した。

「ああ、それぞれ自分の仕事があるからね」

「でも、こっちはよかれと思ってやっていることですよ。それなのに、みんな、人の家に強盗が入ろうとどうしようと知らん顔なんだから」

「殉教者気どりはよしたほうがいい、クリフ。ハッカー追跡を一つの研究と考えたらどうかね。誰も関心を示さない。リヴァモアも、FBIも、そっぽを向いている。ふん、あと一、二週間もすれば、この研究所の幹部までがハッカーなんぞはうっちゃっておけと言いだすのではないかね」

「それが、実は、三週間という期限を与えられて、もうその三週間は過ぎているんですよ」

「それを私は言っているのだよ。本当の研究というものは、どれだけ金がかかるか、時間をくうか、結果がどう出るか、はじめからわかるわけがない。一つだけ言えるのは、まだ人が足を踏み入れたことのない世界があって、そこへ行けば何か発見のチャンスがあるということだ」

「そう言うのは簡単ですけどね、僕の場合、先輩マネージャー三人に頭を押さえつけられているし、プログラムは書かなきゃあいけないし、システム管理の仕事もありますからねえ」

「それがどうした？　君は獲物を嗅《か》ぎつけているんだろう。君は探検家ではないか。この背後にいるのは何者か、考えることだ。案外、国際的なスパイの正体をあばくことにならないとも限らないぞ」

「いやあ、学校が面白くないハイスクールの生徒といったところが落ちじゃないですか」

「うん。だとしたら、誰のしわざであるかは問題にしないことだ」ルイスは言った。「警官になろうとしてはだめだ。科学者に徹するのだよ。接続経路や、ハッカーの手段や、システムの弱点を研究したらいい。物理学の法則にしたがって考えを進めることだ。そうして、問題解決の新しい方式を見つけるのだな。いずれデータをそろえて結果を発表すればいい。証明可能な事実だけを信じること。ただし、ありそうもない解決を頭から捨ててかかってはいけない。偏見を排して、常に公平にものを見ることが大切だよ」

「でも、厚い壁にぶつかったらどうすればいいんです?」

「リヴァモアのシステム・マネージャーのようにかね?」

「あるいは、逆探知の結果を教えてくれない電話会社とか。令状をとってくれようともしないFBIにしても、あと二日もすれば追跡を打ち切れと言う研究所の偉い人たちにしても、みんな同じですよ」

「行き詰まりというのは気持ちの問題でね。君は〈立ち入り禁止〉の札を見ただけで引き返したことがこれまでに一度でもあるかな? 壁にぶつかったら回りこめばいい。

回りこめなかったら乗り越える。それもだめなら、下を掘ってくぐり抜けるまでの話だ。とにかく、投げ出してはいけないよ」

「でも、僕の給料は誰が払ってくれますか?」

「上の人間が何と言おうと、そんなことはどうだっていい。金のことなんか心配するな。誰も研究に金を出しゃあしない。関心があるのは結果だけだ」ルイスは言った。「ああ、ハッカー追跡計画を詳しい文書にして出すのもいいだろう。五〇ページにわたって、これまでにつかんだ事実、今後の見通し、経費概算をこと細かに書くのだよ。君の仕事を正当に評価できる審査員三人の名前と、費用効果率、それに、君がこれまで発表した論文も書き添えておくといい。ああ、そうだ、君の計画の理論的正当性を開陳することを忘れないように。

　あるいは、ただひたすら、ハッカーを追いかける手もあるな。それには、ハッカーより速く走らなくてはだめだ。研究所のお歴々よりも速く走ることだ。人を頼ってはいけない。自分だけが頼りだよ。上役の機嫌は損ねないようにすること。だといって、縛られてしまってはしょうがない。静止標的にはならないように、そこはうまくやるのだね」

　そうやって、ルイスはノーベル賞を獲得した。重要なのは、ルイスが何を研究したかではなく、いかにしてその研究を進めたか、ということだ。ルイスは何に対しても人一倍の好奇心を示す。ふつうよりわずかにイリジウム元素を多く含有するいくつかの石塊から、彼はイリジウムの素である隕石が六五〇〇万年ほど前に地球に降りそそいだという仮説を立てた。そして、古生物学者たちの懐疑に臆することなく、その隕石雨こそが恐竜絶滅の原因だと主張したのだ。

ルイス・アルヴァレズはノーベル賞の対象となった研究において、極微粒子を自分の目で見たことはただの一度もない。泡箱でその飛跡を撮影しただけである。彼は飛跡を分析して、その長さから粒子の寿命を、飛跡が描く曲線から電荷と質量を計算した。

私のハッカー追跡をルイス・アルヴァレズの研究になぞらえるのはおこがましいが、どうせ私は何一つ失うものもない身の上である。ルイスの方法には学ぶところ少なくない。いったい、ハッカーを科学的に研究するにはどうしたらよかろうか？

夕方六時一九分に、ハッカーはまた現れた。今度はタイムネット経由である。私は探知する気にもならなかった。どうせ結果は知らせてもらえない。夕食の席から彼らを呼び出したところでどうなるものでもあるまい。

私は腰を落ち着けて、ハッカーがマサチューセッツ州ケンブリッジはＭＩＴ人工知能研究所のＭＸコンピュータ、ＰＤＰ－10に手探りで侵入するありさまを見守った。ハッカーはリトウィンの名前でログインし、一時間近くを費やしてこのコンピュータの操作手順を研究した。ＭＩＴのシステムには不案内である証拠に、ハッカーは何度もヘルプ・システムを参照した。さんざん苦労して、ものにしたのはせいぜいファイルを一覧することくらいだった。

人工知能の研究は、どだい、素人の理解を絶する世界である。ハッカーもこれには歯が立たなかった。一時代前のオペレーティング・システムは、ほとんど機密保護が留意されていない。誰であれ、その気になれば人のファイルを自由に読むことができる。ところが、ハッカーはそこに気づいていない。システムを理解することのむずかしさが情報の保護に貢献しているわけだった。

週末にハッカーが研究所のシステムでわがもの顔にふるまうのは業腹だ。私は不寝番をするかわりに、ネットワークとの接続をすべて遮断した。抗議をかわす用心に、ログインしてくるユーザーあてに「工事のためネットワークはすべて月曜まで接続不可」と断りを出すことも忘れなかった。これでハッカーのミルネットへの侵入を防ぐことができる。一方、接続遮断に対する抗議の件数によって、どの程度の利用者がネットワークに依存しているか見当がつくとすれば一挙両得というものだ。

思いのほかに抗議が殺到した。私は少々具合の悪いことになった。

ロイ・カースが真っ先にかみついてきた。「クリフ。ネットワークが不通になったせいで、大勢の利用者が迷惑をこうむっている。電子メールが読めないという文句がずいぶんきているよ。何とかならないか?」

ロイ・カースは私のユーザーあて「謹告」を額面どおりに受け取ったのだ!

「わかりました。何とかしてみましょう」

ネットワークを旧に復すのに、ほんの五分とかからなかった。ロイは私が手品を使ったかと目を丸くした。知らぬが仏、言わぬが花。

が、ネットワークを遮断しているあいだも、ハッカーは休まなかった。モニターのプリントアウトに足跡を残したにすぎないが、行動を知るにはそれで充分だ。ハッカーは明け方の五時一五分にネブラスカ州オマハのミルネットに接続を試み、二分後に姿を消していた。ネットワークのディレクトリを調べてみると、ハッカーが接続を試みた先は軍需産業の大手、SRI社である。

私はSRI社のケン・クレピーに電話した。ケンはハッカーにねらわれているとは知らなかった。「何かあったら連絡するよ」

二時間後、ケンは電話をよこした。

「もしもし、クリフ。信じてもらえないかもしれないけどね、課金ログを調べたところが、誰かがうちのコンピュータに侵入しているんだ」

私は信じた。「どこでわかった?」

「週末の休みのあいだに、何カ所からかアクセスがあってさ、それがみんな、今は使われていないはずの名義なんだ」

「何カ所からか、というと？」

「アラバマのアニストン、カリフォルニアのリヴァモア。うちの昔の名義で、ＳＡＣなんていうのを使ってる。御当地オマハの戦略空軍司令部だよ」

「どうやって侵入したか、わかるかな？」

「それがね、パスワードが錠前の役をはたしていないものだから」ケンは言った。「ユーザー名がＳＡＣで、パスワードがＳＡＣときている。どうも、お粗末さまとしか言えないわなあ、え？」

「で、ハッカーは何をしでかした？」

「課金の記録からは何もわからないがね、ただ、いついつかに接続があった、ということだけははっきりしているよ」

　私はその日時を聞いて業務日誌に書きとめた。ケンは自分のところのシステムを防御するために利用者全員のパスワードを変更し、新しいパスワードは個別に面談して口頭で伝えることにした。

　ハッカーは、アニストンとリヴァモアと、少なくとも二つのコンピュータを経由してミルネットに接続している。そのほかに、おそらくＭＩＴも利用しているだろう。ＭＩＴ。うっかり忘れるところだった。私はコンピュータ室のカレン・ソリンズなる女性に電話して、金曜日の夜の侵入を伝えた。

「どうぞご心配なく」カレンは言った。「どうせコンピュータには何も入っていませんし、ここ何週間かのうちに、今のシステムは破棄することになっていますから」

「それを聞いて安心しました。ところで、リトウィンという登録名義を使っているのは誰だかわかりますか?」私はハッカーがどこでパスワードを手に入れたか知りたかった。

「ウィスコンシン大学のプラズマ物理学者です」カレンは言った。「リヴァモアの大型コンピュータを利用して、そこで得た結果をこちらのシステムに送ってくるのです」

リトウィンはリヴァモアのコンピュータにMITのパスワードを記憶させていたに違いない。

ハッカーは落ち穂拾いのように科学者たちの足跡をたどってコンピュータからコンピュータへと渡り歩いている。誰かが同様に落ち穂拾いをしながらそのあとを追っているとはご存じない。

17——ハッカーは月面にいる？

ハッカーはミルネットを掌《たなごころ》を指すように知りつくしている。私は研究所のコンピュータを遮断することのむなしさを悟った。ここがだめならこっち、とハッカーは必ず別の道を捜してくる。私は自分のコンピュータの門戸を閉ざすことができても、ハッカーはよそのシステムにもぐりこむに違いない。

誰もハッカーを見とがめなかった。ハッカーはこれ幸いとリヴァモア、SRI、アニストン、MITに侵入した。

誰もハッカーを追跡しなかった。FBIははじめから無関心である。空軍省特別調査課とCIAはおおいに関心を示しながら、管轄が違うと言って腰を上げようとしない。

私はほとんど孤立無援に近い状態である。ハッカーを追跡してはいるものの、取り押さえる手だてがない。電話の逆探知はざるで水をすくうようなものである。ハッカーはいくつものネットワークを使い分けているから、まさに神出鬼没というにふさわしい。今日、私の研究所を足場にマサチューセッツのコンピュータに侵入したかと思えば、明日はピオリアのネットワーク経由でポーダンクのコンピュータにもぐりこんでいないとも限らない。私がその動きを監視できるのは、研究所のシステムをかすめた時だけである。

いいかげんに追跡をあきらめて、天文学の勉強に戻るか、プログラムを書くことに精を出すかしたほうがいいかもしれない。さもなければ、ハッカーにとってバークレーのほかに足場は考えられないほど、研究所のシステムを便利なものにすることだ。あれこれ考えると、どうやらここらが潮時だ。三週間の期限ももう切れた。私のハッカー追跡を、「クリフの聖杯捜し」とからかい半分に非難する声も聞こえている。私に多少とも成算があるかぎりは研究所も大目に見てくれるだろう。が、そのためにも前進がなくてはならない。この一週間で前進を見せたのはハッカーのほうだけである。

「研究しろ」とルイス・アルヴァレズは言った。なるほど、それも一つの生き方だ。科学の名のもとにハッカーを観察してみるのも悪くない。ネットワークや、コンピュータの機密保護について知識を深めるのみならず、ハッカーの人物像すらもつかめるかもしれないではないか。

そんなわけで、私はあらためてシステムを門戸開放した。ハッカーは待っていましたとばかりに侵入して、あちこちつつきまわした。集積回路設計の新しい技法を述べたファイルに関心をそそられたか、ハッカーは私の目の前でカーミットを起動した。情報通信の世界語にもたとえるべきこの文書転送プログラムによって、研究所のファイルを自分のコンピュータに移そうという魂胆である。

カーミットは文書をただコンピュータからコンピュータへ転送するだけではない。途中で誤りが生じないように、たえずチェックする機能をそなえているのである。ハッカーは私のカーミット・プログラムと同時に、自分のほうでも同じプログラムを起動したと考えなくてはならない。どこにいるかは知らないが、ハッカーは安直な端末機ではなく、コンピュータを操作しているのだ。したがって、自分の行動はすべてプリントアウトなり、フロッピー・ディスクなりに記録できる。手書きのメモのたぐいはいっさい残すことがない。

カーミットはシステムからシステムへ文書を転送する。同時に実行されるカーミットは一方が話し手、もう一方が聞き手である。二台のコンピュータは正確に協働しなくてはならない。

誤りを避けるために、送り手側のカーミットは一行ごとに間をおいて、受け手側のカーミットが「了解。次、どうぞ」と応答するのを待つ。合図が確認できたところで、次の一行を送るのである。問題が起これば、ＯＫの返事がくるまで何度でも同じ行を送る。電話で聞き手がひと息ごとに「はあ、なるほど」などと声をはさむのと同じ理屈である。

私は二つのカーミットの中間でこのやりとりを監視している。いや、正確には中間ではない。二つのシステムの対話を記録する私のプリンターは、遠距離を結ぶ伝送路のバークレー側の末端に位置している。私は、どこであれ非常に遠くにあるハッカーのコンピュータが、データを受け取って確認の合図を送り返してくるのを見守っている格好だ。

私ははたと膝をたたいた。これはちょうど、隣で誰かが峡谷の対岸へ向けて何か叫んでいるようなものである。はね返ってくるこだまから対岸までの距離が知れる。こだまが聞こえるまでの時間に音速の二分の一をかければいい。物理学の初歩の初歩ではないか。

私は早速、研究所の電子工学の技術屋に相談した。ロイド・ベルナップは即座に知恵を貸してくれた。「オシロスコープと、うん、カウンターがあればいいな」彼はどこからか中世の遺物かと紛《まが》うような古色蒼然たるオシロスコープを捜し出してきた。真空管全盛の時代の骨董品である。

しかし、パルスを測るにはこれで充分だ。オシロスコープの波形を見ながら、私たちはエコーが返ってくる時間を測定した。三秒。三秒五。三秒二五……。

ざっと往復三秒といった見当である。信号が光と同じ速度で伝わるとすれば（これは間違いのないところだ）、ハッカーは二七万九〇〇〇マイルのかなたにいる計算だ。

私はものものしくロイドに向き直って言った。「物理学の初歩の初歩だ。これでハッカーは月面にいることがわかった」

ロイドはさすがに玄人だった。「三つの理由で君は間違っている」

「ああ、一つはわかる」私はうなずいた。「ハッカーの信号は通信衛星を経由してるかもしれないからな。地球から衛星までマイクロウェーヴが往復するのに四分の一秒かかる」通信衛星は赤道上空二万三〇〇〇マイルの軌道をまわっている。

「いいだろう。それで一つ片づいた」ロイドは言った。「でもな、三秒の遅延となると地球と衛星間を一二往復しなきゃあならないぞ。だから、それじゃ完全な説明にはなっていない」

「ハッカーのコンピュータが遅いんじゃないかな」

「そんなに遅いコンピュータがあるものか。ただ、ハッカーがカーミットの応答をうんと遅くするようにプログラムを組んでいるということは考えられるな。これで二つ」

「ああ、そうか！　第三の理由もわかるぞ。ハッカーはパケット通信を使うネットワークを経由しているんだ。パケットはたえず並び替わったり、組み立て分解の作業がある。新しいノードをくぐるたびに、そのぶん遅くなるわけだ」

「そのとおり。だから、ノードの数がわからないかぎり、ハッカーの居場所までの距離は割り出せない。はい、残念でした」ロイドはあくび一つして端末機の修理に戻った。

しかし、あきらめるのはまだ早い。ハッカーが姿を消してから、私はロサンゼルスの友人に電話して、AT&Tとタイムネット経由で私のコンピュータに接続してもらい、カーミットを実行して応答時間を測ってみた。実に速い。コンマ一秒といったところだろうか。

テキサス州ヒューストンの友人にも同じことをしてもらった。エコーは〇・一五秒で返ってきた。ほかに、ボルティモア、ニューヨーク、シカゴの三人の友人にも協力を頼んだが、いずれの場合も遅延は一秒未満だった。

ニューヨークとバークレーは約二〇〇〇マイル離れている。それでも応答に一秒とかからない。三秒なら六〇〇〇マイル前後の距離がなくてはならないはずである。いったい、どういうことだろう？　どうやら、ハッカーの接続経路は私の想像をはるかに超えて複雑に迂回しているに違いない。

私はこの新たな証拠をデイヴ・クリーヴランドに披露した。「ハッカーはカリフォルニアにいながら、いったん東部のどこかへ接続して、そこからバークレーに侵入してくるんじゃないですかね。そう考えれば三秒の遅れは説明がつきますよ」

「ハッカーはカリフォルニアの人間じゃあない」われらが導師は首を横にふった。「前にも言ったろう。バークレーUNIXを知らないんだ」

「じゃあ、えらく遅いコンピュータを使ってるのかな」

「それは考えられない。ここまでUNIXを使いこなしているんだから」

「故意にカーミットのパラメータを遅くしているとしたら？」

「誰がそんなことをするものか。時間のむだじゃあないか」

私は応答時間を測ったことの意味を考えた。友人たちの協力を得て、タイムネットとAT&Tでどのくらいの遅延が出るかがわかったが、どうやっても一秒を超えることはない。あとの二秒は説明がつかぬままである。

私のやり方が間違っているのだろうか？　ハッカーが遅いコンピュータを使っているのではないとしたら、AT&Tの電話回線のさらに向こうで、私の知らない別のネットワークをくぐっているのだろうか？

新しい証拠はそのつど違った方角を指さした。タイムネットはオークランドだと言い、電話会社はヴァージニアと言った。カーミットのエコーはヴァージニアを越えて四〇〇〇マイルのかなたからはね返ってくる。

者なら誰でも読めるようになっているんだよ。パスワードの変更を強制したら、たちまち抗議が殺到するだろうということは目に見えている。にもかかわらず、データの秘密は守れと言うんだから、やりにくいよ」

人々はデータの保護よりも、自分の車のドアをロックすることに熱心なのだ。

ある一人のハッカーがダンを悩ませていた。「まずいことに、そいつはスタンフォードのUNIXに穴を見つけてね。大胆にも電話してきたよ。で、二時間も長話をして、そのあいだファイルを読みあさりやがった」

「逆探知は?」

「やったよ。電話がかかっているあいだに、スタンフォード警察と電話会社に連絡した。ところが、二時間も話してるのに、とうとう逆探知できなかったんだ」

私はパシフィック・ベルのリー・チェンのことを思った。彼はわずか一〇分で東海岸まで探知したし、タイムネットも一分たらずで接続経路をつきとめたではないか。

私たちは二人のハッカーを比較した。「こっちのハッカーは、破壊的なことは何もしない」私は言った。「ただ、ファイルを読んで、ネットワークの接続を利用するだけだ」

「まったく同じだな。うちではオペレーティング・システムに手を加えて、ハッカーの行動がいちいちわかるようにしてある」

私はＩＢＭのパーソナル・コンピュータをハッカー監視に使っている。ソフトウェアに手を加えてはいないが、原理はダンのしていることと変わりない。「パスワードやシステム・ユティリティを盗まれることはあるかな？」

「ああ。こいつは〈Pfloyd〉という名前を使っている。ピンク・フロイドがひいきなんだな、きっと。侵入してくるのは、いつも決まって真夜中だ」

この点は私の追っているハッカーと違う。こっちは夜も昼もない。どうやら、スタンフォードのハッカーとは別人のようである。バークレーのハッカーはいくつかの名義を盗用しているが、特に好んで使う名前はハンターだ。

三日後の十月三日、〈サンフランシスコ・エグザミナー〉は大見出しでハッカーの跳梁を伝えた。「コンピュータ探偵、天才ハッカーを追跡」同紙の記者、ジョン・マーコフがどういうきっかけからかスタンフォードのハッカーのことを嗅ぎつけたのだ。記事によれば、ハッカーは一方でＬＢＬのコンピュータにも侵入していることになっていた。まさか！

スタンフォードのダンが孤軍奮闘しながら今もってハッカー〈Pfloyd〉の尻尾をつかまえられずにいることを伝えるなかで、マーコフ記者はハッカーの名前を誤っていた。新聞では「悪賢いハッカーは〈ピンク・フロイド〉を名乗っている」となっている。

誰がハッカーのことを報道にもらしたか知らないが、心ないことをしてくれたものだ。私はハッカー追跡から手を引こうと気持ちが傾きかけた。所轄警察のブルース・バウワーが電話で、新聞を見たかと尋ねてきた。

「見ましたよ。ぶち壊しですね。これでもう、ハッカーは姿を消すでしょう」

「それはどうかな?」ブルースは言った。「案外、こっちの期待していた突破口になるかもしれない」

「いや、もう現れませんよ。うちのシステムに侵入していることがばれたわけだから」

「まあな。しかし、ハッカーとしては君がコンピュータを閉鎖するかどうか様子を見るだろう。それに、スタンフォードの裏をかいたことで自信があるから、バークレーでもうまくやれると思っているのではないかね」

「あるいはね。でも、こっちが追跡していることは、ぜんぜん知らないはずですよ」

「それで、こうやってわざわざ電話したのだよ。二週間もすれば捜査令状がおりる。それまでハッカーを締め出さずにおいてもらいたい」

電話を切ってから、私は警察がなぜここへきて急に関心を示すようになったのか首をかしげた。新聞記事の効果だろうか? それとも、FBIがやっと腰を上げる気になったのだろうか?

ともあれ、ブルース・バウワーの電話は霊験《れいげん》あらたかで、翌日、ロイ・カースは私にハッカー追跡をつづけるように指示した。ただし、本来の仕事優先という条件付きである。

ここが頭の痛いところだ。ハッカーが現れるたびに、私はその行動を監視し、それまでのセッションとの関連を推理することに時間をとられてしまう。あちこちに連絡して、追跡のためにしかるべく手を打ち、その日の出来事を日誌につけることも欠かせない。全部を終えると、もうほとんど時間は残っていない。ハッカー追跡は、それ自体、私の正規の仕事になりかけている。

ブルース・バウワーの読みは正しかった。新聞に出てから一週間後の十月十二日、日曜日午後一時四一分にハッカーは侵入してきた。私は天文学上の問題、直交多項式について頭をひねっていた。そこへ警報が鳴った。

交換室へ駆けつけてみると、ハッカーはおなじみのスヴェンテク名義でログインしていた。一二分かかって私のコンピュータからミルネットに接続したあと、ハッカーはさらにハントの名前でアニストン陸軍兵站にログインし、ざっとファイルをのぞいて接続を絶った。

月曜日、アニストンのチャック・マクナットが電話をよこした。

「週末の課金ログを調べたら、またハッカーが入りこんでいる」

「そうだよ。何分かそっちのシステムに侵入した。誰かに見られていないか確かめた

```
LBL〉 Telnet ANAD. ARPA
Connecting to 26.1.2.22
Welcome To Anniston Army Depot
logIn:Hunt
password:jaeger
Bad login. Try again.
login:Bin
password:jabber
Welcome to Anniston Army Depot.
Tiger Teams Beware!
Watch out for any unknown users
Challenge all strangers using this computer
```

だけだけどね」私のプリントアウトがハッカーの動きを逐一記録している。

「これはやっぱり締め出す手だな」チャックは言った。「危険が大きすぎる。しかも、いっこうにハッカーの尻尾はつかめない」

「もうしばらく開けといてもらえないかな？」

「あれからすでにひと月だぜ。こっちのファイルを消されたらことだしな」チャックは危険の性質をよく理解していた。

「そうか、やむをえないな。じゃあ、締め出すなら完全に締め出すことだ」

「わかっているよ。パスワードは全部変更して、オペレーティング・システムも、つけいる隙がないようによく点検しよう」

　なんと嘆かわしいことだろう。もう少し気を長くもってハッカーを泳がせてもいいではないか。そういう私の考え方がばかげているのだろうか？

一〇日後に、ハッカーはまた現れた。交換室へ行くと、アニストンに侵入を試みているところだった。

チャックはハントの名義を抹消したが、システム管理者の名義〈ビン〉のパスワードは変更していなかった。

〝ウェルカム〟以下のメッセージは、誰かに見とがめられたことをハッカーに伝えている。ハッカーはただちにGNU-Emacsのファイルを調べたが、これはすでに削除されていた。ハッカーはアニストンのシステムをあちこち探り、七月三日に作成されたファイルを見つけ出した。ハッカーにスーパーユーザーの特権を与えたファイルである。ファイルはディレクトリ/usr/lib、つまり、誰でも書きこみができる領域に隠されていた。ハッカーがつけたファイル名は〈.d〉――LBLのシステムにファイルを隠すときと同じである。

しかし、ハッカーはこのプログラムを実行せず、アニストンのシステムからログオフして姿を消した

チャックはハッカーが作成したこのファイルを見逃していた。電話で彼は二〇〇人のパスワードを残らず変更したと言ったが、システム・パスワードは〈ビン〉も含めて一つも変えていない。自分だけが知っていると思ったためである。おまけに彼は、

危険なファイルをすべて削除したつもりでいたが、いくつか消し残しがあった。アニストンの〈.d〉ファイルは基準点《ベンチマーク》として有効だった。言い換えれば、ハッカーの人物像を知るうえで貴重な手がかりであるということだ。ハッカーはカッコウにならってこの卵を七月三日に産みつけた。三カ月後、彼はその場所を正確に記憶していた。

ハッカーは行き当たりばったりに〈.d〉ファイルを捜しまわったのではない。はっきり、ここにあるはずだという意識でシステムをあさったのだ。

ひるがえって私自身のことを考えると、三カ月前にファイルをどこに書きこんだか、控えのメモでも取っておかないかぎりとうてい覚えてはいられない。

ハッカーも自分の行動を几帳面に記録していることがここから知れる。

私は業務日誌に目をやった。誰かがどこかでこれとまったく同じ記録を控えているのだ。

週末の休みを精いっぱい楽しんだ子供は、何をして遊んだかいちいち書き残したりしない。はねっ返りの大学生にしたところで、三カ月前のいたずらの結果を見とどけに立ち返るような真似はしない。そうなのだ。私の目の前にいるのは、はっきりと目的意識をもち、周到な計算のもとに、着実に行動を積み重ねているしたたかなハッカーなのである。

19——パスワードの秘密

守衛所の前はゆっくり走り抜けなくてはならないとしても、LBLの坂を自転車で一気にこぎ下りるとゆうに時速三〇マイルは出る。火曜日の夕方、特に急ぐこともなかったが、私は思いきり飛ばした。風を切って走るのはいい気分だ。一マイル下ったところのバークレー・ボウルでマーサが待っている。

昔のボウリング場が今では大きな青物市場に姿を変え、キウイやバンジロウがどこよりも安く買える。魚売り場もあるが、そこですら一年中マンゴーの匂いが漂っている。西瓜《すいか》の山の隣で、マーサは南瓜《かぼちゃ》を指先ではじきながら選《よ》っていた。ハロウィンのパイの材料だ。

「ねえ、ボリス。極秘のマイクロフィルムは南瓜畑に隠されているのよ」

CIAに会って以来、マーサは私のことをスパイと見なしている。

皆で集まって目鼻をくりぬくのに小ぶりの南瓜を一二個選び、パイ用には特大の新鮮なのを一つ買い、リュックサックに詰めて自転車で家に帰った。

青物市場から三街区走ったフルトン街とウォード通りの角に、四方向に面した一時停止《ストップ》の標識がある。誰かがスプレー・ペイントで落書きをして、標識が「ストップ・ザ・CIA」「ストップ・ディ・NSA」になっていた。

マーサはにたにた笑った。私はばつが悪い気持ちでリュックをかつぎ直すふりをした。なにもこんなところでバークレーの政治風土を謳わなくてもよかろうに。

家に帰り着くと、マーサは南瓜を一つずつ放ってよこした。私はそれを受け取っては箱に入れた。

「旗がなきゃあだめよ」マーサは最後の一つを内角低めに投げて言った。「ハッカー追跡の三角旗」

彼女はクローゼットに頭をつっこんだ。「ハロウィンの衣装の余りぎれが出たから、こういうの作ってあげたわ」

私に向き直ったマーサはワイシャツほどの旗を広げていた。蛇がコンピュータに絡みついている図柄で、その下に「われを踏むことなかれ」の言葉が縫い取ってある。

ハロウィンを目前にして、私たちは衣装作りに精を出していた。私は枢機卿《すうきけい》の法衣を縫い、大司教冠や笏《しゃく》や聖杯もこしらえた。マーサは毎年のことで、自分が何に扮するか秘密にしている。ルームメイトがミシンを共用する状況では、なおのこと秘密は厳重に守らなくてはならない。

翌日、私はハッカー追跡の旗印をタイムネットの入力回線を監視する四台のモニターの上に掲げた。レディオ・シャックの安価なダイヤル装置を高価で旧式なロジック・アナライザに接続してある。ハッカーがパスワードを入力してくるのを待ち受けて、そっと私に電話で知らせるしくみである。

よくあることで、ハッカーが現れると同時にマーサーの旗がプリンターの上にふわりと落ちかかった。フィーダーにかまれた旗をちぎれたプリント用紙とともに引き抜くと、ちょうどハッカーがパスワードを変更するところだった。

ハッカーはこれまでに使ってきたヘッジズ、イェーガー、ハンター、ベンスンのパスワードが気に入らないと見えて、それらを一つずつ、兼用のパスワード〈ＬＢＬハック〉に変えていった。

これで、少なくともハッカーと私のあいだに侵入行為に関する共通の理解が成り立ったことになる。

ハッカーは一つのパスワードで四つの名義を間に合わせる考えだった。これが四人の悪党のしわざなら、それぞれ別の名義とパスワードを使うはずである。ところが今、ハッカーは私の目の前で四つの名義の登録情報を変更した。

もはやハッカーがたった一人の人物であることは動かない。私のコンピュータに執拗に侵入を繰り返している人物だ。アニストン陸軍兵站に有害なファイルを隠し、三カ月後にそれを呼び出す根気は見上げたものだが、軍事施設ばかりをねらうところは何やら薄気味悪い。

ハッカーは自分でパスワードを選んだ。〈ＬＢＬハック〉とはまた、なんとふてぶてしいことだろう。私はバークレーの電話帳でイェーガーとベンスンを捜した。スタンフォードも当たってみたほうがいいかもしれない。私は図書館へ足を運んだ。四十五歳の資料室長、マギー・モーリーはスクラブルにこっている。そう、あのアルファベットの駒を組み合わせて単語を作り、文字に割り当てられた点数の合計を競うゲームである。彼女の部屋のドアにはスクラブルで有効な三文字の単語がずらりと掲げてある。訪問者はそのどれか一つを読み上げなくてはならない。「たえず記憶を新たにしておかなくては」と彼女は言っている。

「ボグ」私は単語を読み上げた。

「どうぞ」

「スタンフォードの電話帳を見たいんだけどね。シリコン・ヴァレーでイェーガーとベンスンを名乗っている住民を全部調べなきゃあならないんだ」

マギーはカードを検索するまでもなく、即座に答えた。「それだったら、パロアルトとサンホセの電話帳でなくてはね。おあいにくさま。両方ともここにはないの。取り寄せると、一週間かかるわ」

今の私の調子なら、一週間くらいどうというほどのことはない。

「イェーガーですって？　イェーガーには借りがあるのよ、私」マギーはにやりと笑った。「ふつうなら一六ポイントの単語だけど、Jaegerの〝J〟がたまたまトリプルの枡《ます》に当たって、得点が三倍になったおかげで勝ったことがあるのよ。これ一語で七五ポイントですもの」

「へえ。でも、僕が調べてるのは、これがハッカーのパスワードだからだよ。あれ？　スクラブルでは、人名や固有名詞は使えないんじゃあなかったっけ？」

「イェーガーは固有名詞じゃないわ。そう、人名にもないわけじゃあないわね。エルズワース・イェーガーって、有名な鳥類学者がいるわ。でも、普通名詞では鳥の種類で、トウゾクカモメのことよ。ドイツ語の狩人《ハンター》からきている呼び名だけれど」

「え？　ハンター？」

「そうよ。トウゾクカモメって、すごく貪欲でね、弱い鳥を追いかけて、くわえてる餌を横取りするの」

「そうか！　それでわかった。もう電話帳は必要ないや」

「あらそう。ほかに何か？」

「ヘッジズ、イェーガー、ハンター、ベンスン。以上四つの単語の関係について述べよ、っていうのはどうかな？」

「ええと、イェーガーとハンターはドイツ語を知っていれば一目瞭然でしょう。同じように、煙草を吸う人なら、ベンスン＆ヘッジズって、ぴんとくるはずよ」

そういうことか！　ハッカーはベンスン＆ヘッジズを愛好しているのだ。マギーのおかげで私は一つ利口になった。

20——ハロウィン

ハロウィンの日、私は準備万端おこたりなかった。枢機卿の法衣も、冠も着用するばかりとなっている。夜のパーティは無礼講だ。はみ出し者ばかり一二人でパスタを囲み、そのあとマーサが腕によりをかけた南瓜のパイをたいらげて、サンフランシスコはカストロ街へ繰り出す段どりである。

が、その前に研究所でやるだけのことはやって傍《はた》から文句を言われないようにしておかなくてはならない。物理学部門の研究者たちが団結して、コンピュータ・センターをつぶそうとしていた。コンピュータ業務の集中化は経費がかさむ。私たちシステム管理者に給料を払うのはむだだという理屈である。科学者たちが各自小型のコンピュータを持てば、プログラマーたちの人件費が浮く、と彼らは言う。

サンディ・メローラは学者たちの議論をうけて立った。「耕耘機《こううんき》を鶏一〇〇〇羽にひかせるか馬一頭にひかせるか、考えるまでもないことだ。コンピュータ・センターは金がかかると言うけれど、こっちはそれだけの仕事をしているじゃあないか。ハードウェアの問題じゃあないんだ」

　研究者たちを牽制する意味で、サンディは私にいくつかコンピュータ・グラフィックスのプログラムを書かせた。「君だって科学者のはしくれだろう。研究者たちを満足させられないまでも、せめて彼らの悩みは聞いてやらなきゃあ」

　というわけで、私は午前中、教室の後ろの隅で物理のゼミを聴講した。某教授が陽子のクォーク構造について退屈な話をしていた。陽子は三つのクォークからなっていることが解明された過程の論考だった。私は眠気を催すほどまでは疲れていなかったから、ノートをとるふりをしながらハッカーのことを考えた。

　ゼミから戻ると、サンディが何か収穫はあったかと尋ねた。

「もちろん」私はノートをのぞいた。「クォークの分布関数は、陽子においては量子論的な量に置き換えられない、と。こんなところでどうです?」

「まじめにやれ、クリフ。物理学部門ではコンピュータの集中化についてどう言っている?」

「別に、たいしたことは言ってませんよ。コンピュータ・センターの必要は認めてるんです。ただ、金を払いたくないだけでね」

「空軍と同じだな」サンディは苦笑した。「今しがた、空軍省特別調査課のジム・クリスティとかから電話があった」

「ああ、軍情報部の麻薬捜査官の?」

「ほら、またそうやってふざける。空軍省の役人だと言ってるだろう」

「わかりましたよ。正義のアメリカを代表する人物でしょう。で、何だって言うんです?」

「ここの物理学者たちと同じだよ。力を貸すことはできないが、ハッカー追跡はつづけてほしいとさ」

「ヴァージニアの電話会社のほうはどうなりました?」

「進展なしだ。空軍省から連絡をしたことはしたけれど、ヴァージニア州の捜査令状がないかぎり、電話会社は腰を上げようともしない。ヴァージニア州の法律だと、ハッカーは犯罪を働いたことにはならないそうだ」

「コンピュータ侵入は犯罪じゃあないんですか?」私は耳を疑った。

「カリフォルニアのコンピュータに侵入しても、ヴァージニアの法律には触れない」

「空軍省からFBIに圧力をかけて令状をとる手だってありそうなものじゃないですか」

「いや、とにかく空軍としては、これで行き止まりと判断するところまで、われわれに監視をつづけてほしいということだ」

「空軍は、多少なりと経費を負担する用意があるんですか?」

私は天文学者と物理学者を対象とする政府の研究助成金でかろうじて首がつながっている。そういう身分でありながら、姿なきハッカーの追跡にうつつを抜かしている私に対して研究所は風当たりが強い。

「そういうつもりは毛頭ないな。ただ非公式に追跡を頼んでいるだけだ。私はそのジム某に支援を求めたがね、例によって管轄外の一点張りだよ」

しかし、サンディは意志をまげなかった。

「追跡をはじめてふた月。誰も私らの言うことには耳を傾けようとしない。ともあれ、あと一週間は様子を見るとしよう。それでらちが明かなければ、この件は打ち切りだ」

夕方五時には、すでに私の気持ちはハロウィン・パーティに飛んでいた。帰りがけにモニターのフロッピーを点検しようとした、まさにそのとき、プリンターが動きだした。ハッカーのおでましである。私は時計に目をやった。太平洋沿岸標準時、一七時四三分一一秒。

なんと間の悪いことだろう。もうパーティがはじまる。それも、ハロウィンの仮装パーティだ。よりによってこんな時間に、ハッカーも心ないことをしてくれるではないか。

おなじみスヴェンテク名義でログインしたハッカーは、まず誰がシステムを使用中かあらためた。デイヴ・クリーヴランドがサム・ラバーブの名前で接続中だったが、これが何者か、ハッカーが知るはずもない。ハッカーは過去ひと月の課金ファイルを一カ所にまとめて、膨大な利用者のリストから〈ピンク・フロイド〉の名前を捜した。

ん？　これは面白い。スタンフォードに出没しているハッカーの偽名〈Pfloyd〉ではなく、新聞に出た名前を捜すとは。

これでハッカーが、スタンフォードのシステムを荒らしている悪党とは別人であることがはっきりした。同一人物であれば〈ピンク・フロイド〉など検索するわけがない。自分がいつどこのシステムに侵入したか、わかっているはずである。

別人であるのみならず、二人のハッカーのあいだには何の接触もない。どのような形であれ、もし接触、交流があったなら、今ここに出現したハッカーは〈ピンク・フロイド〉ではなく、〈Pfloyd〉を検索しなくてはならないことを知っているに違いない。ハッカーは新聞を読んだのだ。しかし、スタンフォードのことが記事になってから、かれこれもう一カ月たっている。デイヴ・クリーヴランドの判断は正しかった。ハッカーは西海岸の人間ではない。

午後六時、ハッカーは課金ログの検索をあきらめ、ミルネット経由でアラバマ州アニストンの陸軍兵站に接続した。どこに穴を見つけてもぐりこむだろうか？　私はおおいに関心をそそられた。

```
LBL〉Telnet Anad. arpa
Welcome to Anniston Computer Center
Login:Hunter
Password:Jaeger
Incorrect login, try again.
Login:Bin
Password:Jabber
Incorrect login, try again.
Login:Bin
Password:Anadhack
Incorrect login, 3 tries and you're out.
```

チャック・マクナットはついにハッカーを締め出した。パスワードを全面的に変更して門戸を閉ざしたのである。それでもなおかつ、入りこむ隙はあったかもしれないが、ハッカーは壁の穴を捜そうとはしなかった。

だといって、退散するわけでもなかった。ハッカーは建築設計グループのコンピュータに侵入した。

ローレンス・バークレー研究所では、一部の科学者たちがグループを作って、いかにしてエネルギー効率のよい家を建てるかという課題に取り組んでいる。おおかたの物理学者は彼らのことを鼻で笑う。「ふん、あんなものは応用物理の問題じゃないか」

陽子やクォークの研究は深遠な学問だが、一カ月に一〇ドルの暖房費を節約することなど学問の名に値しないというわけだ。

建築設計グループは、光は透過するが赤外線は遮断される新しいガラスや、壁から熱が逃げないようにする断熱材の研究を進めている。最近、地下室や煙突の熱効率を分析する研究にも着手した。

ハッカーはファイルをひっくり返してこれらのことを否応もなく勉強する破目になった。ファイルには熱放射に関するデータがぎっしり書きこまれている。塗料の紫外線吸収についてのメモもある。そして、あるところでハッカーは「来週よりElxsiコンピュータ使用開始」の掲示に出くわした。

ハッカーはファイルを読むのをやめ、迷わず私のUNIXコンピュータにElxsiシステムへの接続をコマンドした。

私自身は初耳だったが、コンピュータはちゃんとこのシステムを知っていた。一〇秒たらず後、Elxsiはハッカーにユーザー名とパスワードの入力を求めた。私は興味津々でなりゆきを見守った。

ハッカーはUUCPアカウントに入りこんだ。なんと、パスワードの誰何《すいか》もない。これではまるで解放区ではないか。

UUCPはUNIXシステム間でファイルを転送するプログラムで、このコマンドでよそのファイルを呼び出すことができるから、やたらな利用者がログインしては具合が悪い。システム・マネージャーは当然、一般のユーザーに対して立ち入り禁止の措置を講じておかなくてはいけなかったのだ。

なお悪いことに、このElxsiではUUCPアカウントにはじめから特権が与えられている。ハッカーは自分が思いがけなくスーパーユーザーになったことをすぐに悟った。

しめたとばかり、彼はパスワード・ファイルを編集し、マークと名乗ってシステム・マネージャーの資格で新たに名義登録した。お手やわらかに、と私は胸のうちでハッカーに声をかけた。

そこまではいいとして、ハッカーもこのコンピュータにはなじみがなかった。一時間近くファイルを読みあさって、得た知識は熱効率のよい建築物の設計に関することばかりで、コンピュータそのものについてはほとんど学ぶところがなかった。

そこで、ハッカーはElxsiコンピュータの性能を判定するプログラムを書いた。速度と語長を知るための、C言語の短いプログラムだった。

対話はなかなかうまくいかなかったが、三度目の正直でプログラムは作動した。ElxsiのCPUは32ビット、速さは10MIPSだった。MIPSはコンピュータが一秒間に実行できる命令の回数を、一〇〇万回を一として数える単位である。

8ビットや16ビットのコンピュータはおもちゃに毛の生えたようなものでしかない。しかし、32ビットとなるとこれは大型だ。10MIPSというのは非常に速い。ハッカ

```
LBL〉 Telnet Elxsi
Elxsi at LBL
login:root
password:root
incorrect password, try again.
login:guest
password:guest
incorrect password, try again.
login:uucp
password:uucp
WELCOME TO THE ELXSI COMPUTER AT LBL.
```

ーが侵入したのはスーパー・ミニコンピュータである。バークレーでも最も速いものの一つだろう。おまけに最も管理がずさんである。

ハッカーがElxsiシステム中を動きまわるさまを横目に見ながら、私はタイムネットに連絡した。ハッカーが新しいコンピュータの操作手順を独習しようと努めるあいだに、ロン・ヴィヴィエは接続経路を探った。

「変わり映えしないな。例によって、オークランドだ」その先は電話を逆探知しなくてはわからないということだ。

「電話会社に言ってもむだだね。ヴァージニアの捜査令状がなきゃあ動けない、とくるのはわかりきっているんだから」

私は満たされない思いで電話を切った。遠距離通話は逆探知のためには理想的なはずではないか。私は自分の知らないコンピュータにハッカーが侵入しているのを目のあたりにしながら、手も足も出なかった。七時半にログアウトするまでに、ハッカーは研究所の主だったコンピュータをあらかた知りつくしていた。すべてに侵入することはできないとしても、配置は頭に入っているだろう。

七時半。大変だ。パーティのことを忘れていた。私は自転車に飛び乗って一目散に走り出した。ハッカーはコンピュータこそ破壊しないが、私の人生を台なしにしようとしている。ハロウィン・パーティに遅刻するとは、マーサに言わせれば許しがたい大罪である。

遅刻だけならまだしも、私は仮装も間に合わなかった。後ろめたさに小さくなって、キッチンのドアから忍びこんだ私は思わず目をみはった。一点非の打ちどころない新調のドレスに縁なしの丸い帽子をかぶって白い手袋をしたダイアナ妃が怪しげな手つきで南瓜の種を抜いているかたわらで、不思議の国のアリスと気違い帽子屋《マッド・ハッター》がラザーニャを盛りつけ、チャップリンがキャラメルにリンゴを漬けているところだった。大勢がごった返すなかで、小柄ながら鎧兜《よろいかぶと》もいかめしい日本の侍が、いちはやく私を見とがめて大音声に呼ばわった。「遅いわよ！　仮装はどうしたの？」

私はクローゼットの奥から真っ赤なベルベットの司祭服を引っぱり出した。マーサのナイトガウンを廃物利用した法衣の上からシーツをはおってピンでとめ、ボール紙にスパンコールをあしらった大司教冠《ミトラ》をかぶると、枢機卿クリフ一世に早変わりである。私は進み出て客たちに祝福を与えた。ふだんはクルーカットでジーンズにハイキング・ブーツというマーサの親友ローリーが、裾の短い黒のカクテルドレスに長い真珠のネックレスと艶《あで》な姿ですり寄ってきた。「さあ、猊下《げいか》、カストロ街の庶民大衆に祝福を」

私たちはマッド・ハッターの車に折り重なって乗りこみ、ローリーは自分のオートバイでバビロンに通じる橋を渡った。サンフランシスコのハロウィンはにぎやかだ。カストロ街は五街区にわたって車両通行禁止となり、趣向をこらした仮装の市民があふれていた。それぞれに、行き交う人々の仮装を採点し、シークインのガウンで女装した青年の一団が非常梯子の上でエセル・マーマンの歌に合わせて口を動かすさまを仰ぎ見た。

今年はいつになく、仮装は変化に富んでいた。雑貨屋の大きな紙袋そのものに化けた人もいて、袋はボール紙の野菜や缶詰でいっぱいだった。宇宙人もずいぶんいろいろな世界からやって来た。ほかにも侍が何人かいて、マーサはプラスチックの大刀で渡り合った。蒼白い顔のドラキュラや、魔女や、カンガルーや蝶々たちが入り乱れて練り歩き、市街電車の停留場近くでは、一団の食屍鬼《グールー》どもが三本足の妖怪と戯れていた。

私は誰彼の別なく祝福を与えた。悪魔もいれば天使もいる。ゴリラも豹も一緒だった。中世の騎士が私の前にひざまずき、尼僧たちがどっと駆け寄って私を歓迎した。なかにはひげ面の尼もいた。ピンクのチュチュにサイズ一三のバレエシュウズという屈強の青年トリオが行儀よく腰をかがめて私の祝福を受けた。

工場ではレイオフが実施され、家賃はとどこおり、麻薬禍が拡がり、エイズの脅威が忍び寄っている。にもかかわらず、サンフランシスコは町をあげて現世を喜び祝っていた。

週が変わって月曜日、私はElxsiコンピュータの管理者から連絡が入っていることを期待しながら、やや遅れて出勤した。案に相違して、Elxsiからはうんでもすんでもない。私は建築設計グループに何度も電話して、コンピュータの責任者だという物理学者を尋ね当てた。

「そちらのElxsiに、何か異常はないですか?」

「別に、まだ導入して一カ月だからね。何か?」

「ユーザーの登録は誰が……?」

「私だよ。システム・マネージャーの権限で、私が登録している」

「料金計算はどうなっています?」

「さあ。こっちでそんなことまでやれるとは知らなかった」

「何者かがUUCPアカウントでそちらのコンピュータに侵入しましてね。システム・

マネージャーになりすまして、新しい名義を登録したんですよ」

「どうしてまた、そういうことが……。ああ、何かね、そのＵＵＣＰアカウントというのは？」

これではまるで話にならない。相手はコンピュータにうんざりしている物理学者である。システム管理についてはまったく無知であるのみか、もとよりそんなことには関心もないだろう。

とはいえ、彼は責められない。悪いのはコンピュータ・メーカーである。メーカーは機密保護機能を解除して出荷する。情報の保全は買い手の責任というわけだ。マニュアルをよく読めば、ＵＵＣＰへのアクセスを規制するにはどうすればいいか、ちゃんと書いてある。ＵＵＣＰアカウントの何たるかを知っていれば、もちろん、それで問題ない。

そうなのだ。

これと同じことが、いたるところで起きているに違いない。ハッカーは進んだ知識を駆使して巧妙に侵入をはたしたと思いきや、何のことはない。手当たりしだいにドアを試して、開いているところから入りこんだだけの話である。ひらめきよりも根気がものを言ったのだ。

もっとも、ハッカーがElxsiに侵入するのはこれが最初にして最後である。これまでのつき合いでハッカーのやり方をのみこんでいる私は、敵に気づかれないように、そっとElxsiにトラップドアをしかけて入り口をふさいだ。ハッカーが盗用名義で接近すれば、コンピュータは私に警戒の合図を送り、一方で、混雑のため新規のユーザーは受けつけられないふりをする。「おととい来い」と言うかわりに、Elxsiはハッカーの前でほとんど停滞同然に処理速度を遅くするのである。ハッカーは監視されているとは夢にも思わない。かくてElxsiは安全である。

しかしながら、私たちは依然として立ち泳ぎをつづけている状態だった。令状は手に入らず、電話逆探知は目処《めど》がつかない。プリンターはハッカーの入力を逐一記録しているにしても、私の目の届かないところでハッカーが何をしているかは知る由もない。ハッカーはミルネットに接続するのに十何台ものよそのコンピュータを利用しているかもしれないのだ。

一つだけはっきりしているのは、今や私はハッカー追跡にすべてをかける気になっていることだ。悪党の尻尾をつかむには片時も目を離さず相手の動きを監視するしかない。夜も昼もない。四六時中、警戒態勢をとっていなくてはならない。

が、実際問題として、これはなかなかむずかしい。もちろん、デスクの下に泊まりこめば端末機のビープがハッカーの出現を知らせてくれる。しかし、私生活に波風が立つことは免れまい。マーサは私が研究所に寝泊まりすることを快く思っていない。

ハッカーが現れたときだけ、コンピュータが私を呼び出すことにしてはどうだろう。医者の往診と同じようにだ。

そうだ、ポケット・ベルを使えばいい。私は現に数台のパーソナル・コンピュータにハッカーを監視させている。ハッカーが現れたらポケット・ベルを鳴らすようにプログラムを与えてやれば泊まりこみの必要はない。私は月二〇ドル、自腹を切ってポケット・ベルを借りることにした。

プログラムはお手のもので、ひと晩で書き上げた。こうしておけば、どこにいてもたちどころにハッカーの出現を知ることができる。私はコンピュータの延長である。

今から先は、ハッカーと私の一騎打ちだ。私は真剣勝負の覚悟だった。

21——国家コンピュータ安全センター

ローレンス・バークレー研究所は、原子力委員会から衣更えしたエネルギー省の予算で維持されている。核爆弾や原子力発電がすでにして歴史のかなたに遠ざかりつつあるためか、核分裂がかつての魅力を失ったためか、理由はともかく、エネルギー省は発電所建設の意気に燃えていた二〇年前の旺盛な活力もどこへやら、今ではミシシッピーの川底がシルトで浅くなるように、積年の澱《おり》がたまって血のめぐりが悪い役所になってしまったともっぱらの噂である。

たしかに、エネルギー省はアメリカの行政機構の花形とはいえまいが、この役所が金を出してくれているおかげで研究所が成り立っていることだけは間違いない。ここひと月あまり、私たちはハッカーに追跡を気取《けど》られることを恐れてエネルギー省には問題を伏せてきた。しかし、追跡の範囲がバークレーから遠くまで広がった今となっては、出資官庁にハッカーのことを報告したところで不都合があるとも思えない。

十一月十二日、私はエネルギー省のあちこちの部局に電話して、コンピュータ・ハッカーの話をどこへもちこめばいいか問い合わせた。六度、けんもほろろにあしらわれて、これはだめだとほとんどあきらめたが、やっと機密指定を受けていないコンピュータの安全管理担当者に取り次がれた。

リック・カーと名乗るその男は、ときどき質問をはさみながら私の話をじっくり聞いてくれた。

「現在なお、そちらのコンピュータに侵入を繰り返しているんですね？」

「ええ。そのつど、侵入経路を探知しています」

リックはさして気負い立つふうもなかった。「そうですか。捕まえたら、知らせて下さい」

「業務日誌のコピーを送りましょうか」

「いいえ、けりがつくまでは、そちらだけの問題にしておいて下さい」

私は捜査令状の必要と、FBIの煮えきらない態度への不満を訴えた。「エネルギー省からFBIに働きかけて腰を上げさせるというわけにはいきませんか？」

「それはできません。力になれたらと思いますが、FBIは耳も貸さないでしょう。もともと、これは私の権限外です」

またしても権限、管轄、縄張りだ。礼を言って電話を切ろうとすると、リックはふと思い出したようにつけ足した。「NCSC――国家コンピュータ安全センターに連絡してみたらどうですか」

「それは、どういうところです?」システム管理者なら当然、知っていなくてはならない機関であるように思われた。

リックは説明した。「NCSCはNSA——国家安全保障局の下部機構でしてね、コンピュータの機密保護の基準を設定することになっているのですが」

することになっている、ということは、あまりきちんと責任をはたしていない含みとも受け取れる。

「NSAはいつから一般市民を相手にするようになったんです?」NSAといえば国家機関のなかでも最も秘密の堅いところだとばかり私は思っていた。

「NSAの組織で唯一、門戸を開放しているのがこのコンピュータ安全センターです」リックは言った。「そんなこともあって、NSA内部ではままっ子扱いですよ。機密情報活動にたずさわっている者たちはNCSCの人間と口をきこうともしません」

「それに、NSAの組織だということで、一般市民からも信用されていない、と」私はリックがどこへ話をもっていこうとしているか、わかりかけてきた。

「おっしゃるとおり、はさみ撃ちですよ。しかし、ハッカーのことは話したほうがいいでしょう。聞き流しにはしないと思いますね。うまくすれば、関係筋に声をかけてくれるかもしれない」

私は早速、NCSCに電話した。窓口はジーク・ハンスンという明朗な男で、ひそかにハッカーを追跡することにおおいに関心を示し、私たちの監視態勢とそれにかかわる技術上の詳細を知りたがった。

「あなたは傍受要員というわけだ」

「何ですか？」聞いたことのない言葉だった。

ジークは、今のは取り消し、とでも言いたげに口ごもった。私は彼の言葉を自分なりに解釈した。NSAは世界中のテレタイプを監視するために何千人もの局員をかかえているに違いない。立ち聞き、盗み聞きを専門とする傍受要員……。

ジークの質問に答えて、私は研究所のコンピュータの概要を説明した。「UNIXシステムのVAXが二系統。何通りものネットワークに接続しています」それから二〇分にわたって、私はハッカーの侵入手口を絵解きした。GNU-Emacs、パスワード、トロイの木馬……。ジークは深く衝撃を受けた様子だった。

ところが、捜査令状をとるように関係筋に働きかけてもらえまいかと切り出すと、たちまち逃げ腰になった。

「さあ、それは、私の一存では何とも……」

今さら腹も立たないが、私はいったい何を期待していたろうか。電子諜報を表看板に掲げるNSAが私の訴えを聞きとどけ、FBIをたきつけて行動を起こすように仕向けてくれたらしめたものである。無理な注文だとは思わない。未知の惑星からインヴェーダーがやって来た、と天文台に通報があったら、私はどのような行動をとるだろうか？

とにかく、一通りのことは話しておかなくてはなるまい。「実は、こっちもそろそろ追跡を打ち切ろうかと言ってるところでしてね。捜査機関の協力が得られなければ、どのみち行き詰まりですから。ヴォランティアの傍受要員としては、このあたりが限界ですよ」

ジークは少しもあわてなかった。「それは、できることなら協力したいと思いますが、法に定めるところのNSAの性格からいって、とうてい無理です。NSAは、たとえ市民から要請があったとしても、国内の通信は監視できません。違反すれば、私らは刑事犯を問われます」

ジークは堅物だった。NCSCであれ、NSAであれ、ハッカーを追跡する意思はない。コンピュータの機密保護や、FBIとの接触法について助言を与える用意はあっても、自分から追跡に乗り出すなどは思いもよらない口ぶりである。

捜査令状についてはどうだろう？　当たってみる、とジークは言ったが、あまり期待できそうもない。「あなたのほうから直接話して通じなかったとすれば、FBIは私どもの言うことにも耳を貸さないでしょう。いずれにせよ、私どもの仕事はコンピュータの安全を考えることであって、犯罪捜査ではないのです」

どこまでいっても縄張りが妨げだ。

私はげんなりして電話を切った。五分後、私は廊下に出てNSAとのやりとりをふり返った。

なるほど、マーサの言うとおりかもしれない。足を滑らせれば底なしの深みにはまる危険な崖っぷちに私は立っている、と彼女は言ったのだ。最初がFBI、次がCIA、そして、今度はNSA。

ただし、私はこれらの情報機関に恐れを抱いてはいない。煮えきらない態度が腹立たしいだけである。いずこも同じで、一通り私の話を聞くことは聞く。そのくせ、誰も指一本あげようとすらしない。

何ともはがゆいことである。役人どもは申し合わせたように理由をかまえて行動を避けてばかりいる。やりきれない思いで私は廊下を行きつ戻りつした。

ローレンス・バークレー研究所の廊下は鉛管工の悪夢とでもいうしかない。天井の目隠しもなく、むき出しのパイプやケーブルが押し合いへし合いコンクリートの地肌をはっている。暖房用のスチーム・パイプや、イーサネットのオレンジ色のケーブルを見上げながら私は考えた。スチームは一平方インチ当たり一〇〇ポンドの圧力でパイプのなかを流れている。イーサネットのケーブルには秒間一〇〇〇万ビットの情報が走っている。

　私のネットワークは、スチームや水や電気と同様、研究所の生命活動の一端をつかさどっている。

　私のネットワーク？　どうして私のネットワークであるものか。スチーム・パイプにしたって鉛管工の所有物でも何でもありはしないではないか。にもかかわらず、誰かが自分のもののように保守に当たり、もれが出たらふさがなくてはならない。

　私のなかで何やら妙なことが起こっていた。私はめまいを感じて廊下にへたりこみながら、なおも天井のパイプとケーブルを見上げて考えた。生まれてはじめて、私は重大な責任を背負いこんだのだ。これまでは、天文学研究員の延長で仕事に向き合っていた。計画書を作成し、望遠鏡をのぞき、時おり論文を書きはしながらも、総じて私は周辺の葛藤や競争には関心が薄く、むしろ現実からは距離をとって斜《しゃ》にかまえる態度だった。私の研究がどこへ向かおうと向かうまいと、そんなことはどうでもよかったのだ。

　今、私は誰にどうしろこうしろと言われているわけでもないが、一つの選択を迫られている。ハッカー追跡から手を引くか、それとも、武器を取って海のごとき艱難《かんなん》を迎え撃つか？

　パイプとケーブルをにらんでいるうちに、私はもはや無責任な三枚目で自適してはいられなくなったことを悟った。私はまじめに考えた。私の存在は知られていなくとも、ネットワークで結ばれた共同体の安全が私の手に委ねられている。この責任を一人で負いきれるものだろうか？　いやはや、えらいことになってきた。

22 ——国防企業「マイター」

その晩、マーサはボアルト・ホール法律図書館で刑事訴訟法の勉強をしていた。私はベーグルとクリームチーズを差し入れた。法律家の卵のハイオクタン燃料である。私たちは司法試験を目前に控えてゾンビのようにやつれきった大学院生の目を避けながら書架の陰でちちくり合った。名にしおうボアルト図書館。法律は夜も眠らない。

マーサは奥の一室に備えつけの法律関係のオンライン・データベース、Lexisの端末機に私を案内した。「ねえ、勉強がすむまで、このおもちゃで遊んでてくれない？」

私の返事も待たずに、マーサは端末のスイッチを入れた。判例検索システムにログインする手順を指示する画面が出て、マーサは閲覧室へ引きあげてしまい、私は一人あとに残って見知らぬコンピュータと向き合った。

画面の指示は単純このうえない。キーを二つ押してユーザー名とパスワードを入力すれば、あとは好き勝手に判例を検索できるしくみである。端末の脇に五つのユーザー名とパスワードが貼り出されていた。私はなかの一対を使ってログインした。パスワードの秘密など、ここではまったく配慮されていない。とうに学校と縁が切れたユーザーが何人も今もってこの図書館でコンピュータにただ乗りしているのではないか、と私はあらぬことを考えた。

データベースにつながったところで「電話逆探知」の項を呼び出した。法律用語はとっつきにくかったが、しばらくあれこれいじくっているうちに、電話逆探知に関する法令に出くわした。なんと、加入者が自分にかかってきた電話の逆探知を希望するかぎり、令状を必要とするとはどこにも定められていない。

考えてみれば当然の話だ。自分に電話をかけてきた相手を知るのに、いちいち裁判所の命令がいるとしたらそのほうがよほどおかしいではないか。それどころか、最近ではベルが鳴っているあいだ、発信側の電話番号を表示する装置を売り出している電話会社さえあるくらいである。

それにしても、法律によって義務づけられてもいない捜査令状に、電話会社はなぜあれほどこだわるのだろうか？　月曜日、私は合衆国法典注解第一八巻、三一二一章のゼロックス・コピーを片手にパシフィック・ベルのリー・チェンに電話した。「どうして令状が必要なんです？　法律では、そんなものはいらないことになってるのに」

「一つには、電話会社が裁判沙汰に巻きこまれないため、もう一つは、無用の探知を避けるためだよ」リーは言った。

「なるほど。でも、令状が必要とされないなら、ヴァージニアの電話会社はどうして探知の結果を教えてくれないんですか?」

「さあねえ。だめなものはだめだと言うんだからしょうがない。私も三〇分ばかり粘ってみたがね、頑として譲らないんだ」

電話会社同士のあいだでさえこうだとすれば、私たち研究所が情報を手に入れる望みはないだろう。どうやら逆探知は行き詰まりだ。

アレサ・オーウェンズが電話してきた。「FBIは令状どころか、この問題に関していっさい、行動を起こす気はないわ」

所轄の警察でも事情は同じで、にっちもさっちもいかない。万事休すだった。

キャフェテリアで食事をしながら、私は天文畑の仲間、ジェリー・ネルスンとテリー・マストに前の週の出来事を話した。

「じゃあ、何か? 電話会社は逆探知をしておきながら、つきとめた相手の番号を教えないっていうのか?」ジェリーは信じられない顔で言った。

「そういうことだ。掛け売りお断り、というやつだな」

サンドイッチを脇へ押しやって、私は二人に業務日誌を見せた。二週間前、私は電話会社の技術者たちが逆探知しながらやりとりする符丁のような言葉を、聞こえるままに書き取っていた。ジェリーは手相を見る表情で私のログブックをのぞいた。

「なあ、おい、クリフ。電話屋はここで、703と言ってるだろう」ジェリーはページを指さした。「703はヴァージニアの市外局番じゃないか。それから、C&P……こいつは、チェサピーク&ポトマックだろう。うん、間違いない。ヴァージニア州北西部一円をサービス地域とする電話会社だよ」

実験主義のテリー・マストが横から言った。「技術屋が言った番号を書き取ってあるんだろう。だったら、市外局番703で、そこにある番号へかたっぱしから電話してみりゃあいいじゃないか。かけた先にコンピュータがあるかどうか」

ジェリー・ネルスンもうなずいた。「ああ、それでいけるな。ここにある番号っていうと、1060……427……448。まず、703／427‐1060へかけてみるんだな。448‐1060でもいい。組み合わせはいくつもないじゃないか」

やってみる価値はありそうだった。しかし、不用意な行動は禁物だ。

私は地元の電話局に問い合わせることにした。「電話料の請求書にいくつか電話したおぼえのない番号があるんですが、そちらで相手はわかりますか?」

電話局の係は協力的だった。「番号をおっしゃって下さい。お調べいたしますから」

私は考えられるかぎりの組み合わせで六通りの番号を伝えた。いずれも市外局番703である。一〇分ほどして折り返し電話がかかってきた。

「先ほどの件ですが、六つの番号のうち、五つまでは現在使われておりません。どうしてそのような番号が請求書に記載されているのか、こちらではわかりかねますが」

六つの番号のうち、五つまではでたらめだったということか。だとすれば、残る一つが目当ての番号であるはずだ。私は言った。「ああ、それはいいんですが、で、その、もう一つの番号の所有者は誰ですか?」

「マイターという企業です。つづりはM-I-T-R-E。703/448-1060です。ほかの五つの番号について、払い戻しの手続きをいたしましょうか?」

「今ちょっと急ぎの用があるもので、それはまたあらためてお願いします」

私は恐るおそるその番号に電話した。相手が出たらものも言わずに切るつもりだった。コンピュータのモデムの周波数の高い音が伝わってきた。相手は技術の最先端をいっている。

マイターなら、まったく知らないわけでもない。大手の国防企業だ。しかし、私の知っているマイターはマサチューセッツで、ヴァージニアとは見当が違う。エレクトロニクス関係の雑誌によく求人広告を出している。プログラマーを募集しているが、きまってアメリカ市民であること、と条件を限っている。図書館で調べてみると、はたせるかな、マイターはヴァージニアに支社を置いていた。ヴァージニア州マクリーン。

はて、どこかで聞いた地名ではないか。私は地図を開いて合点した。

マクリーンはＣＩＡ本部の所在地である。

23——そこはCIA本部ではないか!

信じがたいことだった。ハッカーはヴァージニア州マクリーンの国防企業マイターから侵入していると見なくてはならない。CIA本部からは指呼の間である。こうなると、私一人の判断で行動を起こすわけにはいかない。

「ねえ、デニス。ハッカーの根城はマイターですよ。これが、CIA本部から目と鼻の先にある国防企業でね。この話を聞かせたら、T・Jは何て言いますかね」

「どうしてマイターだとわかった?」

「それはですね、逆探知の最中に、電話会社の技術者が口にした番号を書き取ったからですよ。で、その番号から可能なかぎりの組み合わせを考えて、かたっぱしから電話してみたら、マイターのコンピュータ・モデムに行き着いたというわけです」

「つまり、何の裏づけもないということだな」デニスは私の弱みをずばりとついた。「うっかりそんな話をして、もし間違いだったら、えらく具合の悪いことになるぞ」

「でも、あてずっぽうに電話して、コンピュータが出るなんて、そうやたらにあることじゃないですよ」

「あることか、ないことか、そんなことはどうだっていい。何らかのかたちで確認がとれるまで、軽率な行動は禁物だ。マイターに電話してはいけない。ＣＩＡにも話さずにおくことだな」

というわけで、ふりだしに戻った。ハッカーの番号はつかんだ。まず間違いない。問題は、どうやってそれを証明するかだ。

なに、造作もないことではないか。ハッカーが侵入してくるのを待って、こっちからくだんの番号に電話すればいい。話し中なら、証明できたも同然である。

ほかにも電話番号を確かめる手段はある。姑息《こそく》といえば姑息だが、安全な方法だ。

大学院時代、金と力はもとより、満足に居場所もない境遇で、私は生き延びる才覚を身につけた。大学院生は学術の世界では底辺の階層である。何ごとにつけおこぼれに甘んじて、存分に知恵を働かせなくてはならない。望遠鏡の順番待ちがどん尻なら、山のてっぺんにがんばって機をうかがい、先輩の観測者たちが交替するわずかな間隙に割りこんで自分に必要なデータを集める。実験室の電子機器があいていなければ、夜のあいだにこっそり持ち出して心ゆくまで使い、気づかれないように返しておく。私は天体物理ではあまりぱっとしなかったが、もって生まれた性格も手伝って、こうした要領のよさでは人にひけをとらなかった。

連邦裁の令状は依然として手に入りそうもない。となると、私の自由になるのは標準的な天文学者の武器だけである。しかし、得るものを得るにはそれで充分だ。

私はチェサピーク&ポトマックに電話して、保安部に取り次ぎを頼んだ。あちこちたらい回しされたあげく、聞き覚えのある声が返ってきた。先週、逆探知で活躍したあの女流技術者である。

しばらく当たりさわりのない話をするうちに、彼女のほうから十一歳になる息子が天文学にこっていると言い出した。私はしめたと思った。「星座表や惑星の写真を送ったら喜ぶでしょうかね?」

「そりゃあ大喜びですよ。特に、ほら、あの環《わ》のついている星が大好きで……土星でしたっけ」

惑星や星雲の写真なら私のところにいくらでもある。さらにしばらく子供の話をしてから、私は本題を切り出した。

「ところで、例のハッカーですがね、どうやら、マクリーンのマイターから接続しているようですね。448-1060。違いますか?」

「本当はお知らせできないことになっていますけど、すでにあなたはその番号をご存じだし……」

やった! 大学院生活もむだではなかった。

私は惑星や銀河を撮った天体写真のポスター十数枚を紙筒におさめて送った。今ごろは、ヴァージニアのどこかある家の、子供部屋の壁を飾っていることだろう。ヴァージニア州マクリーン……。私はマクリーンよりも火星のことをはるかによく知っている。思案の末に、私は妹のジニーに電話した。妹はたしかマクリーンの近くにいるはずだ。少なくとも、市外局番は同じである。

思ったとおり、ジニーはマイターのことを知っていた。国防総省《ペンタゴン》と密約を結んで兵器を作っているのみか、ＣＩＡやＮＳＡとも関係が深く、事業内容は多岐にわたるが、コンピュータの安全監査もその一つであるという。企業なり、各種の組織なりがコンピュータの機密保護を求めた場合、マイターが審査に当たり、安全性を保障するのである。

はて、異なこともあるものだ。コンピュータの監査を引き受ける企業がハッカーをかかえているとはおだやかでない。監査官が退屈しのぎにいたずらをしているのだろうか？　それとも、マイターは行政当局の密命で軍事ネットワークの保安状態を監視しているのだろうか。

かくなるうえはと、私はマイターに電話した。五度かけ直してようやく秘書の防御網を突破し、ビル・チャンドラーなる人物に紹介された。

ゆゆしい事態が生じていることを納得してもらうのに一五分かかった。

「間違っても、そういうことはありえません。当社の機密態勢は万全です。外部からの侵入は不可能です」

私は令状のことは伏せて、電話逆探知の経緯を話した。

「当社のコンピュータから何者かがそちらに侵入したとは考えにくいことですが、もし、事実だとすれば、外部の人間ではありえません」

ビル・チャンドラーがこれを自分自身の問題であると認識するのにさらに一〇分、どう対処すべきか決断するのに五分を要した。

私はしごく簡単な方策を提案した。少なくとも、当方にとっては何でもないことだった。

「今度ハッカーがバークレーに接続したら、マイターの電話回線を調べて下さい。誰が回線につながっているか」

ビル・チャンドラーはこれに同意し、技術者を集めてひそかにマイターの電話回線448-1060を監視すると請け合った。私から連絡がありしだい、社内のネットワークを探知して犯人をつきとめる手はずである。

「しかし、どうですかね」彼は言った。「うちの警固は厳重です。外から入りこむ隙はありません。従業員はすべて機密事項の取り扱いを許可されている、信頼できる人物です」

けっこう。知らぬ存ぜぬで通す気なら、それはそれでかまわない。実際には、マイターの誰かが他意もなく、ただ遊び心で軍事ネットワークをひやかしているだけのことかもしれないのだ。だが、しかし。もしこれが組織的な行動だとしたら、どうだろう？

事実そのとおりだとすれば、背後にいるのは何者か？　マイターは、どこか情報機関の意を体しているのではなかろうか？　そういうことなら、想像をたくましくするまでもない。マイターはＣＩＡ本部のお膝元である。

一〇分後、私はＣＩＡのＴ・Ｊに電話した。

「実は、その……聞いても答えられないでしょうから、ちょっと言いにくいんですが、ハッカーはＣＩＡ内部の人間だとは考えられませんか？」

Ｔ・Ｊはてんから取り合わなかった。「断じてそれはない。ＣＩＡは国内のことにはいっさいかかわりない。問題外だ」

「そう言われてしまえばそれまでですが、でも、電話を探知した先はヴァージニアでしょう。それで、もしやと思って……」私はＴ・Ｊが察してくれることを期待して言葉をにごした。

「ヴァージニアと言っても広いからね」Ｔ・Ｊは言った。

「北の方ですね。マクリーンというところです」

「そう言う根拠は?」

「電話会社は探知の結果を教えてくれないし、こっちも令状はありません。でも、発信地がマクリーンであることは確実です」

「どうして?」

「こういうことは、大学院で必ず教わるきまりでしてね」私は答えをはぐらかした。どうやって電話番号をつきとめたか、話したところで信じてもらえまいし、T・Jのほうでも手の内は明かさないからおあいこだ。

「マクリーンに関して、ほかに何を知っているね?」

「多少は知識がありますよ。マクリーンでどこか、国防企業をご存じありませんか?」

私がしらばくれる番だった。

「じらすなって。どこのことを言ってるんだ?」

「マイター」

「おい、冗談はなしだ」

「ドリー・マディスン通り1820番地と言ったら?」

「じゃあ、何か?　マイターの誰かが軍のコンピュータに侵入しているというのか?」

「電話逆探知の結果を解釈すると、そういうことになりますね」

「まさか、そんな……いや、それは絶対ありえない」T・Jはちょっと口をつぐんだ。

「マイターは秘密が堅いところだし……ハッカーについて、ほかに何か知っていることがあるのかね？」

「煙草は何を吸うか、知っていますよ」

Ｔ・Ｊは声を立てて笑った。「それはこっちも、とうの昔に気がついたよ」

「どうして言ってくれなかったんです？」業腹なことに、Ｔ・Ｊは情報を要求するばかりで、自分からは何も話そうとしない。「ねえ、ひとつ聞かせて下さい。マイターはＣＩＡ本部から目と鼻の先にあって、国家機密にかかわる仕事を請け負っていますね。ハッカーはＣＩＡの息がかかっているんじゃありませんか？」

Ｔ・Ｊはがらりと態度を変えて官僚的な口ぶりになった。「私に言えるのはただ一つ、ＣＩＡは国内の通信を監視する権限を与えられていないということだけだ。コンピュータ関係だろうと何だろうと、その点は変わらない」そして、彼はなかば独り言のように言葉を足した。「何者だろうと知ったことではないが、ＣＩＡの人間だけは願い下げにしてもらいたいな」

「何とか探れないものですかね」

「クリフ。これは国内問題だ。協力したいのは山々だが、私らの立場では手も足も出ない」

ＣＩＡは関心を示しながら、進んで動こうとはしない。それでは、というわけで、私はFBIに電話した。これで七度目だが、FBIオークランド支局は相変わらずどこ吹く風だった。それどころか、ハッカーの正体はそっちのけで、私がどうやって電話を探知したか聞き出そうとする始末である。

もう一カ所、話だけは伝えておかなくてはならないところがある。国防通信庁である。前にかけあったときの様子では、国防通信庁は空軍省特別調査課と密接な関係があるらしい。あるいは、各方面に認識をうながすくらいのことはしてくれるかもしれないと、私はわずかな期待を捨てきれなかった。

ミルネットには一万台からのコンピュータが接続しているにもかかわらず、安全管理に当たっている人間はたった一人しかいない。ひと月前、スティーヴ・ラッド少佐は私たちの訴えを聞きとどけ、何も約束はしなかったものの、進展があったら知らせてほしいと言った。マイターと聞いて目を覚まさないとも限らない。

スティーヴ・ラッド少佐に電話して、ヴァージニア州マクリーンまで探知したことを伝えた。

「冗談でしょう」少佐は本気にしなかった。

「冗談でこんなことが言えますか。ハッカーはマクリーンのさる国防企業から侵入してくるんです」

「どこですって?」

「それは言えません。上のほうと相談してみないと」私は少佐がどう出るか、呼吸を測る気持ちだった。

少佐は重ねて尋ねてきたが、私は譲らなかった。ここは秘密めかして関心をひきつける手だ。なおしばらく押し問答の末、少佐は業を煮やして言った。「じゃあ、その会社の名前を明かせるかどうか、上司と相談して下さい。こととしだいによっては協力できることがあるかもしれません。しかし、そちらが事実を伏せているかぎり、私らとしてはどうする術もありません」

忘れないうちに、私はこのやりとりを日誌に書きとめた。電話が鳴った。録音された声が繰り返した。「この電話回線は盗聴防止の措置が講じられていません。機密事項は口外無用のこと」何度か聞いて私は電話を切った。機密事項など何一つ知らないし、知りたいとも思わない。

三分ほどしてまた電話が鳴り、同じ声が聞こえてきた。耳をすますと、エンドレス・テープの継ぎ目がわかった。反復されるテープの単調なリズムに耳がなれかけたところへ、けんか腰の男の声が割りこんだ。

「もしもし、ドクター・ストール？」

こっちが頭をかかえている時に限って人は私をこの肩書きで呼ぶ。

「空軍省特別調査課のジム・クリスティだがね」

空軍の麻薬捜査官から電話してきたところを見ると、国防通信庁は何らかの行動を起こしたに違いない。

捜査官は挨拶抜きでつめよった。「ハッカーは、ヴァージニアのどこだって?」

「いやあ、それは言えませんね。これは秘話回線じゃありませんから」

「いいかげんにしないか」

ジム・クリスティに話して悪い理由は何もない。まずくしてもそれっきりになるだけの話だろう。うまくすれば、特別調査課はマイターの腕をねじ上げるかもしれない。私は追跡の経過をジム・クリスティに報告した。ジムは愕然としながらも、私の口から話を聞いたことに満足した様子だった。

「私からヴァージニアのFBIに連絡しよう。何か打つ手があると思う」

「ということは、そっちは私の知らない何かをつかんでいるんですね。オークランドのFBIは一〇〇万ドルの現金が強奪されるようなことでもないかぎり、指一本動かそうともしませんよ」

ジムはこれに答えて、FBIの捜査官は自主独立の気概に富んでいるのだと言った。同じことでも、捜査官によって気負い立つ者もいれば、無関心に見すごす者もあるという意味だ。「くじ引きみたいなものだ。運よく当たれば上りのエレベーターが来るし……」

「はずれれば、エレベーター・シャフトに落っこちる破目になるわけですか」

私はジムの幸運を祈って、進展があったら知らせてくれるように言い、このことも日誌に書きつけた。どうやらかねがね耳にしているとおり、行政機関はどこをとっても相互不信の垣根にへだてられて風通しが悪いようである。こうなったら誰彼の別なく、力を借りたい相手にかたっぱしから声をかける以外、解決の道はなさそうだ。そうやっているうちに、どこかが動きだすのではなかろうか。

今にして思えば、この時点では誰ひとり、多少なりとも事態の輪郭を正しくとらえている者はいなかった。この先、ハッカー追跡がどのような迂路をたどるか、ＣＩＡも、ＦＢＩも、ＮＳＡも、まるでわかっていなかった。もちろん、私自身、どんな見通しがあったわけでもない。

24――ジニーのちょっとした冒険

翌朝、研究所へ出てみると、プリントアウトにハッカーの足跡はなく、さしたることもない電話メッセージが二件とどいているだけだった。コンピュータ・センターの部長から、研究所の出資官庁であるエネルギー省に一通り事情を説明するように指示する電話と、スタンフォードのダン・コーコウィッツから電話があったことを伝えるメモだった。

「電子メールを送ろうかとも思ったけどね」折り返し電話すると、ダンは言った。「誰かに読まれるとまずいから」

ハッカーが電子メールを読みあさる習慣であることはお互いに心得ている。電話なら安全確実だ。

カシュー・バターのサンドイッチをかじりながら、私はダンに電話探知がマイターに行き着いたことを話した。CIAについては省略した。バークレーの誰かがビッグ・ブラザーと仲良くしているなどという噂の種をまくことはない。

ダンは私の話を苦もなくのみこんだ。「不思議なこともあるものだな。実は、こっちもハッカーを追跡したらヴァージニアでね、それを伝えようと思って電話したんだ。マクリーンだよ」

私は舌がもつれた。カシュー・バターのせいだったかもしれない。やっとのことで私は言った。「しかし、そのハッカーはこっちが追っかけてるやつとは別人だろう」

「ああ。あるいは、ハッカー集団が同じ手を使ってあちこちのコンピュータに侵入しているのかもしれないな。それはともかく、スタンフォードを荒らしているハッカーの名前がわかったよ」

「どうやって？」

「そんなおおげさな話じゃないんだ。そっちがやってるのと同じで、ハッカーの入力をそっくりプリントアウトしただけのことさ。それが、ある晩、ハッカーのやつはスタンフォードのＵＮＩＸコンピュータで宿題をやろうとした。曲線で囲まれた面積を、枡目を数えて求める簡単な計算だよ。それを片づけるのに、ハッカーは問題をそっくり、自分と教師の名前まで含めてコンピュータに入れてよこしたんだ」

「へっ！　誰だ、そいつは？」

「誰だか知らないが、名前はクヌート・シアーズ。算数の程度からいうと四年生だな。教師の名前はマーァ。ところが、居どころがわからない。スタンフォードの電話帳を調べても、そんな名前は載ってないんだ」

このハッカーはハイスクールの生徒に違いない。曲線に囲まれた面積を求める問題は数学の初歩の初歩である。

「シアーズという名字のハイスクールの生徒を捜すにはどうしたらいいかね」ダンは言った。「ハイスクールの生徒が全部出ている名簿なんていうのがあるだろうか?」

「それはどうかな、ハイスクールの数学教師の名簿ならあるだろうけどね」世の中にはあらゆる種類の名簿がある。

私たちはお互いの日誌を比較して、やはりハッカーは別人であると結論した。クヌート・シアーズは私のシステムに侵入しているハッカーを知っているかもしれないが、同一人物ではありえない。

電話を切ると、私は自転車に飛び乗って大学のキャンパスへ急いだ。図書館へ行けばハイスクールの教師の名簿があるはずだ。が、これは見事にはずれて、住所を知らずに人を捜すのは生やさしいことではないと思い知らされた。

わらをもつかむ思いで、私はヴァージニアにいる妹のジニーに電話することを考えた。世の中は弱肉強食のおきてに支配されているジャングルと似たようなもので、ジニーにしたところでのんびり閑《かん》と暮らしているわけではない。コンピュータに隷属する単細胞が巻き起こして日ごとに激しくなる渦に吸いこまれることをジニーは何と思うだろうか？

なに、電話を何本かかけてくれればすむことである。マクリーン一円のハイスクールに電話して、謎の数学教師マーァ氏の所在をつきとめてもらえたら、これほどありがたいことはない。ＦＢＩの腰の重さにくらべれば、どんなにささいなことであれ、東部で頼める協力は大がかりな特捜網《ドラグネット》にも匹敵する実効があろう。しかも、ジニーは国防総省とまんざら縁がないでもない。それにひきかえ、私は世の中の誰よりも軍隊とは縁がない。私はジニーの分別を信頼している。ただ耳を澄ましているだけでも何かの役に立ってくれるに違いない。

ジニーの勤め先に電話して、そもそものはじまりから説明しかけたが、「ハッカー」「ミルネット」と聞いただけで、彼女はあらかた事情をのみこんだ。「いいわよ。で、私にどうしろっていうの？」たまたまジニーの勤めている海軍研究開発センターは、つい最近、機密保護の不徹底なコンピュータの危険に関して職員一同に注意を呼びかけたばかりであるという。

ジニーは私に協力するに当たって一つだけ条件をつけた。「どこかからちゃんとした感謝状をもらえるとありがたいんだけど、空軍省特別調査課でも、ＦＢＩでも、どこでもいいわ」

次に特別調査課と接触したおりにジニーの要求を伝えると、空軍省はそんなことならお安い御用だと二つ返事で請け合った（ところが、これがお安い御用ではなかった。少佐、大佐、将軍と、空軍のお偉方が約束を乱発するばかりでいっこうにらちが明かない。結局、連邦政府の役人が他の部局の人間に頭を下げることは間違ってもありえないのだと思い知らされて、ジニーへの感謝状の件は立ち消えとなった）。

それはともかく、ジニーは早速、昼休みを使って捜査にとりかかり、一時間たらずのうちに収穫を伝えてよこした。

「マイターにいちばん近い公立高校はマクリーン・ハイスクールだから、そこからはじめることにしたのよ。電話して、マーァ先生をお願いしますって言ったら、マーァ先生ですね、しばらくお待ち下さい、って取り次いでくれたわ。相手が出たところで、私、電話を切っちゃった」

妹はたった一本の電話でFBIよりも多くをやってのけたということか。これはいい。だったら、もっとどんどん頼もうではないか。「ちょっとその学校へ足を運んで、コンピュータがあるかどうか見てきてくれないか。今の学校は、どこでもたいてい導入しているはずだけどね。それから、名簿を当たって、クヌート・シアーズというやつを捜してもらいたいんだ。ただし、用心しろよ。こっちでつかんだかぎりでは、えらく臆病な人物らしいから、おどかさないようにしないと」

「わかったわ。明日はゆっくり昼休みをとりましょ」

翌日、私がバークレーの緑の丘に自転車を走らせているころ、ジニーは面白半分、懐疑半分でワシントンDCのベルトウェイを一周した。

マクリーンは高級官僚、政治家、軍上層部が寄りかたまって邸宅をかまえるエリートの町だった。「裕福な第二環状郊外の典型」とジニーは話したが、正直なところ、私にはどういう意味かよくわからない。

秋日和の昼下がり、そのヴァージニアの学校はすばらしいアメリカのハイスクール神話の精華を絵に描いたようだった。授業が終わって、身なりのいい生徒たちがどっと玄関からあふれ出た。生徒用の駐車場にはベンツ、BMW、ヴォルヴォといった車が並んでいる。ジニーの自慢の愛車、八一年型のシェヴィ・サイテーションはみすぼらしいわが身を恥じるかのように、駐車場の隅で小さくなっていた。

ジニーは車と同じで、場違いなところへやって来た居心地の悪さはたまらなかったと訴えた。上流の子弟を集めた郊外のハイスクールを内偵することの愚かしさを思って、彼女がえらくみじめな気持ちを味わったことはいうまでもない。

ジニーが人一倍ハイスクールを嫌うにはそれなりの理由がある。まだ若く傷つきやすい年ごろだった一時期、彼女は十一年生を相手に英語を教えていた。今でもジニーは十代の子供たちを見るとじんましんが出る。特に自分とは世界が違う富裕階級の御曹司たちにはアレルギーがある、と彼女は言う。

ジニーはわが子を気づかう母親を装って教務課を訪ね、三〇分ほど腰を落ち着けて同窓会名簿や生徒会名簿を調べた。競泳チームや古典研究会、弁論部、と幻のクヌート・シアーズを捜し求めてあちこちひっくり返したが、ついにその名は見当たらなかった。

ある限りの資料を当たって、マクリーン・ハイスクールの生徒および卒業生にクヌートなる人物はいない、と見切りをつけると、ジニーは教師用の郵便受けに視線をはわせた。なかに間違いなく「マーァ」の名があった。

ふいに学生部の事務員が顔を出して、何の用かと尋ねた。ジニーはグレイシー・アレンもどきにおどおどとうろたえたふりをして言った。「ええと、あの、何と言えばいいのかしら……あらいやだ、私うっかりしてて、すぐ目の前にあるじゃないの」とっさにカウンターから手に取ったのは夜間学校の入学案内だった。照れた笑顔を片手で隠し、もう片方の手で事務員にさよならをして、ジニーは部屋を飛び出した。

秘密任務をはたして、その午後ジニーは私に電話をよこした。スタンフォードに出没している謎の人物、クヌート・シアーズの正体は不明のままだが、マクリーン・ハイスクールには籍がない。マーァ氏は数学教師ではなく、担当は歴史で、それも時間講師である。

またもや捜査は行き詰まった。私は今もってジニーと話を交わすと、雲をつかむような、ハッカー追跡に駆り出したことで負い目を感じずにはいられない。

　私はスタンフォードのダンに電話でこの思わしくない結果を伝えた。ダンはしごく冷静だった。「こういうことは時間がかかるからね。ＦＢＩはもう当てにしない。シークレット・サービスにコンピュータ犯罪を扱う部門があって、この件についてはかなり乗り気なんだ」

　シークレット・サービスがスタンフォードのハッカー追跡に協力する？　シークレット・サービスといえば、贋金《にせがね》づくりを取り締まったり、大統領の身辺警護に当たったりするところではないか。

「そうなんだ」ダンは言った。「そのうえ、コンピュータ犯罪も捜査するんだよ。財務省はコンピュータ詐欺から銀行を守ることに力を入れている。シークレット・サービスはその財務省の一機構だよ」

　ダンは頑迷で腰の重いＦＢＩを避けて通る道を見つけたというわけだった。

「コンピュータには必ずしも明るくないがね、とにかく、やる気充分なんだ。コンピュータに関してはこっちが知恵を出して、捜査のほうはシークレット・サービスに動いてもらえばいい」やる気充分？

　これはひと足遅かった。地元のＦＢＩは相変わらず無関心だが、ヴァージニア州アレグザンドリアのＦＢＩが動きだしたからである。マイターか、空軍省、あるいはＣ

IAか、いずれにせよ、どこかから圧力がかかったに違いない。特別捜査官、マイク・ギボンズと名乗る人物が電話してきた。

ほんの短いやりとりを交わしただけで、私ははじめてコンピュータのわかるFBI捜査官に出会ったと確信した。ギボンズはUNIXプログラムを書き、モデムを自在に扱い、データベースやワードプロセッサーに気おくれを感じることはなかった。今はアタリのコンピュータで「ダンジョンズ・アンド・ドラゴンズ」にこっているという。故J・エドガー・フーヴァー長官は草葉の陰で苦虫をかみつぶしたような顔をしていることだろう。

ありがたいことに、マイク・ギボンズは電子メールの交換をいとわなかった。電子メールは誰に読まれないとも限らないから、私たちは暗号文で連絡をとり合うことにした。

電話の声からいって、マイクはまだ三十そこそこだろう。コンピュータに関する法律を知りつくしているのは見上げたものだった。「これは少なくとも、合衆国法典第一〇三〇項に抵触しますね。家宅侵入にも当たるかもしれない。逮捕すれば懲役五年、あるいは、罰金五万ドルは堅いですよ」私はマイクが〝もし〟ではなく〝逮捕すれば〟と、すでにしてありうべきことのように話した口ぶりが気に入った。

私はマイターと合意した事項について説明した。「今度ハッカーがバークレーに現れたら、ビル・チャンドラーが内部からマイターのネットワークを探知する約束になっているんだ。たぶん、それで正体がつかめるだろう」

マイクは懐疑的だったが、私の計画に反対はしなかった。あとはハッカーの出現を待つばかりである。ハロウィン以来、ハッカーはもう二週間も鳴りをひそめている。私は毎朝プリントアウトの点検をおこたらず、ポケットベルは肌身はなさず、ひたすらハッカーが目に見えないしかけ糸に触れるのを待ちつづけたが、このところとんとご無沙汰だった。

そして、十一月十八日、ハッカーは久方ぶりにスヴェンテク名義で侵入した。朝八時一一分に現れて、三〇分ほど滞留していたろうか。私はただちにマクリーンのマイターに電話した。ビル・チャンドラーは不在で、管理職らしい横柄な男が応対に出た。ビル・チャンドラー以外の人間にはマイター内部のネットワークを探知する権限がないという答えである。例によって、きびしいガイドラインがどうの、ネットワークの機密がこうのと話がまだるっこい。そんなことを言っている場合ではない。現にハッカーが私のシステムに侵入しているのだ。何も知らない管理職の見当はずれな話を聞いているひまはない。マイターのシステムをきちんと知っている技術者と連絡がとれないことには、どうにもならないではないか。

これでまた、むざむざハッカーの尻尾をつかみそこなった。

午後、ハッカーは再び現れた。今度は連絡がとれて、ビル・チャンドラーはモデムの発信接続を調べた。たしかに誰かがマイターのモデムから外線に接続している。それも、長距離回線である。誰がどこからダイヤルしているのだろうか?

ビルは弁解した。「マイターのネットワークは複雑でね、探知するといってもそう簡単にはいかないんだ。コンピュータは個別に相互接続されていない。一本の回線をたくさんの信号が走っている。接続を探知するには、イーサネットのパケットのアドレスを一つひとつ解読しなくてはならないんだ」

要するに、マイターのネットワークでは電話の逆探知ができないということだ。

私は歯ぎしりする思いだった。ハッカーは明らかにマイターからバークレーに侵入しているにもかかわらず、当のマイターでハッカーの所在をつきとめられないとは何とももどかしい。ハッカーはマイターの人間か、それとも外部の何者か、依然として不明のままである。

憤懣やるかたなく、私はプリントアウトに目を通した。特に変わったことはない。ハッカーはまたしてもアニストンの陸軍兵站に侵入を試みて弾き返された。その後はバークレーのコンピュータをあさりまわって「核爆弾」や「SDI」といった言葉を検索しただけである。

ビルはこの事態に対処すべく、能《あた》うかぎり優秀な技術者を動員すると約束した。数日後にハッカーはまた現れたが、結果は同じだった。何者かがマイターのコンピュータ・システムから外線に接続していることは間違いない。にもかかわらず、マイター内部では逆探知が不可能である。ビル・チャンドラー以下、マイターの技術者たちは面くらった。いったい、誰がどこに隠れてやっていることだろうか？

日曜日、マーサは私をキャリストーガまで日帰りの行楽に連れ出した。間欠泉と温泉に蝶々と地質学者と快楽主義者が群がる観光地である。売り物の泥浴《マッド・バス》は北部カリフォルニアの退廃のきわみといわれている。二〇ドル払えば誰でも火山灰とピートとミネラルウォーターの泥濘《でいねい》につかって生《なま》ゆでになれる。

「仕事のことなんて忘れて、頭を空っぽにしなさいよ」マーサは言った。「このところ、ハッカーのことばかり考えて、あなた、おかしくなっているのよ。そういうときは、ちょっとした気晴らしが一番」大きな浴槽で泥濘に沈んだところで若返りの効果があるとも思えなかったが、私は何でも一度は体験してみないと気がすまない性分だ。

浴場専用の泥沼に浸りながら、私はいつしかまたハッカーのことを考えていた。ハッカーはマイターの電話回線を使って大陸をへだてた西海岸のコンピュータに侵入している。スタンフォードではハッカーをマクリーンまで追跡した。このハッカーも同じくマイターを経由しているらしい。どうやら、マイターはハッカーたちがそろって利用する中継点で、いわば交換局の機能をはたしているようである。つまり、ハッカーはマイターの従業員ではなく、外部の人間だということだ。

どうしてそんなことが起こりうるのだろうか？　マイターは三つの誤りを犯していると考えなくては説明がつかない。まず、誰彼の別なくマイターの構内ネットワークに接続が可能であること。次いで、外部の者がコンピュータにログオンできること。そして、長距離電話回線への接続がまったく野放しの状態であることである。

このうち、第三の条件がそなわっていることは明らかだ。ネットワークはモデムに接続しているから、電話回線で全国どこでも通信が可能である。現に私はこの回線でハッカーの発信源がマイターであることをつきとめたのだ。

それにしても、外部の人間がどうやってマイターに侵入したのだろうか？　ネットワークへの接続が無条件に許されるはずはない。ビル・チャンドラーも言ったとおり、マイターの機密は厳重である。軍事秘密を扱う国防企業としてはあまりにも当然ではないか。

だとしたら、マイターに侵入するどのような手段があるだろう？　どこかの全国的なネットワークを使うことだろうか？　たとえば、タイムネット……。マイターがタイムネットに加入しており、かつ、パスワードによる規制をおこたっているとしたら、誰でも自由にそのサービスを利用できるはずである。マイターの構内ネットワークが交換局の働きをするから、利用者はマイターの負担でどこなりとダイヤル通話できる理屈である。

これを試すのは簡単だ。私自身がハッカーになればいい。自宅からタイムネット経由でマイターに接続し、どこか私には資格のないコンピュータに侵入できるかどうか、やってみればわかることである。

硫黄と泥炭苔《ピート・モス》の臭気が鼻をついて、原始の熱い泥沼にはまったような心持ちだった。泥浴《マッド・バス》も、その後のサウナもなかなか快適だったが、私は一刻も早く家へ飛んで帰りたかった。手がかりをつかんだとは言わぬまでも、とにかく、方向は見えたと思った。

25——電話料金請求書の手がかり

ログブック。一九八六年十一月二十三日、日曜日。
一〇・三〇AM。オークランド・タイムネット、呼び出し番号415／430－2900。自宅のマッキントッシュから発信。1200ボー、パリティなし。タイムネット、ユーザー名の提示を要求。〈マイター〉入力。応答〈マイター－ベッドフォードへようこそ〉
一〇・四〇AM。マイター構内ネットワークのメニュー表示。選択肢一四、マイターの各種コンピュータ・システムと思われる、順次試行。
一〇・五二AM。選択肢MWCC、別のメニューを表示。選択肢一二。なかの一つ、DIALを実行。
DIAL　415　486　2984　無効
DIAL　1　415　486　2984　無効
DIAL　9　1　415　486　2984　バークレー・コンピュータに接続。

結論。部外者のタイムネット経由マイター接続は可能。パスワード不要。マイター接続後は市内、長距離ともダイヤル通話可能。

ＭＷＣＣはマイター・ワシントン・コンピュータ・センターの略。ベッドフォードはベッドフォード・マサチューセッツ。私はベッドフォードのマイターから侵入して五〇〇マイル離れたマクリーンにつながったことになる。

一一・〇三ＡＭ、バークレーの接続を絶ってマイターに滞留。ＡＥＲＯＶＡＸシステムへの接続を要求、ユーザー名照会に応じて〈ゲスト〉を入力。パスワードなしでログイン、ＡＥＲＯＶＡＸコンピュータを探索。

同システムに、空港の安全航行に関するものとおぼしきプログラム。高速ならびに低速機の許容進入角度を算出するプログラムである。政府機関との契約にもとづく研究開発計画か。

ＡＥＲＯＶＡＸはマイターのネットワークを通じて数種のコンピュータ・システムに接続。いずれもパスワードで保護されている。これらマイター・コンピュータに〈ゲスト〉のユーザー名は無効（マイター・コンピュータか否か、知る由もない）。

はて、何か釈然としないことがある。ネットワークを制御するソフトウェアに異常がありはしないか。応答のメッセージ表示は速いのに、接続に時間がかかる。なぜか……。

読めた。プログラムが変更されている。何者かがAEROVAXネットワークのソフトウェアにトロイの木馬をしこんだのだ。すなわち、ネットワークのパスワードを秘密の領域にコピーしてのちの利用にそなえるプログラムである。

結論。何者かがまんまとパスワードを盗んで、マイターのソフトウェアをもてあそんでいる。

一一・三五AM。マイターから接続を絶つ。ログブック記帳。

今これを読むと、マイターのネットワークを探索した一時間の記憶がありありとよみがえってくる。私は興奮すると同時に強い罪悪感を覚えた。今にも誰かが私のスクリーンに「君を逮捕する。両手をあげて出てこい」とメッセージを送ってくるのではないかと気が気ではなかった。

マイターのシステムに大きな穴が開いていることは疑いもない。どこの誰だろうと市内通話でタイムネットを呼び出し、マイターに接続を申し込めば、午後中マイターのコンピュータをいじくりまわしたところでとがめを受けることはない。コンピュータはほとんどがパスワードで保護されているが、少なくとも一つのシステムは門戸開放しているのと変わりない。

マイターはかたくなに侵入の可能性を否定した。「うちは秘密が厳重です。侵入の余地はありません」この確信が仇《あだ》となったのだ。

ＡＥＲＯＶＡＸは〈ゲスト〉名義で誰でもログインできる。それはいいとして、トロイの木馬は致命的である。何者かがネットワーク・プログラムに手を加えて、秘密領域にパスワードをコピーするようにしたのだ。正規のユーザーがＡＥＲＯＶＡＸを使用するつど、パスワードが盗まれている。これではハッカーにマイターの鍵束を渡したも同じである。ひとたび防御網を突破してしまえば、ハッカーは勝手放題、好きなことができる。

マイターのシステムは、はたしてどこまで侵《おか》されているだろうか？　ディレクトリを参照すると、トロイの木馬がしこまれたのは六月十七日のことである。なんと六カ月ものあいだ、マイターはそれとは知らずに偽装爆弾をかかえていたのである。

これをしこんだのが、私の追っているハッカーと同一人物であるかどうかは確かめる術もない。しかし、午前中の実験で、マイターのシステムに侵入して、そこからバークレーのコンピュータに接続するのは誰にでもできることがわかった。となると、ハッカーはマイターの人間とは限らない。どこの誰とも知れないわけである。

どうやら、マイターは中間駅《ウエイ・ステーション》の役目をはたしていると見なくてはなるまい。ここを踏み台に使って、ハッカーはわがバークレーのコンピュータに侵入してくるのだ。

マクリーンの接続経路も今や明らかである。ダイヤル回線でマイターに入りこんだハッカーは発信接続で外線に乗り換える。それゆえ、マイターはタイムネットの通信サービス料金と長距離電話料金を二重に負担している勘定である。おまけに、ハッカーにとってマイターは格好の隠れ場所である。壁の穴にもぐりこんでしまえば尻尾をつかまれる気づかいはない。

マイターは機密保護の厳重な国防企業である。聞くところによれば、顔写真入りの身分証明書を見せなくては玄関のロビーにも入れないという。警備員は武器を帯びているし、敷地は有刺鉄線の柵で囲われている。にもかかわらず、ホームコンピュータが一台あれば電話回線を通じてマイターのデータベースを検索するのはいとも簡単である。

月曜の朝、私はマイターのビル・チャンドラーに電話してこのことを伝えた。どうせまともに聞いてはくれまいと思っていたから、ビルが「うちは機密厳重だよ、機密保護に関しては非常に神経をつかっている」と繰り返しても、私は少しも驚かなかった。

今にはじまった話ではない。「そこまで機密保護に配慮しているにしては、システム監査をしていないのはどういうことかな？」

「もちろん、監査しているよ。各コンピュータの使用状況も詳細に記録している」ビルは言った。「ただし、それは課金のためで、ハッカーを監視する目的じゃあないな」

マイターでは七五セントの誤差をどう扱うのだろうか？

「AEROVAXというシステムを知っているかな？」

「ああ。それが、どうかしたか？」

「いや、別に。機密指定のデータは扱っているのかな？」

「それはないはずだな。空港の運行管理システムだから。どうしてそんなことを聞くんだ？」

「ただ何となくね。でも、いちおう調べてみたほうがいいと思うんだ」前の日、私自身が侵入してトロイの木馬を発見したとは言いにくかった。「ハッカーがあのシステムに入りこむ手はあるだろうか？」

「断じてそれは考えられないね」

「一般回線のダイヤルイン・ポートを調べることをお勧めするよ。それと同時に、タイムネットからマイターのコンピュータにアクセスしてごらん。どこの誰でも、タイムネットを経由すればマイターのシステムに接続できるから」

このひと言でビルはマイターのシステムに重大な欠陥があることに気がついた。マイターもまったく捨てたものではない。いくらか鈍重だというだけのことだ。

ビルは応対に窮したが、この先システムを開け放しにすることはあるまい。彼を責めることはできない。マイターのコンピュータはずっと丸裸だったのだ。

ビルはもっぱら私に、このことは内聞に、と言った。

口を閉ざすことに否やはない。が、一つだけ条件がある。何カ月にもわたってマイターのコンピュータは料金の高いAT&Tの長距離回線であちこちと交信しているのだ。当然、電話会社から請求書が発行されているはずである。

バークレーで私たちは、一軒の家を五人で借りている。月に一度、電話料金の請求書がきて、そのときは全員そろって食事をする。みんな家で電話などかけたこともないような顔をしているが、話し合ってみれば、誰がいつどこへかけたか全部わかって、各自が分に応じて電話料を負担する慣例である。

わずか五人とはいえ私たちはこうして、電話料金は使った者が払うという原則を貫いている。マイターに同じことができないはずはない。私はビル・チャンドラーに尋ねた。「コンピュータの電話料は、どこが負担しているのかな？」

「さあ、それは」ビルは答えられなかった。「経理のほうで処理しているんだと思うけど、実際はどうなっているかねえ」

これだから、ハッカーは長いこと好き勝手にふるまっていられたのだ。会計部門とコンピュータ管理者のあいだには何の接触もない。こんなことがまかり通っていいものだろうか？　それとも、世間ではこれがふつうなのだろうか？　コンピュータのモデムからの長距離電話料金を集計する。その数字にしたがって電話会社がマイターあてに請求書を発行する。経理部の誰かがだまって支払いの手続きをする。誰も何とも思わない。いったい誰が何のためにちょくちょくバークレーに電話しているのか、その点はいっさい問題とされていない。

これについてもビルは私に沈黙を求めた。いいだろう。しかし、ただというわけにはいかない。

「ねえ、ビル。コンピュータ区分の電話料金請求書のコピーを送ってもらえないかな?」

「何でまた?」

「ハッカーがどこへ入りこんだか、請求書からわかったら面白いと思ってさ」

二週間後、チェサピーク&ポトマックの長距離電話料金請求書がごっそり詰まった分厚い封筒が届いた。

私たちハウスメイト仲間が分担する電話料はたかだか二〇ドルといったところだが、マイターともなるとけたが違う。生まれてはじめて何千ドルという電話料金の請求書を見て、私は目を丸くした。マイターは月々、北米全土にまたがる何百通話もの長距離電話料金を鷹揚に支払っていた。

それも、人と人のふれ合いではない。請求書からも明らかなとおり、長距離通話はいずれもマイターと各地のコンピュータのあいだで交わされたものである。このことは、私自身が何度かマイターに電話して実証ずみである。電話に答えるのは常にモデムのビープ音だった。

何はともあれ、請求書には貴重な情報が含まれている。マイターはこれを分析することにあまり関心がないかもしれないが、私の業務日誌とつき合わせれば、ハッカーがどこまで浸透しているか見当がつこうというものだ。そのためには、まずハッカーの通話と正規の通話を区別するところからはじめなくてはならない。

一見してハッカーとわかる通話は少なくなかった。アラバマ州アニストンを何度も呼び出している。オークランドのタイムネットにも接続している。私たちがさんざん苦労して追跡した接続経路である。

むろん、正規の通話もある。マイターの誰かが西海岸のコンピュータにデータを送ったり、あるいはその逆に、最新のソフトウェアをコピーしたり、ということは頻繁に行われているだろう。問題は、その種の通話とハッカーの足跡をどこで見分けるかだ。

私のところでは、電話料金の請求書がくるとマーサが腕をふるってディナーの支度をする。クローディアがサラダを受け持ち、私はクッキーを焼く。*食事がすんで、チョコレートチップスも片づいてから、みんなで話し合って電話料金を清算する習慣である。

ハウスメイト全員がテーブルを囲んで話し合えば、誰がいつどこへ長距離電話をかけたか割り出すのはさしてむずかしいことでもない。たとえば、私が九時三〇分から九時三五分までバッファローに電話し、さらに九時三五分から九時四五分までボルティモアに電話したとすれば、九時四六分から九時五二分までニューヨークに電話したのも私だということになるだろう。

マイターの請求書を見て一つはっきり言えるのは、アラバマ州アニストンの陸軍兵站に長距離回線で接続した人物はハッカー以外ではありえないことだった。アニストンをはさんで直前直後の通話も、ハッカーと見てまず間違いあるまい。

物理学のほうではこれを相関分析という。太陽爆発《ソーラー・フレア》が観測された日の夜、オーロラがよく見えたとすれば、この二つの現象のあいだには相関関係があると考えていい。短い時間をへだてて起こる出来事を観察して、そのあいだにありうべき関係を見出そうとするのが相関分析である。

相関分析は物理学の常識である。

今ここに、過去六カ月にわたる電話料金の請求書がある。日時、電話番号、通話先

＊　原注　卵2個、赤砂糖1カップ、白砂糖½カップ、塩出しバター薄切り2片、食塩小さじ½杯、ベーキング・ソーダ小さじ1杯、バニラ大さじ2杯を小麦粉2¼カップに混ぜてよくこねる。チョコレート風味を特にきかせるにはココア大さじ3杯を加える。チョコレートチップス2カップを忘れずに、これを華氏375度で一〇分間焼きこめば出来上がり。

の所在地が記載されている。全部で五〇〇〇件といったところだろうか。これを手作業で分析していたら、いくら時間があっても追っつかない。こういう時こそコンピュータがものを言うのだ。相関分析のためのソフトウェアは豊富である。私のマッキントッシュにそれらのソフトウェアを入れて、いくつかのプログラムを実行すればことはすむ。

とはいうものの、五〇〇〇件もの電話番号をタイプするのは容易なことではない。気が遠くなるほど退屈な作業である。おまけに、間違いがないように同じことを二度くり返さなくてはならない。私はこれに丸二日を費やした。

データの入力に二日。分析は一時間である。私はアニストンの陸軍兵站への接続はすべてハッカーであるという前提でプログラムを書き、前後の接続を洗い出した。コンピュータはたちどころに分析結果を表示した。ハッカーは何度もオークランドのタイムネットを呼び出している。私のプログラムもまんざら捨てたものではない。

私は午前中かかってプログラムに手を加え、統計の技法に工夫をこらし、分析の手順を変えてそれが結果にどう影響するかを検証した。これでハッカーの行動がかなりはっきりしたといえる。上等だ。宿題もここまでやれば文句なしではないか。

夕方になって私は、はじめてプログラムが語るところを理解した。ハッカーは私の研究所のみならず、六カ所以上、おそらくは十数カ所のコンピュータ・システムに侵入しているということである。

ハッカーがマイターを足場に長距離電話回線で接続した先は、ノーフォーク、オークリッジ、オマハ、サンディエゴ、パサデナ、リヴァモア、アトランタと広範囲にわたっている。

加えて、はてなと思うのは、ハッカーが全米いたるところの空軍基地、海軍工廠、航空機メーカー、国防企業に何百回となく一分間ほどの侵入を重ねていることである。たかだか一分ばかり軍の試験所に侵入して、いったい何がわかるだろうか？

過去六カ月にわたってハッカーは国中の空軍基地や研究機関、企業のコンピュータに侵入している。誰もそのことに気づいていない。ハッカーはひとりひそかに執念深く、忍者もどきに行動している。どうやらねらいは果たしているらしい。ならば、そのねらいとは何か？　ハッカーは何を求め、これまでに何をつかんだのだろうか？　つかんだ情報をどうしようというのだろうか？

26――壁の穴はふさがれた

マイターあての電話料金請求書は全米いたるところに何百回となく長距離電話がかけられたことを示している。いずれも通話時間は一分そこそこで、長くても二分を超えることはない。通話とはいうものの、人間の話し声が回線に流れたことは一度もない。すべてはコンピュータとコンピュータの対話である。

これにくらべて、上司の声は人間の肉声以外の何ものでもない。十一月も末近く、私がデスクの下に寝ているところへロイ・カースがやって来た。

「この一カ月、君は何をやっていた？」

東部の国防企業の電話料金請求書をタイプしていました、と答えるわけにはいかない。へたなことを言えば、ロイ・カースは私のハッカー追跡に設けた三週間の期限を思い出すに違いない、とっさに私は、天文学部門の新しいグラフィックス・ターミナルに話を転じた。機械装置の構造を三次元の映像で表示する高級なおもちゃである。私は一時間ほどこのディスプレイをいじくって、扱いのむずかしさを思い知らされていた。しかし、この場の口実としてはそれで充分だ。「ええ、新しく入ったディスプレイ・ターミナルで望遠鏡の設計を手伝ってるところですよ」まるっきり嘘ではない。天文畑の仲間とその相談をしたのは事実なのだ。たった五分の話し合いではあったけれども。

ところが、これがやぶへびだった。ロイはにったり唇をゆがめて言った、「そうか。じゃあ、来週あたり、傑作を見せてもらうとしよう」

私は昼前に研究所に顔を出したことがない。それで会議の半分はすっぽかしているから、だいぶにらまれている。来週までに何か形のあるものをでっち上げておかないと、これまでのような勝手気ままは許されなくなるだろう。

せっかく面白くなってきたところだが、ハッカー追跡はひとまずお預けとしなくてはなるまい。

扱いにくいディスプレイを手なずけるプログラムをこなして、天文学者たちの注文を聞き、それをスクリーンの上で形にするのに、与えられた時間は一週間である。コンピュータ・デザインに関しては、私はほとんど何も知らない。しかも、プログラム言語は二十一世紀に属するものとしか言いようがない。「図形継承機能をもったオブジェクト指向言語」とはいったい何のことだろう。

考えこんでいたところではじまらない。私は望遠鏡設計チームの作業場に足を運んだ。ジェリー・ネルスンとテリー・マストが重力によって望遠鏡はどのくらい撓《たわ》むかについて議論を戦わせている最中だった。天頂の星を観測しているかぎり、望遠鏡が重力で撓むことはない。ところが、水平線に近い星を見るときは、わずかながら鏡筒がしなって光学系の微妙な連関に狂いが生じる。問題はその歪みの度合によって光学系にどのような影響が出るかということだ。これはコンピュータ屋と目されている私の守備範囲である。

私は関心をそそられた。少なくとも、図形の継承とはいかなる意味か頭を悩ますよりは面白そうである。しばらくその場で話し合った。ジェリーが耳にしたところによれば、エリック・アントンスン教授がグラフィック・ディスプレイ・ターミナルに望遠鏡を表示するプログラムを編み出しているという。事実上、私に求められているプログラムと変わりないものだろう。

「つまり、すでに誰かがその問題を解決して、スクリーンに画像を表示するプログラムを書いているということだな?」私は念を押した。

「ああ」天文屋のジェリーはうなずいた。「でもなあ、アントンスンはパサデナのカルテックの人だ。四〇〇マイルも離れていちゃあどうしようもない。こっちは今すぐ画像がほしいんだ」

それなら、カルテックのプログラムをいただいて私のVAXコンピュータにかければすむことだ。やっかいなプログラムを書くことからはじめる手間も省けてありがたい。

カルテックに電話すると、アントンスン教授は自分のプログラムを使ってもらえるならと大喜びだった。ところで、どうやってバークレーに届けたらいいだろう？　郵送では一週間かかってしまう。電子的伝送手段を利用するのが早道だ。おっしゃるとおり。プログラムを運ぶのに磁気テープを郵送することはない。ネットワークを使えばいいのである。というわけで、プログラムは信号に姿を変えて回線を走り、二〇分後には私のコンピュータに納まった。

アントンスン教授のプログラムは実に卓抜で、問題をあまさず解決していた。私は夕方までかかってこれをバークレーのシステムと設計中の望遠鏡のデータに合わせて改編した。

多少の苦労はあったものの、細工はりゅうりゅう、このプログラムが見事に機能して、午前二時には私のディスプレイにケック望遠鏡の多色画像が浮かび上がった。支柱や軸受けや反射鏡もきちんと描き出されている。鏡筒のどこに力がかかってどこが撓むか、どの部分を補強する必要があるか、ディスプレイを見れば一目瞭然である。かくのとおり、技術は突破する。

ひと晩真剣に仕事をして、どうやら窮地を脱した。これでまたハッカー追跡に全力をあげることができる。

ところが、当のハッカーはうんでもなければすんでもない。私はポケットベルを肌身はなさず、モニターもつけっ放しで警戒おさおさおこたりないが、もう二週間、ハッカーは鳴りをひそめたままである。家へ帰る道すがら、私はハッカーのほうでも何かよんどころない事情があって、他人のコンピュータにかかわっているひまはないのではあるまいかと思案した。それとも、ハッカーは私の張りめぐらしたしかけ糸に触れることなくミルネットに侵入する新しい経路を発見したのだろうか？

翌朝は例によって寝坊した。感謝祭も近いことだし、早起きして働くにはおよばない。一一時半に急坂を自転車でこぎ上って研究所にたどり着いた。私は労せずしてものにしたコンピュータ・ディスプレイの画像を得意になって披露するつもりだったが、自分の部屋に入ると途端にハッカーから音沙汰がないことが気になりだした。そこで、マイターに電話してその後の模様を尋ねてみた。

長距離回線の雑音をつき抜けてビル・チャンドラーの張りのある声が返ってきた。前の週にビルはマイターのモデムの発信接続を絶ったという。ハッカーはもう、マイターの構内ネットワークを足場にあちこちへ侵入することはできない。

万事休す。ハッカーがどこからやって来るのかついにわからずじまいだが、これでこの先追跡の道も閉ざされたわけである。マイターは壁の穴をふさいだ。ハッカーはもしまたバークレーに侵入する気なら、どこか別の道を捜さなくてはならない。が、それは期待できまい。鼻先でぴしゃりとドアを閉められたら、私だって手がまわったと思うはずである。ハッカーはことのほか臆病な性質とわかっている。もう二度と現れることはないだろう。

しかけ糸を張ってハッカーを捕まえようとした私の努力も水の泡だった。ハッカーはもうやって来ない。とうとう正体もつかめなかった。三カ月の追跡の末に残ったのはあいまいな疑問符一つである。

不平をこぼす筋はない。ハッカー追跡に費やしてきた時間が浮くとなれば、私にはするべきことが山とある。望遠鏡の設計もその一つだ。コンピュータの管理も、科学分野のソフトウェア開発も私の仕事である。そうだとも。こう見えても、何か役に立つことをやってのけないとも限らない。

とはいえ、ハッカー追跡の興奮は捨てがたかった。廊下を駆け抜けてプリンターに飛びつき、あるいは、スクリーンを見つめて、私のシステムをくぐったハッカーが各地のコンピュータに接続するさまを追尾するとき、私はたえて味わったことのない充実感を覚えていた。

工夫をこらして追跡のためのしかけをこしらえる楽しみもまた、何とも言えない。今では私のプログラムは瞬時にハッカーの動きをとらえるまでに改良されている。ハッカーが私のコンピュータに触れるとたちまちポケットベルが鳴る。ハッカーの出現を知らせるだけではない。私はポケットベルがモールス信号で、ハッカーがどのコンピュータに誰の名義で侵入したかを伝えるようにプログラムを書いた。たいていはスヴェンテク名義だった。ハッカーがどの回線から入りこんだかもわかるようになっている。バックアップの警報装置と監視システムも絶対に誤動作の心配がない。

　どこにいるかは知らないが、正体不明のハッカーに私はあと一歩のところまで追っていたはずなのだ。もう一度だけ、電話を逆探知する機会を与えられればハッカーの尻尾はつかめたに違いない。

　もう一度だけ……。

　ハッカーは姿を消した。あとにはいくつか未解決の問題が残されていた。マイターの長距離電話料金請求書を見ると、ハッカーは十数回にわたってヴァージニア州ノーフォークのある特定の番号に電話している。私は大学院生活で身につけた低姿勢のねばり腰をいかしてあちこち尋ねまわり、ついにその番号が海軍管区自動データ・センターであることをつきとめた。

　こうなったら乗りかかった船である。私は海軍データ・センターに電話して、システム・マネージャー、レイ・リンチと話し合った。レイはなかなか社交的な人柄で、仕事もよくできるまじめな男らしかった。レイは電子メールの整理棚《ピジョンホール》とでも呼ぶべき検索システムを自前で作り上げていた。

レイの話で、七月二十三日の午後三時四四分から六時二六分まで、何者かが陣中勤務《フィールド・サービス》の技術者の名前をかたって海軍のＶＡＸコンピュータに侵入したことがわかった。その後、闖入者はハンターの名義で同システムのユーザーになりすました。

おなじみどころの話ではない。明らかに私の追跡していたハッカーと同一人物である。

ふつうなら、レイはこの侵入を見すごすところだった。なにしろ、海軍の士官三〇〇人がレイの管理するコンピュータを使っているのだ。誰かが不正に新しい名義を登録したとしても、すぐに気がつくというものではない。

ところが、その翌日、カリフォルニア州パサデナのジェット推進研究所（ＪＰＬ）からレイに電話があった。惑星間探査機を飛ばし、宇宙通信網を管理している、あのＮＡＳＡ（航空宇宙局）の研究機関である。ＪＰＬのオペレーターが電子メールを扱っているコンピュータのシステム・マネージャーに見なれぬ名前を発見した。その人物はヴァージニアからミルネット経由でＪＰＬのシステムに接続している。

ＪＰＬはレイ・リンチに電話して、海軍のフィールド・サービス要員がどうして同研究所のコンピュータに割りこんでいるのかと抗議した。レイは事実関係を調べるまでもなく、ただちにコンピュータを封鎖して、すべてのパスワードを変更した。そして、次の日、ユーザーを一人ひとり再登録したのである。

私をてこずらせたハッカーは、JPLと海軍のコンピュータにも侵入していたのだ。バークレーに姿を現すより何カ月も前から、ハッカーはミルネットに出没していたということだ。

そのこと自体は特に驚くほどでもない。私にとって関心があるのは、これがハッカーの所在をつきとめる手がかりになりはしないか、ということだった。カリフォルニアの人間がパサデナのコンピュータに接続するのに、わざわざ東部ヴァージニアを経由するわけがない。それに、ヴァージニアの人間が同じ州内に電話をかけるのに、マイターを経由するというのも腑に落ちない話である。

ハッカーが市内通話以外はすべてマイターを通すことにしていたのだとしたらどうだろう？　請求書に記載のある地域はハッカーの根城ではないわけだ。これでヴァージニア、カリフォルニア、アラバマ、テキサス、ネブラスカ、その他十数州は消去できる。が、そこから先は何の判断材料もない。考えるだけむだというものだ。

ほかにもマイターの請求書から知れたいくつかの番号に電話してみた。ジョージア州アトランタのさる大学もハッカーに侵入された被害者だが、システム・マネージャーはその事実に気づいていない。聞いてみれば不思議はなかった。「ここではシステムを開放していましてね。学生の大半はシステム・パスワードを知っています。何ごともお互いの信頼でやっていこうという考えですから」

　これもコンピュータ管理の一つのあり方には違いない。無条件開放主義というやつだ。私が教わった物理の教授にもそういう人物がいた。教授の研究室は誰だろうと出入り自由である。ところが、部屋へ入っても学生たちは手も足も出ない。教授はすべて漢字でものを書いていた。

　レイと話したことで、私はハッカーに関して新しい知識を得た。これまで私はずっとハッカーがUNIXシステムを自在に操るところを見てきたが、レイのシステムはVAXコンピュータでVMSのオペレーティング・システムを採用している。ハッカーはバークレーUNIXに不慣れかもしれないが、VAX／VMSには精通しているのである。

　ディジタル・イクイップメント社は一九七八年に初の32ビット・コンピュータ、VAXを売り出した。これが飛ぶような売れ行きで、製造が間に合わないほどだった。一九八五年までに同社は二〇万ドルのVAXコンピュータを五万台以上売った。そのほとんどは、多様性に富み、かつ、扱いの容易なVMSオペレーティング・システムを採用している。なかにはへそ曲がりがいて、VMSよりも剛健な感のあるUNIXを採る例もあるが、これは少数派である。

　UNIXとVMSはともにコンピュータ資源を分割して、すべてのユーザーに個別の領域を振り当てている。このほかに、システム占有のスペースと、全ユーザー共用のスペースがある。

コンピュータを購入して最初に電源を入れるとき、システム管理者はユーザーのために場所をつくる手順を知っていなくてはならない。コンピュータがパスワードに保護された状態で納品されると、はじめから誰もログインできない。

ディジタル・イクイップメント社はこのやっかいを避けるために、VAX／VMSコンピュータにすべて三つの名義と、それに対応するパスワードを与えて出荷することにした。〈システム〉にパスワード〈マネージャー〉、〈フィールド〉に〈サービス〉、〈ユーザー〉に〈ユーザー〉の三通りである。

取扱説明書には、システムを始動したら新規にユーザー名を登録して、これらのパスワードを変更するように記されている。コンピュータを始動するのはなかなか神経をつかう作業である。一部のシステム・マネージャーは説明書にしたがってパスワードを変更することをおこたっている。ディジタル・イクイップメント社の懸命の努力にもかかわらず、ずぼらなシステム・マネージャーというのが必ずいるものなのだ。その結果、どういうことが起こるかといえば、今でもユーザー名〈システム〉とそのパスワード〈マネージャー〉を使って誰でもログインできるシステムがあちこちにあるということだ。

システム・アカウントは全能の特権を与えられている。この名義でログインすれば、ファイルを読むことも、いかなるプログラムを実行することも、データの改竄《かいざん》も、すべて自由自在である。特権名義を無防備に放置しておくとは正気の沙汰でない。

ハッカーは裏口の鍵に相当するこのパスワードを知っていたか、あるいは、VMSオペレーティング・システムのおいそれと人の目には触れない欠陥を見つけたと考えなくてはなるまい。が、いずれにせよ、ハッカーはUNIXとVMSという二通りのオペレーティング・システムを自家薬籠中のものとしている人物であることに疑いの余地はない。

世の中には驚くほどコンピュータに詳しいハイスクールの生徒がいる。しかし、何種類ものコンピュータを知りつくして、何でもござれと使いこなせるかというと、そうは問屋がおろさない。それだけの経験を積むには時間がかかるからである。何年も要するのがふつうだろう。もちろん、UNIX党の大半はGNU-Emacsの弱点をひとたび知ってしまえば壁の穴を見つけてもぐりこむことくらい、やってやれないことはない。VMSのシステム・マネージャーたちもほとんどは、変更をおこたったパスワードが鍵の用をなさないことを承知しているはずである。さりながら、いずれのシステムも完全に体得するのに二年はかかる。そのうえ二つのシステムには互換性がない。システムのハッカーはUNIX、VMS、それぞれに数年の経験を積んでいる。システム・マネージャーか、さらに上位のコンピュータ管理職を務めたことのある人物であるかもしれない。

どう考えても、コンピュータ・マニアのハイスクール少年ではありえない。それに、ただ経験豊富なコンピュータの天才というわけでもない。バークレーUNIXは知らないのだ。

おそらくは二十代で、煙草はベンスン&ヘッジズを吸い、軍部のコンピュータに侵入して機密情報をあさりまわる。そんなハッカーを私は追跡していたのだ。

追跡はもはやこれまでだろうか？　どうやらあきらめるしかない。ハッカーは二度と私の前に現れまい。

午後、T・Jから電話があった。「その後、やつはどうしてるかと思ってね」

「とんとご無沙汰ですよ。だいたいの年齢は見当がつくし、ほかにも多少新しいことがわかりましたがね」私は海軍データ・センターから聞いたことや、裏口のパスワードのことを話しかけたが、CIA捜査官はみなまで聞こうとしなかった。

「そのセッションのプリントアウトはあるかね？」

「いえ、手に入れた資料はマイターの電話料金請求書だけですから、それでは不足だというんなら、ほかにも手がかりはあります。ハッカーは海軍データ・センターに侵入して、ハンター名義でユーザー登録しています。アニストンと同じですよ」

「そのことは、日誌に書いてあるね?」

「ええ、もちろん。記録はちゃんと残すようにしていますから」

「コピーを送ってくれないか」

「そうですねえ。ある意味では私事にわたることでもあるし……」T・Jにしても、私に捜査報告を見せようとはしないではないか。

「おい、しっかりしてくれよ。F的をたきつけようっていうんなら、まずどうなっているのか、こっちが知らなきゃあしようがないじゃないか」

F的? 私はFのつく単語を考えた。フーリエ交換。化石《フオスル》。フィンガー・ペインティング……。

「F的って何です?」私は恥をしのんで尋ねた。

「ほら、ワシントンの」T・Jはいささかぞんざいな口ぶりで言った。「J・エドガーの子分たちがやってる、某司法機関だよ」

それならはっきりFBIと言えばいいではないか。

「ああ、なるほど。F的に腰を上げさせるのに、私の日誌が必要だというわけですね」

F的とはおそれいった。CIA用語だろうか。

「そういうことだ。送ってくれるな?」

「あて先は?」

「T・J、20505とだけしてくれれば、それで届く」

社会的地位と身分とはこうしたものだ。封筒の表書きに所番地も名字もいらない。T・Jはダイレクトメールを受け取ることがあるのだろうかと、私はあらぬことを考えた。

CIAと話がついて、私は本来の仕事に集中した。アントンスン教授のグラフィックス・プログラムは、手順をのみこめば意外に単純明快だった。オブジェクト指向プログラムといえば仰々しいが、何のことはない。これはプログラムを書くのに、変数やデータストラクチャはいらないという意味だ。コンピュータに物の形を教えてやればいい。たとえば、ロボットを説明するには手足、関節、胴体、頭がどうなっているか詳しく記述するだけでこと足りる。X軸やY軸をもち出すことはないのである。図形の継承にしても、要するに、ロボットが脚を動かせば、足や爪先も自動的に連携動作をするということで、各部分を動かすために個別のプログラムを書く必要はない。

なんと、たいしたものではないか。二日ばかりカルテックのプログラムをいじくるうちに、その簡潔にして端正ともいうべき完成度の高さに、私はつくづく感じ入った。とうてい歯が立つまいと思ったプログラミングも、要領がわかってみれば楽なものである。私は表示に改良を加えて、色とタイトルを自由に出せるようにした。ロイ・カースは私に輪くぐりの芸を命じたが、私はもっと大向こう受けのする放れ業をやってのけたのだ。

27——ハッカー再登場

感謝祭はにぎやかなことになりそうだった。マーサは早々と自転車で買い出しに出かけ、リュックサックに四〇ポンドあまりの食料雑貨を詰めこんで戻った。彼女は朝寝坊をしているハウスメイトたちをやんわり皮肉って、私に買ってきたものの始末と家の掃除を言いつけた。

「あなた、お野菜を片づけてね。ちょっと、セーフウェイまで行ってくるわ」

このうえまだ買うものがあるのだろうか？　あきれ返っている私の顔を見てマーサは、第一陣は生鮮食品だけだ、と説明した。これから鴨《かも》の肉や、小麦粉や、バターにクリーム、卵等々を買いに行くのだという。はたせるかな、これはえらいことになってきた。

私は野菜を片づけて、またベッドにもぐりこんだが、ビスケットと鴨を焼く匂いで目を覚ました。マーサの大学院の友人たちが食事に来ることになっている。いろいろな事情で国へ帰れないか、料理なら母親よりマーサという友だちだ。ほかに法学の教授が二人と、合気道の道場仲間である飢えた侍数人、それにマーサの異色の親友ローリーが招待されている。マーサの大車輪にあおられて私もようよう良心に目覚め、二五〇馬力のフーヴァー真空掃除機をかつぎ出した。

私が掃除機を引きずりまわしているところへ、クローディアがヴァイオリンの稽古から戻って歌うように言った。「あらぁ、いいのよ、ほっといて。掃除は私がするから」家事をいとわぬ同居人とは今どきめったにお目にかかれない貴重な存在だ。これで深夜のモーツァルトを遠慮してくれたら言うことはない。

牧歌的な気分のうちに感謝祭の一日は過ぎた。友人たちが三々五々集まって台所仕事を手伝い、あるいは、思い思いの場所に席を占めて談笑した。料理は盛りだくさんで、一日中食べ通しだった。サンフランシスコの波止場から仕入れた生きのいい牡蠣《かき》を皮切りに、マーサが腕によりをかけた天然のキノコのスープと鴨で満腹した私たちは浜に打ち上げられた鯨のように床に寝そべってひと息入れ、それから腹ごなしに近所を散歩した。戻ったところでパイとハーブ・ティになり、法律談義に花が咲いた。マーサの友人ヴィッキーは環境保護の法制化を論じ、教授二人は非白人少数民族や女性の雇用促進運動について意見を述べ合った。

やがて一同はふたたび腹がくちくなり、知的な対話に満足して暖炉の前に寝転がった。栗が焼けるかたわらで、ヴィッキーとクローディアがピアノ連弾を披露し、ローリーがバラードを歌った。私は惑星や銀河に思いをはせた。友人たちに囲まれて、料理と音楽を堪能すると、コンピュータ・ネットワークやハッカーのことはもうどうでもいいような気になった。これがバークレーの片田舎の感謝祭である。

週が明けて研究所に出ても、ハッカーのことは忘れていた。かれこれひと月ばかり音沙汰なしである。どうしてなのか、私は知る由もない。

天文学者たちは新しいグラフィックス・ディスプレイをいじくって、望遠鏡のどこを補強すべきか検討を重ねた。すでに私は画像を動かす手順を会得しているから、問題の箇所へズームすることも、スクリーン上で立体画像を回転させることも思いのままである。オブジェクト指向プログラミング——ひょんなことから私はこけおどしの専門用語を覚えた。天文仲間はそういうことに関心がないが、コンピュータ人種には紹介しておいたほうがいい。

水曜日、私はシステム部門の技術者たちを集めて講演することになった。私はプログラミング関係の専門用語をよくよく頭にたたきこみ、ディスプレイもいざというときに故障したりすることのないように、準備万端おこたりなくその場に臨んだ。

定刻三時に十数人のコンピュータ関係者が私の話を聞きに集まった。カルテックのソフトウェアは非の打ちどころなく、ディスプレイ装置は完璧な画像を描き出した。日ごろからデータベースや構造化プログラミングに関する退屈な話に聞きあきているコンピュータ人種たちも、この三次元カラー画像には目を見はった。

実演二五分、質疑応答に入って、私はプログラミング言語について話しはじめた。

「オブジェクト指向ということが何を意味するかはともかく……」

と、そこでポケットベルが鳴った。

ビープが三つ。モールス信号のSである。Sはスヴェンテク。ハッカーがスヴェンテク名義で私のシステムに侵入したのだ。

なんと間の悪いことだろう。ひと月も鳴りをひそめていながら、よりによってこんな時に現れるとは、ハッカーも食えないやつではないか。

ともあれ、話を中断するわけにはいかない。いまだにハッカーを追跡していることを知られるのもまずかった。三週間の期限はとうの昔に過ぎているのだ。しかし、私としては何としても監視所へ駆けつけてハッカーの動きを追尾したい。

頭は使いようだ。私はきれいな画像を消して、銀河天文学の曖昧模糊《あいまいもこ》とした領域に話を進めた。五分もすると、技術屋たちは体を揺すったりあくびをしたりしはじめた。ロイ・カースがわざとらしく時計を見て、私の講演も本日これまでとなった。最先端の天文学はこんなところで応用がきく。

私はまた質問が出ないうちに、一散に廊下を駆け抜けて交換室に飛びこんだ。すでにハッカーは接続を絶っていた。

が、足跡は残っている。プリンターで見ると、侵入は二分間である。システムの状態を知るにはそれだけあれば充分だ。ハッカーはシステム・マネージャーが監視していないことを確かめてから、GNU-Emacsの穴を捜した。私のシステムでは、この壁の穴はまだふさいでいない。次いでハッカーは四つの盗用名義をあらためた。これも以前のままである。ハッカーは満足して飄然《ひょうぜん》と立ち去った。

接続を絶たれてしまえば追跡の術もないが、侵入経路はタイムネットである。ハッカーのすることも前と変わりない。マイターからAT&T、パシフィック・ベル、タイムネットという足どりだろうか？

早速マイターに電話すると、ビル・チャンドラーは言下に答えた。「いや、うちのモデムを通っているわけがない。切ってあるんだから」

はて、どうしたことだろう？　なに、そんなにむずかしい話ではない。私はタイムネット経由でマイターに電話した。マイターのネットワークに接続することは今も可能なのだ。しかし、ビルはモデムを遮断した。ハッカーはビルのコンピュータには侵入できるが、発信接続で外線に乗り換えることはできない。つまり、ハッカーは別の経路でバークレーに舞い戻ったわけだった。

私は狂喜すると同時に一種悲壮な気持ちを覚えた。悪党はスーパーユーザーの特権をふりかざして立ち返った。今度こそ、首根っ子を押さえてやりたい。この先も繰り返し現れるものなら、私はどこまでも追跡する覚悟である。

私は心して姿なき仇敵に対する怨念を抑えた。これは私に与えられた研究課題である。誰のしわざかを知ることが目的ではない。「君のコンピュータにジョウ・ブラッツが侵入しているよ」という葉書を受け取ったところで何の満足も得られまい。

特定の人物を捕まえることではなく、そのためのシステムを構築することが大事なのだ。ハッカーを追い詰めて、捕まえてみればただのいたずらだったとしたらどうだろう？　少なくとも、どこで何が起こったかは知れるはずである。研究というものは、常に期待どおりの結果をもたらすとは限らない。

私のシステムは鋭敏である。ハッカーが盗用名義で侵入すればたちまち警報が鳴る。万一裏をかかれたとしても、UNIX‐8コンピュータに隠されたバックアップ・プログラムが瞬時にハッカーを発見するはずだ。ハッカーが私の張りめぐらしたしかけ糸に触れれば、その場でポケットベルが情報を伝える。

ハッカーは姿を見せずとも、物理学の法則を破ることはできない。あらゆる接続経路はどこかに起点がなくてはならないはずである。侵入のつど、ハッカーは何らかのかたちで正体をさらしている。あとは私が神経を研ぎすませるだけだ。

キツネはふたたび姿を現した。猟犬はその跡を追って今まさに飛び出そうとしている。

28——なぜ昼間しか現れないのか

一カ月の沈黙ののち、ハッカーはふたたび私のシステムに現れた。マーサはいい顔をしなかった。彼女は私のポケットベルを恋敵《がたき》とにらんでいる節がある。「あなた、いつになったら電子じかけの鎖から解放されるの？」

「あと二週間かな。年が明けるまでには、きっとけりがつくよ」三カ月もむなしい追跡をつづけていながら、なおも私は追いあげているという気持ちを捨てきれなかった。

成算はある。ハッカーはもはやマイターを隠れみのに使えない。次の逆探知で私は必ず一歩前進するだろう。ハッカーは気がついていないが、向こうはもうあとがない。二、三週間で正体をつかめると私は踏んでいた。

十二月五日、金曜日の午後一時二一分にハッカーはまたやって来た。潜望鏡を水面にのぞかせてシステム・マネージャーのすきをうかがうと、彼は私のシステムのパスワード・ファイルを呼び出した。

ハッカーがパスワード・ファイルをあさるのはこれが二度目である。いったい、どういうつもりだろう？　暗号を解読しないかぎり、パスワードは無意味な文字の羅列でしかない。暗号ソフトは一方通行のトラップドアである。数学の原則に則して暗号化は正確に反復されるが、その手順は不可逆だ。

ハッカーは私の知らない何かを知っているのだろうか？　暗号解読の呪文を心得ているのだろうか？　それは考えられないことである。ソーセージを作る機械のハンドルを逆にまわしたところで、反対の口から豚が出てきはしない。

四カ月後に私はハッカーが何をしていたか知ることになるのだが、この時点では、ただひたすら追跡することしか頭になかった。

出現してから九分後にハッカーは姿を消した。タイムネットの接続を探知するには充分な時間だったが、肝心の祈禱師、ロン・ヴィヴィエは昼食に出たきりいつ戻るかわからず、探知の術はなかった。またしても惜しい機会を逸した格好である。

一時間ほどして、ロンから電話があった。「職場の会食でね」彼は言った。「もう、ハッカー追跡はあきらめたんじゃあなかったのか」

私は一カ月の空白のことを話した。「マイターまで追跡したんですよ。マイターはハッカーがこっそり出入りに利用していた壁の穴をふさぎました。それで、このひと月ばかり鳴りをひそめていたんですが、またひょっこり現れましてね」

「そっちも穴をふさいだらどうなんだ」

「いずれはそうせざるをえないと思いますが」私は言った。「でも、これまで三カ月という時間をつかっていますからね。もうひと息ですよ」

ロンは常に逆探知作戦の中心人物として、進んで貴重な時間を提供してくれた。バークレーはタイムネットに逆探知の代価を支払っていない。

「なあ、クリフ。夜、私のところへ連絡してこないのはどういうわけだ？」ロンは私に自宅の電話番号を教えたが、こっちから連絡をとるのはいつも勤務時間中である。

「夜はハッカーが現れないからですよ。どうしてだか、理由はわかりませんが」ロンのひと言は私に考えるきっかけを与えた。ハッカーが現れた時間はすべて私の日誌に記録してある。全体の傾向を見渡して、特に活発な時間帯というのがあるだろうか？朝六時や夕方七時に侵入してきたことは何度かあるが、真夜中の例は記憶にない。ハッカーは深夜のほうが似合いだろうにだ。

十二月六日現在、ハッカーがバークレーに侵入した回数は一三五回である。統計的に行動の傾向を分析するには充分な回数だ。私は二時間を費やして、過去の侵入の日時をコンピュータに入力した。これから平均を出そうという算段である。

平均を出すといっても、そう単純な話ではない。午前六時と午後六時の中間は、正午か、深更か？　もっとも、こんなことは統計の専門家から見れば初歩的な問題だろう。デイヴ・クリーヴランドが知恵を貸してくれて、私はこの日いっぱい、ハッカーの行動を時間の観点からいろいろに分析した。

総じて、ハッカーは太平洋標準時で昼前後に現れている。夏時間を考慮すれば、一二時半から一時あたりまでもこの範囲内である。どう考えても、ハッカーは夜型の人間ではない。たまに早朝、あるいは日暮れ時に現れることがないでもない。ハロウィンの日など、私にしてみれば恨み骨髄だ。が、だいたい、侵入してくるのは午後の早い時間である。接続時間は平均二〇分。二分から三分ということは珍しくないが、時として二時間におよぶこともある。

いったい、これをどう解釈したものだろうか？　ハッカーがカリフォルニアの人間なら、活動時間は真っ昼間だ。東海岸だとすれば、時差は三時間で、午後の三時から四時へかけたあたりで仕事をしている計算である。

どうも釈然としない。夜中のほうが長距離電話料金は安いし、ネットワークの混雑も避けられるだろう。第一、発覚の危険が少ないはずではないか。にもかかわらず、ハッカーは白昼堂々と侵入を重ねている。なぜか？

自信たっぷりだということだろうか？　おそらくは、それもある。ログインしてシステム・オペレーターがその場にいないと見れば、ハッカーは迷わず私のコンピュータをかきまわす。おごりだろうか？　多分にありそうなことである。ハッカーは臆面もなく他人の電子メールを読みあさり、データをコピーする。が、だといって、これらの行動は白昼の侵入に何ら説明を与えるものでもない。

ハッカーは、大勢の人間がコンピュータを使っている時間帯をねらったほうが見とがめられる危険は小さいと考えているのかもしれない。夜間に実行されるプログラムはたくさんあるが、その多くはバッチ・ジョブで、昼間コンピュータが受けつけた仕事をまとめて処理するのである。真夜中ともなれば、つむじ曲がりの夜型人種か、必要に迫られて夜業をするユーザーがちらほらログインしているばかりだから、異分子が目立ちやすいのは事実である。

理由はともあれ、ハッカーが原則として侵入を昼間に限っているのは私にとってありがたいことだった。マーサと寝ているところを邪魔されずにすむからだ。それに、夜中に警察に電話するようなこともめったにない。何よりも都合がいいことに、ハッカーはほとんどの場合、私が研究所にいる時間に侵入してくるわけである。

キッチンのテーブルで玉葱《ねぎ》を刻みながら、私はマーサに追跡の状況を話した。「ハッカーは闇を避ける傾向があるんだ」

マーサは面白くもおかしくもない顔だった。「でも、変ね。素人だったら、時間外に侵入してくるはずでしょう」

「じゃあ、何かい？　ハッカーはこれが本職で、勤務時間もちゃんと決まってるっていうの？」私はハッカーが毎朝きちんと出勤してタイムカードを押し、八時間せっせとよそのコンピュータに侵入して、夕方またタイムカードを押して帰途につくありさまを想像した。

「そうじゃないわ」マーサは首を横にふった。「本職の泥棒だって仕事をする時間はまちまちよ。私が興味があるのは、ハッカーの現れる時間が土、日の休みに変わるかどうかっていうこと」

私は虚をつかれた。日誌から週末の記録を拾い出して、週日とは別に平均をとってみなくては、マーサの問いには答えられない。

「だけど、ハッカーが本当にお昼前後にしか現れないのだとしたら」マーサは言葉をついだ。「向こうは夜なのかもしれないわよ」

カリフォルニアの正午が夜に当たる場所はどこだろう？　天文屋ですら、時差には頭がこんがらかることがある。東へ行くほど時刻は遅くなるわけで、カリフォルニアとグリニッジでは八時間の時差があるから、バークレーの昼食時に、ヨーロッパの人々はそろそろ寝につくころである。ハッカーはヨーロッパから侵入してくるということか？

まさか。とはいえ、これは考えてみるに値する。以前、ハッカーがカーミットを利用したさい、私はエコーを測って距離を計算したことがある。あのときは、六〇〇〇マイルと出た数字を見て、これはでたらめだと思った。

しかし、こうなってみると少しもでたらめではない。ロンドンまで五〇〇〇マイルである。世の中は狭い。

とはいえ、ヨーロッパからどうやってアメリカのネットワークに接続できるのだろうか？　大西洋をまたいで電話したら、料金は目の玉が飛び出すほど高くつくだろう。それに、マイターを経由しているところも合点がいかない。

可能性は否定できないが、根拠は薄弱だ、と私は何度も自分に言い聞かせた。およそ説得力がない。にもかかわらず、その夜、私はまんじりともしなかった。夜が明けたら研究所へ出かけて、日誌をくりながら新しい仮説を検討しなくてはならない。ハッカーは国外かもしれない。

29——通信衛星ウェスター3

土曜の朝、私はマーサの腕のなかで目を覚ました。ひとしきりふざけ合ってから、私は恒星状ワッフルを一山焼いた。アンドロメダ星雲一帯で盛んに宣伝しているやつだ。

食事もそこそこに家を出て、ガレージ・セールをやっているところはないかと左右に目を配りながら研究所へ向けて自転車を走らせた。予期したとおり、途中に家財道具を売りに出している家があった。一九六〇年代の保存状態のよい品物が並んでいる。ロック・バンドのポスターや、パンタロン・スタイルのジーンズ、ネルー・ジャケット等も売っていた。私はキャプテン・ミッドナイトの暗号解読リングを二ドルで買った。オーヴァルタインの保証書付きである。

研究所へ着くと、早速、日誌からハッカーの週末のログイン時間を洗い出した。根気のいる作業だったが、これによってハッカーは、平日には正午から三時のあいだに集中して出現し、週末には早朝、六時前後に侵入していることがはっきりした。

この悪党がヨーロッパ在住で、週末は時間を選ばず、ふつうの日は夜に限ってコンピュータに向かっていると考えれば、ログイン時間は説明がつく。しかし、説明がつくからといって、それがすなわち証拠とは限らない。このデータから筋のとおる解釈はいくつも引き出すことができるだろう。

私はこれまで一つ有力な情報源を黙殺していた。ユースネット（Usenet）は何千台ものコンピュータを電話回線で結んでいる全国的なネットワークである。広域電子掲示板、ないしは、一種の電子新聞といっていい。誰でも広告を出すことができ、常時UNIXのバグ、マッキントッシュのプログラム、SF愛好家の議論、といった分野別にさまざまなメッセージが表示されている。誰が運営管理しているわけでもなく、UNIXコンピュータであればどこからでもユースネットに接続して広告を出すことができる。情報通信における無政府主義の実践である。

あちこちのシステム・マネージャーが盛んにこれを利用する。たとえば、こんな掲示がある。「当社はフーバー・モデル37コンピュータを使用しています。これにヨーヨーダイン・テープをかけるにはどうしたらいいか、どなたかお知恵拝借願えませんか？」たちまち誰かがこれに答えて問題が解決することもあれば、電子の曠野《こうや》に呼ばわる孤独な声に誰も耳を傾けないこともある。

私の場合、「当研究所にハッカーが侵入しています。ハッカーがどこから入りこんでくるのか、どなたかお心当たりはありませんか？」と広告を打つわけにはいかない。システム関係の人間はたいていユースネットの掲示板を見ているから、当のハッカーにもすぐ知られてしまうだろう。

それはともかく、このネットワークから何か情報が得られるかもしれない。私は〈ハック〉をキーワードに情報検索を試みた。何ごとであれ、ハッカーに関する情報を収集するねらいである。

なんと私としたことが、キーワードの選択を誤っていた。ハッカーという言葉はあいまいである。コンピュータ人種のあいだでは、これは独創性のある有能なプログラマーに対するほめ言葉だが、世間一般ではよそのシステムに忍びこむ悪党の意味で使われている。現に、検索の結果を見ると、ユースネットではハッカーは前者の意味で使われるのがふつうで、悪者を指すことはまれだった。

とはいえ、まるで収穫がなかったわけでもない。トロントの誰かはドイツのハッカー・グループに侵入されたことを報告していた。〈カオス・コンピュータ・クラブ〉と名乗る集団で、技術官僚の一味らしいという。また別の誰かはフィンランドでコンピュータを人質にして企業から身代金をおどし取ろうとしたハッカー集団の話を伝えていた。ロンドンであるハッカーがクレジットカードに関する情報を電話で売ってもうけていた例も紹介されていた。

しかし、いずれも私の追っているハッカーの目的を説明する情報ではない。それに、ほかにもハッカーに悩まされている被害者がいることを知って愉快なはずがない。

私は屋上に出て海を眺めた。目の下にバークレーとオークランドの町が広がり、海の向こうにゴールデン・ゲート橋とサンフランシスコがかすんでいる。どう考えても、すぐ近くで何者かが巧妙にしくんだいたずらで私をからかっているとしか思えない。暗号解読リングを掌でもてあそんでいるところへポケットベルが鳴った。ビープが三度。またしてもハッカーはスヴェンテク名義で私のUNIXコンピュータに侵入してきた。

私は階段を駆けおりて交換室へ飛びこんだ。ちょうどハッカーがログインするところだった。タイムネットのロン・ヴィヴィエに電話したが、誰も出ない。当たり前だ。今日は土曜日ではないか。ロンの自宅へ電話すると、奥方が出た。

「ロンに急用です。至急逆探知を頼みたいんです」私は息を乱して言った。階段を五階ぶん駆けおりたのだから不思議はない。

奥方はびっくりした様子だった。「庭で車を洗っておりますの。今すぐ呼びますから」何世紀とも思える時間が過ぎて、ロンが電話口に出た。背後で子供たちの叫び声が聞こえた。

「今、つながってるんですよ」私はあえいだ。「研究所のポート14から逆探知して下さい」

「ようし、ちょっと待った。家に電話が二本引いてあってよかったな」

うかつにも私は、ロンといえども自宅から逆探知はできないとは考えもしなかった。ロンはタイムネットのコンピュータにダイヤルする気配だった。

また気が遠くなるほど待たされてから、ロンの声が返ってきた。「ああ、クリフ、そいつは例のハッカーに間違いないか？」

私の目の前で、ハッカーはSDIのキーワードを検索していた。「ええ、間違いありません」私はまだ息が静まらなかった。

「聞いたこともないゲートウェイから入りこんでいるな。ネットワーク・アドレスは押さえたから、接続を切られても大丈夫だ。それにしても、妙なところから来ているな」

「どこです？」

「さあてね。タイムネットのノード３５１３。これがわからない。一覧表を見ないことには……」ロンがキーボードをたたく音が聞こえた。「ああ、これだ。ＩＴＴのノードＤＮＩＣ ３１０６に接続している。ということは、ＩＴＴ ＩＲＣだな」

「え？　つまり、どういうことです？」ネットワーク用語を連発されては何のことやらさっぱりわからない。

「いやあ、これは失礼」ロンは言った。「ついつい、タイムネットの人間と話している気になってしまってね。要するに、ハッカーはよそからタイムネットに入りこんでいるということなんだ。国際電話電信会社ＩＴＴの通信回線でタイムネットに接続している」

「それで？」

「タイムネットはＩＲＣを使って国際間でデータのやりとりをしている。以前は国際協定でＩＲＣを使うことを義務づけられていたけれど、今はいちばん安上がりなキャリアを選んでいるんだ。ＩＲＣは国と国とを結ぶ仲立ちだよ」

「じゃあ、ハッカーは国外だっていうことですか？」

「そのとおり。ＩＴＴはウェスターのダウンリンクを受けて……」ロンの口から専門用語が立てつづけに飛び出した。

「は？　何ですか、それは？」

「ほら、知ってるだろう。ウェスター３」

私は知らなかった。しかし、聞きながら覚えるのが私の流儀である。

ロンは言葉をつづけた。「大西洋上の通信衛星だよ。一万から二万通話の電話を同時にさばいている」

「つまり、ハッカーはヨーロッパから来ているということですか？」

「そういうことだ」

「ヨーロッパのどこです?」

「さあ、そこまではわからないと思うがね。ちょっと待った。調べてみよう」またキーボードの音がした。

ややあって、ロンは言った。「ああ、ITTに当たってみたところが、DSEA7 44031だ。これは回線番号だよ。スペイン、フランス、ドイツ、イギリスに通じている」

「で、ハッカーはそのうちのどこです?」

「残念ながら、それはわからない。ITTに言えば、三日ばかりで課金データを送ってよこすはずだから、それを見ればわかるのではないかね。今この場としては、ざっとこんなところだ」

ブラジル上空二万三〇〇〇マイルの高みから、通信衛星ウェスター3はヨーロッパとアメリカを等分に見下ろしている。専門回線によって大陸間のマイクロウェーヴ通信を中継する衛星で、多国籍超大企業であるITTはウェスターの何千という回線を利用者にリースしている。

ロンは車を洗いに戻り、私は監視用のプリンターに向かった。ログインから二〇分。ハッカーは少しも時間をむだにしてはいなかった。その間の行動は残らずプリントアウトに記録され、かつ、モニターに表示されている。もしハッカーがシステムを破壊する気配を見せたら、私はただちに結線を引き抜くかまえである。

しかし、ハッカーはバークレー研究所のコンピュータなど眼中になかった。いつもの伝で、ハッカーは現在システムを使用中のユーザーとジョブの状況を調べて誰にも見られていないことを確かめた。私の監視システムが覆面仕立てで幸いだった。

ハッカーは迷わずネットワーク情報センターに接続し、ＣＩＡ、ＩＣＢＭ、ＩＣＢＭＣＯＭ、ＮＯＲＡＤ、ＷＳＭＲ、といったキーワードを検索した。いくつかのコンピュータを拾い出すと、〈ゲスト〉や〈ビジター〉の略式名義《デフォルト・アカウント》でかたっぱしからログインを試みたが、これはあまりうまくいかなかった。五つのシステムがパスワード無効でハッカーをたたき出した。

ひと月前と同じで、ハッカーは今度もまた執拗に陸軍ホワイトサンズ・ミサイル試射場のコンピュータをねらった。ネットワークのディレクトリを検索すれば試射場のユーザー名を知ることはむずかしくない。しかし、パスワードが盗めないばかりに、ついに侵入ははたせない。

ミルネットに接続しているコンピュータは何千という数だろう。にもかかわらず、ハッカーはことのほかホワイトサンズに執着している。なぜだろうか？

いったい、ハッカーが軍関係のコンピュータばかりをねらうのはどうしてなのか。

世の中にある無数のコンピュータには目もくれず、侵入を試みるのはきまって軍の施設である。どうもこれはただごとではない。私のハッカー追跡はまだまだ先の長いことになるかもしれなかった。

三〇分ほどしてハッカーはホワイトサンズをあきらめ、バークレーのElxsiコンピュータをひやかした。ハロウィンの日に自分でこっそり名義を登録したシステムである。

私はElxsiのマネージャーをしている物理学者と語らって、このシステムに細工を加えていた。コンピュータは依然として開けっぴろげだが、今ではハッカーが入りこむと遅くなるようになっている。ハッカーが躍起になればなるほど、コンピュータは速度が落ちる。

この電子式の足枷《あしかせ》がおおいにものを言った。ハッカーがログインしようとすると、Elxsiはたちまちもたつきはじめた。だといって、まったく応答しないわけではないから、ハッカーは自分の意思が通じているのがわかる。それがじれったいほど遅いのだ。ミニコンピュータの世界では速さをもって鳴るElxsiとしては、はなはだ不本意なことであったろう。

一〇分ほどねばってハッカーは音《ね》をあげた。が、それで退散すると思いきや、UNIXに立ち戻って、またミルネットに接続し、一時間かけて軍事施設四二カ所のコンピュータに侵入を試みた。文字どおり、世界中である。

telnetのコマンド一つでハッカーは軍事施設に接続する。デフォルト・アカウントとあてずっぽうのパスワードを四度試してだめならば、さっさと切り上げて次のコンピュータに移る。

手なれたものである。UNIXが「ログイン」と応答すると、ハッカーはゲスト、ルート、フー、ビジター等のデフォルト・アカウントを入力する。VAX／VMSの場合はこれが「ユーザーネーム」で、ハッカーはシステム、フィールド、サービス、ユーザーを入力する。これはハッカーの以前からのやり方で、この先も世のハッカーたちは皆この手でいくはずである。

ミルネットが一本の道だとすれば、これに接続するコンピュータは沿道に軒を連ねる家である。ハッカーは空き巣をねらって軒並みに戸をたたく。ドアの取っ手をまわして錠がかかっていれば裏口へまわる。窓をこじ開けようとすることもある。たいていは戸締まりが厳重で入りこむすきはない。ドアや窓を押したり引いたりして、だめとわかればハッカーは次へ移る。知恵も技巧もありはしない。錠前破りを働くでもなし、土台の下を掘るでもない。ただひたすら、うっかり戸締まりを忘れた家を捜すだけである。

ハッカーは軍事施設のコンピュータにかたっぱしから侵入を試みた。陸軍弾道研究所。海軍兵学校。海軍研究所。空軍省広報サービスセンター。わけのわからない略称もある。ＷＷＭＣＣＳ。シンカスナヴェーア（シンカスか、サーカスか、今もって不明である）。

この日、ハッカーはつきがなかった。あてずっぽうのパスワードもみなはずれで、四二打席無安打である。

まだゆうゆうと居すわる様子だったから、私はポケットからチョコレート・キャンディ〈ミルキー・ウェイ〉を取り出した。天文学者のはしくれとしては、キャンディはこれに限る。緑色のモニター・スクリーンの前に陣どって、私はどことも知れぬ通信回線の向こうで同様に緑のスクリーンを見つめているハッカーの姿を想像した。やつめもミルキー・ウェイをかじっているのだろうか。くわえ煙草はベンスン＆ヘッジズか。

土曜日とは知りつつ、私は思い立って空軍省特別調査課に電話した。何かあったら連絡するように言われている。やっぱり誰も出なかった。もっとも、連絡がとれたところでどうなるものでもないだろう。私が知りたいのは、ＩＴＴの衛星通信回線の向こうにいるのは何者かということだ。

私が研究所でハッカーを見張っていることを知っているのはロン・ヴィヴィエとマーサの二人だけである。ロンは車を洗っている。それで、交換室の電話が鳴ったときにはてっきりマーサだと思った。「やあ、君か」

短い沈黙があった。「ああ……番号が違ったかな？　クリフ・ストールという方は、そちらですか？」男の声で、生っ粋のイギリス英語だった。イギリスの情報機関が私をつけねらっているのだろうか？　それとも、ハッカーはロンドンっ子か？　これは面白くなってきた。

と思ったのはつかの間で、何のことはない、ロン・ヴィヴィエがタイムネットの国際部に電話したのだとわかった。大西洋をまたぐ通信網を管理しているところである。国際部の技術者、スティーヴ・ホワイトがハッカー追跡に乗り出した。

スティーヴはヴァージニア州ヴィエナを本拠に、タイムネットの利用者が不自由なく世界中と交信できるようにシステムの維持管理に当たっている。イギリスはドーセットの生まれで、はじめは通信教育でコンピュータのプログラミングを学んだという。プログラムを書いてコンピュータ・センターに送りつけると、一週間後にプリントアウトが返送されてくる。この方式で勉強すると、間違いがあれば一週間がむだになるから、最初からよいプログラムを書かないわけにはいかない、とはスティーヴの弁である。

彼はロンドン大学で動物学を専攻したが、天文学と同じで、面白いわりには金にならないと見切りをつけてアメリカに渡り、もう一つの得意の分野であるディジタル通信に鞍替えした。現在は国際通信網の事故処理を担当している。

　コンピュータの相互接続にはいろいろな方式がある。電話回線、光ファイバー、衛星通信、マイクロウェーヴ通信等である。研究所でコンピュータを使っている私は、たとえば、ポーダンクの研究者がバークレーに接続できるなら、データがどんな伝送路を流れてこようと知ったことではない。タイムネットの一端に送りこまれたデータが反対の端にいる私のところへ無事に届くようにするのがスティーヴの仕事である。

　通信サービス会社には必ずスティーヴ・ホワイトのような人物がいる。少なくとも、利用者に充分なサービスを提供して成功しているところには、システムの維持管理に責任をもつ有能な技術者がいないはずがない。スティーヴにとって、ネットワークは蜘蛛《くも》の糸で織った紗幕《しゃまく》のようなものである。目に見えぬ回線の網が絶えずかつ浮かび、かつ消えしている。回線接続する通信端末、すなわちノードは三〇〇〇を下るまいが、いかなる場合も任意のノード間で瞬時に通話が成り立たなくてはならない。

　たくさんのコンピュータからケーブルを延ばし、中央の大型交換装置に接続することによってもネットワークは構築される。現に当研究所では、一〇〇〇台からの端末を交換室を介して有線で相互接続している。地方の電話会社もこの方式である。域内の電話はすべて一カ所の交換局に有線で結ばれ、機械的開閉素子を用いた交換機が加入者同士を相互接続する。

タイムネットの場合、全国にちらばった何千台ものコンピュータがそのサービスを利用するから、中央交換局一カ所ではとうてい通信情報をさばききれない。機械式の交換機は処理が遅いうえに信頼性に乏しく、問題外である。そこで、これにかわるものとして、タイムネットは仮想回路によってコンピュータ間を結んでいる。各地にあるタイムネットの交換機コンピュータをノードとして、そのあいだをリース回線で結ぶのである。

これは郵便局が手紙や小包を配達する手順に似ている。誰かが私にメッセージを送るとすると、発信者のコンピュータはデータを封筒に入れて、どこかもよりのタイムネットに差し出す。タイムネットではこの封筒に発信人とあて先のアドレスを書きこんで着信地のノードに移送する。郵便局における区分処理と同じことを、特別なソフトウェアが即時にやってのけると思えばいい。着信地のタイムネットはこれを受け取ってアドレスを取りさり、封筒を開けて中のデータを私のコンピュータに送り届けるのである。

両端のコンピュータは交換局を介して結ばれているわけではない。通信網の結節をなすタイムネットのコンピュータ、つまり各ノードは、先の例でいえば封筒に当たるデータのかたまり、パケットをどこへ移送すればいい*か知っている。どの経路を選べば速いか、中央のコンピュータが判断して指示を与える。大陸を横断する間に、データは順次転送されていくつものノードをくぐることもある。

　こうしてネットワークではたえず通信送受が行われているが、キーボードをたたくのを休んでいるあいだも、仮想回路を切断しないかぎりタイムネットの各ノードは仮想回線の両端のアドレスを記憶している。ノードには無数の整理棚《ピジョンホール》があって、常時、区分処理作業がつづけられているのである。

　探知すべき有線伝送路はどこにもない。ただアドレスの連鎖が両端のコンピュータを結びつけているだけだ。タイムネットのロンやスティーヴはこの連鎖をたどることによってハッカーの接続経路をつきとめようというのである。糸の一端はＩＴＴの地上局に発していた。その先は、はたしてどこに通じているのだろうか？

＊　原注　インターネットの場合も中央交換局はなくなり、そのかわり全国各地に多数の市内区域交換局が置かれている。末端レベルの交換機（すなわちコンピュータ）が相互接続されて域内情報通信網を形づくり、これがいくつか集まって地方通信網を構成する。このように階層的に積み上げられた通信網を基幹回線で結ぶことによって全国的な情報通信網が出来上がる。これがさらにアーパネットやミルネット等、同様に大規模な通信網に接続された総体がインターネットである。

　タイムネットをはじめとする多くの同形の通信網が仮想回路によってコンピュータ同士を結びつけているのにくらべて、インターネットは階層的に通信網が体系化されている。道路にたとえるなら、インターネットで送られたメッセージは市街地から州間道路に出て、高速道路に乗り入れ、インターチェンジで州間道路に下り、目的地の市街に入ってあて先の街区に行き着くしくみである。

　タイムネットのパケットは単純なアドレスで用が足りる。仮想回路が確立されたあとは、各地のノードがパケットの送り先を知っているからだ。これにくらべて、インターネットの場合はあて先と差出人のアドレスが完備していなくてはならない。それによって各階層のネットワークが個別に送り先を判断するのである。一方、アドレスの完備したインターネットのパケットは、回線網が混雑していてもとどこおりなく送り届けられる。

　どちらがいいか、それは私の判断することではない。

30——DATEXネットワーク

かくて追跡数カ月、はじめてハッカーはヨーロッパから侵入していることが明らかとなった。スティーヴ・ホワイトが電話してきたとき、ハッカーはまだ私のコンピュータを通じて海軍研究所にもぐりこもうと苦心している最中だった。

「タイムネットの接続はITTが起点になっています」スティーヴは言った。

「ええ、それはロン・ヴィヴィエから聞きましたがね、その前は四つの国のどこだかわからないとかで」

「ロンには探知できないでしょう」スティーヴはキーボードをたたきながら言った。

「あとは私が引き受けます」

「じゃあ、ITTの回線を探知できるんですか？」

「できますよ。国際通信事業者は、何か問題が生じた場合、タイムネットが回線を探知することを認めています。ITTの交換局にログインして発信源をつきとめればすむことです」スティーヴはいとも簡単に言ってのけた。

私はスクリーンをにらんで、スティーヴが探知するあいだハッカーが接続を絶たずにいてくれることを祈った。

ややあって、スティーヴのいささかもったいぶったイギリス英語が聞こえてきた。「ハッカーのコーリング・アドレスはDNIC—2624-542104214ですね」ネットワークの専門用語がわからなくても今さら驚きはしない。私は、とにかく聞いたままを書きとめる習慣を身につけていた。ありがたいことに、スティーヴは説明を補ってくれた。

「つまりですね、タイムネットから見るかぎり、ハッカーはITTの通信衛星から接続しているとしか言えないわけですが、ITTのコンピュータに直接照会すれば、衛星と発信源のあいだの接続経路をさかのぼることができる、ということです」

スティーヴは透視の目をもっている。衛星も彼の視界をさえぎることはない。

「DNIC番号はデータ・ネットワークの識別符号で、電話番号と同じようなものです。地域番号で相手の場所がわかります」

「で、ハッカーはどこです？」

「ドイツです」

「西ですか、東ですか？」

「西ドイツ。DATEXネットワークですよ」

ワークですよ。ここから先、詳しいことはブンデスポストに問い合わせなくてはなりませんね」

「タイムネットのドイツ版と考えればいいでしょう。全国的なコンピュータ・ネットワークですよ。ここから先、詳しいことはブンデスポストに問い合わせなくてはなりませんね」

私は侵入中のハッカーをそっちのけにしてスティーヴの説明に聞き入った。

「DNICは通信網に接続しているコンピュータを確実に識別します。頭四桁でこれがドイツのDATEXネットワークから来ていることがわかります。ブンデスポストがこの番号を加入者名簿で調べれば、相手方のコンピュータがどこか、はっきりするはずですよ」

「ブンデスポストっていうのは？」私には、ぼんやりドイツ語らしく聞こえるだけだった。

「ドイツ連邦郵便局ですよ。通信業務を一手に扱っている政府の独占事業です」

「郵便局が何だって情報通信ネットワークをやってるんです？」私は疑問を口にした。アメリカでは、郵便局は手紙を配達するだけで、データ通信は扱っていない。

「郵便局が電話サービスをやっている国はいくらでもありますよ。旧《ふる》い法律のなごりですかね。ドイツ連邦郵便局は、中央集権的であるという点では世界一でしょう。留守番電話をつけるにも政府の許可がいるんですからね」

「じゃあ、ハッカーは政府のコンピュータを使っているんですか？」

「いや、コンピュータは民間の私有でしょう。ただ、通信網はブンデスポストが運営管理しているということです。だから、そこが次の相手ですよ。明日、朝一番でブンデスポストに連絡してみましょう」

スティーヴが「連絡して下さい」ではなく「してみましょう」と言ったところが私は気に入った。

たっぷり一時間ばかり話をして、スティーヴとは年来の知己のように親しくなった。ハッカーが私のコンピュータを介してSDIやその手のキーワードを検索するのを見守るより、ネットワークに関するスティーヴの説明を聞くほうがはるかに面白かった。スティーヴは技術者ではない。腕のよい職人だ。いや、目に見えない電子の糸で織るタピストリに自己を表現する芸術家というべきかもしれない。

スティーヴの話を聞いていると、ネットワークが独自の生活史をもった生命体のように思えてくるから不思議である。ネットワークは異常を感知し、環境に反応する。

ネットワークは単純なものほど美しい、というのがスティーヴの持論である。「ノードはデータを次へ送ればそれでいいのだよ」

スティーヴは話をもとに戻した。

「ハッカーがキーボードをたたくだびに、文字がDATEXから飛び出して、ITT、タイムネット経由でそっちのシステムに伝わっていく。打鍵のすきに、タイムネットが時間を浪費することはないんだ」

タイムネットを通してハッカーは、あちこちのコンピュータと数えきれないほど何度も対話している。回線を流れたデータは何百万ビットにも達しているはずである。宇宙に消えた対話は一つもない。1バイトのデータもこぼれ落ちたことはない。ネットワークは接続経路を残らず把握している。だとすれば、ハッカーははじめからネットワークにからめ捕られているようなものではないか。

にもかかわらず、スティーヴは追跡の見通しについては悲観的だった。「ハッカーがどこでタイムネットに接続しているかはわかっている。とはいうものの、それ自体、いくつかの可能性をはらんでいることでね。ハッカーがドイツにいて、単純にDATEXネットワークでこっちへつながっているのなら話は早いさ。ハッカーのアドレスはわかっている。そのアドレスからコンピュータが知れる。コンピュータに向かっている人物がそのハッカーだよ」

「そう簡単にはいきそうもないな」私はマイターの例を思い出して言った。

「そうなんだ。それ以上にありそうなのは、ハッカーはダイヤルイン・モデムでドイツのDATEXに接続しているのではないか、ということだよ」

タイムネットと同様、DATEXは誰でもダイヤル通話で接続できる。その先はネットワークを通じてどこのコンピュータだろうと出入り自由である。ビジネスマンや科学者にとってまことにけっこうな話だが、ハッカーにとってもまた実にありがたいことなのだ。

「一番の問題は、ドイツの法律だね」スティーヴは言った。「おそらく、ドイツはハッキングは犯罪行為とみなされないと思うんだ」

「まさか。冗談だろう」

「いいや、どこの国もたいてい、法律は時代遅れだからねえ。カナダでハッカーが不法侵入ではなしに、電気を盗んだかどで有罪になった例があるよ。侵入によってコンピュータからマイクロワットの電力を奪ったのがけしからんというわけでね」

「でも、アメリカではコンピュータ侵入は犯罪だよ」

「ああ、そうさ。でも、それでハッカーが犯人引き渡しをくらうと思うかい？　FBIはこの件で何をしてくれたね。そこを考えるんだな、クリフ」

スティーヴの悲観論に少なからず影響されはしたものの、彼が追跡に力を貸してくれるのはおおいに頼もしかった。これでハッカーを捕まえられなかったらどうなるだろうか。しかし、ともかくも、包囲の輪はせばまっている。

ハッカーは追跡されているとは夢にも思っていない。空き巣を捜し、ファイルを拾い読んで二時間後、五時二二分にハッカーは接続を絶った。私のプリンターはハッカーの動きを逐一記録した。しかし、何よりもこの日の収穫はスティーヴ・ホワイトの働きだった。

ハッカーはドイツにいる。私は図書館へ駆けつけて地図を広げた。バークレーとドイツの時差は九時間である。正午から一時のあいだに侵入してきたということは、向こうでは夜の九時から一〇時の計算だ。ハッカーは電話料金の安い夜間をねらったのであろう。

地図を前にして、私はマギー・モーリーがハッカーのパスワードを見抜いたときのことを思い出した。「イェーガーはドイツ語で狩人のことよ」答えははじめから目の前にあったにもかかわらず、私はうかつにもそれを見逃していたのだ。

ハッカーがカーミットでファイルを移転したときのエコー反射時間もこれで説明がつく。私の測定でハッカーとの距離は六〇〇〇マイル前後と出た。まるで話にならないと思ったが、どうしてこれは信頼すべき数字だった。バークレーとドイツのあいだは直線距離で五二〇〇マイルである。

私は目がくもっていたばかりか、耳もふさがっていた。

事実をつかんでいながら、解釈をおろそかにしたのが悪かった。

図書館で一人ぽつねんと地図を眺めながら、私は急に妹にすまないことをしたと深い自責の念にかられた。ヴァージニアのハイスクールの生徒を内偵させたのはおよそ見当違いだった。バークレー校のキャンパスをいたずらに走らせた武装刑事にも謝らなくてはならない。

　私は支離滅裂だった。ハッカーを追って何カ月もアメリカ中をむなしく尋ねまわったのだ。「ハッカーは西海岸の人間ではない」とデイヴ・クリーヴランドは私に向かって繰り返したが、実際、五二〇〇マイルの距離を考えれば、デイヴに言われるまでもない。

　まだ不明な点は残っているが、今ではハッカーの手順もあらかた想像がつく。ヨーロッパのどこかから、ハッカーはダイヤル通話でドイツのDATEXネットワークを呼び出し、タイムネットへ接続を申し込んだのだ。ブンデスポストは国際データ伝送回線でハッカーをタイムネットに取り次いだ。こうしてアメリカへ入りこんだハッカーは、私の研究所やミルネットにつながっているコンピュータを好き勝手に荒らしまわったのである。

　マイターはハッカーに格好の足場を提供した。マイターにもぐりこむ段どりも私にはわかっている。DATEXからタイムネット経由でマイターにログインするのは、いともたやすいことだろう。入りこんでしまえば、マイターのコンピュータを探索するのに何の妨げもない。国防企業の社内文書に読みあきると、ハッカーはマイターのモデムで外線に乗り換えて、全米いたるところのコンピュータに侵入を試みた。その電話料金はすべてマイター持ちである。

しかし、大西洋越しの通話料金は誰が負担しているのだろうか？　スティーヴの話では、ハッカーの電話は一時間当たり五〇ドルから一〇〇ドルにつくはずだという。自分の部屋へ戻る途中で私は考えた。ハッカーはよほどの金持ちか、さもなければ、天才的な大泥棒でなくてはならないはずである。

マイターが一〇〇〇通話になんなんとする、ほんの一分程度の長距離電話料を払わされているわけも、わかってみれば何のことはない。マイターに侵入したハッカーは、同社のコンピュータにあちこちへ電話するように指示したのだ。電話が通じたところで、ハッカーは略式名義とパスワードで先方のコンピュータに侵入を試みる。これはほとんどうまくいかず、ハッカーは次から次へ空き巣を捜して移っていく。マイターはその尻ぬぐいを引き受けてだまって電話料を払っていたというわけだ。

だが、ハッカーは足跡を残した。それがマイターあての電話料金請求書である。足跡をたどって行き着いた先がドイツだった。しかし、安心するのはまだ早い。バークレーの誰かがベルリンに電話してＤＡＴＥＸネットワークに接続し、タイムネットを介してバークレーに逆戻りしたということだって絶対にないとは言いきれまい。そもそもの発端は、モンゴルか、モスクワか、今の時点ではどこことも知れない。とりあえずは、ハッカーはドイツと考えるしかないということだ。

ハッカーはもっぱら軍事機密をねらっている気配である。私はスパイを追っているのだろうか？　だとしたら、そのスパイの背後にいるのは何者か？　これはえらいことになってきた。だいたい、スパイというのが誰のためにどういう仕事をする人種か、私は知らない。

三カ月前、研究所のシステムの課金ファイルにネズミの糞が落ちているのが見つかった。以来、私たちはひそかに見張りをつづけ、ネズミが研究所のコンピュータを荒らしまわり、壁の穴から軍部のネットワークやコンピュータに出入りするのを監視してきた。

今ではこのネズミが何をねらっているか、私は知っている。どこに巣食っているかもわかった。私は読みを誤っていた。

これはただのネズミではない。図体の大きなドブネズミだ。

31 ―― 謎の外国人

土曜日だというのに、夜中までかかって日誌をつけた。不明だったことも、かなりはっきりしてきた。アニストンがどうがんばったところで、アラバマでハッカーの尻尾はつかめない。ハッカーの巣穴は五〇〇〇マイルの遠方である。スタンフォードのハッカーはまったくの別人だ。私が追っているハッカーは、英語ではなく、ドイツ語で宿題を片づけるはずである。バークレー周辺でヘッジズと名乗る人物を捜してみてもはじまらない。

ハッカーの名はヘッジズではないし、もとよりこの国の人間ではないと考えるべきだろう。

ハッカーの動きを記録したプリントアウトは一フィートの厚さに達している。私はハッカーの出現した日時と、そこで呼び出したファイルを詳細に点検した。過去の記録をいちどきに通覧したのはこれがはじめてだった。ハッカーは飽きもせずに退屈な文書を拾い読み、あてずっぽうのパスワードを試すことを繰り返している。

コンピュータに侵入するのは容易なことだろうか？

初歩的な問題だよ、ワトソン君。多少の知識があれば誰にでもできることだし、第一、面白くもおかしくもない。

夜中の二時に帰宅すると、マーサがキルトを刺しながら待っていた。

「どなたかとお楽しみ？」

「ああ」私は答えた。「今日一日、謎の外国人につき合ったよ」

「じゃあ、ハッカーはやっぱりヨーロッパだったわけね」マーサは何でもお見通しだ。

「世界中、どこにいても不思議はないけどね、どうやら、ドイツらしいんだ」

日曜日はマーサと朝寝がしたい。ところが、腹立たしいことに、一〇時四四分にポケットベルが鳴った。しつっこく鳴ったうえにモールス信号のおまけつきである。ハッカーはまたやって来た。私のＵＮＩＸ－５コンピュータだった。

私は居間に駆けこんでスティーヴ・ホワイトの自宅に電話した。先方のベルを聞きながら、マッキントッシュ・コンピュータの電源を入れた。五度目のベルでスティーヴが出た。

「ハッカー来襲だ、スティーヴ」

「わかった、クリフ。探知して、折り返し電話する」

私は電話を切ってマッキントッシュに飛びついた。私のマッキントッシュはモデムと、名づけてレッド・ライダーという極めつきのソフトウェアによって遠隔端末の機能をはたすようになっている。レッド・ライダーは自動的に研究所のＶＡＸコンピュータに接続して、ハッカーの動きをとらえた。ハッカーは例によってミルネットを物色しているところだった。

自宅からログインした私は一般のユーザーと変わりない。当然ハッカーの目につくはずである。私はとっさに接続を絶った。ハッカーが何をしているか知るだけなら一〇秒でこと足りる。

ほどなく、スティーヴが電話をよこした。ハッカーは、今日はＩＴＴの国際通信網ではなく、ＲＣＡから侵入しているという。

「ＲＣＡは、ウェスターは使っていないんだ」スティーヴは言った。「ＲＣＡの通信衛星はコムサットだよ」

昨日はウェスター、今日はコムサット。毎日通信衛星を切り替えるとは油断のならないハッカーだ。

と思ったのは私の間違いで、スティーヴはその間の事情を説明してくれた。

「これについては、ハッカーに選択の自由はないんだよ。通信サービスの確実を期して事業者は何通りもの回線を使っているからね」

タイムネットは通話ごとに大西洋をまたぐ伝送路を変えている。利用者はあずかり知らぬことながら、データの流れは四、五通りの衛星通信網に振り分けられているのである。

「なるほど。ひところの陸送トラックみたいに」

「まぜっ返すなよ」スティーヴは憮然とした。「国際通信事業に関してはこと細かな法律があって、サービスの質がきびしく規定されているんだ」

「で、ハッカーは、今日はどこからおでましかね？」

「ドイツだよ。アドレスも何も、全部前と同じだ」

さて、どうしたものだろう。自宅からではハッカーの動きを監視できない。スティーヴはすでに探知を終えている。マッキントッシュの前に座って私は思案に暮れた。次なる行動は？

研究所へ駆けつけるしかない。私はマーサあてに「獲物が近くにいる」と書き置きしてジーンズをはき、自転車に飛び乗った。

遅かった。ハッカーは私が研究所に着く五分前に姿を消していた。こんなことならベッドにもぐりこんでいればよかったのだ。

しかし、今さら不平を言ってもはじまらない。私は日曜の朝のハッカーの行動を調べた。ハッカーにとっては日曜の夜である。いっこうに変わりばえしない。間に合わせのパスワードで軒並み軍関係のコンピュータに侵入を試みている。番号錠の数字をやみくもにいじくっているのと同じで、ご苦労なことだ。

午前中に現れたとなると、しばらく待って様子を見たほうがいい。過去の例を見ると、ハッカーは一、二時間してまた戻ってくることがよくあった。

はたせるかな、ハッカーは午後一時一六分にふたたび登場した。ポケットベルを聞いて、私は交換室へ走った。今しもハッカーが盗用名義スヴェンテクでログインするところだった。

まずログイン中のユーザーを調べるのはお定まりの手順である。自宅から接続していたら、私はハッカーに気づかれたろう。しかし、交換室の監視所ならその心配はない。ハッカーは私が張った電子の紗幕を透かしてこっちを見ることはできないのだ。

誰もいないことを確かめると、ハッカーはすかさず研究所のポートからミルネットに接続し、ＣＯＣの略号がついた機関や施設を一覧するコマンドを入力した。ＣＯＣ？私の見たこともない略号である。何かの間違いではなかろうか？

いや、そうではなかった。ネットワーク情報センターのコンピュータはしばらくファイルをあさって、六カ所の軍事作戦司令センターを表示した。ハッカーはさらに〈シャイアン〉〈ｉｃｂｍ〉〈コンバット〉〈ｋｈ11〉〈ペンタゴン〉〈コロラド〉等のキーワードを検索した。

ハッカーがミルネットのディレクトリをあちこちひっくり返すありさまは、誰かが職業別の電話帳をくる光景に似ていないでもなかった。ハッカーはどこへダイヤルするだろうか？

キーワードごとにいくつかのコンピュータ・アドレスが表示されたが、三〇を数えたところでハッカーはミルネットから接続を絶ち、あらためてそれらのコンピュータに順次侵入を試みた。ヴァージニア州アーリントンの空軍データ・サービスセンター、陸軍弾道研究所、コロラド・スプリングスの空軍訓練センター、ハワイの海軍太平洋監視センター、ほかに三〇カ所の軍事施設である。

しかし、結果はさんたんたるものだった。偶然にもせよ、略式のパスワードが通じるところはただの一カ所もなかったからである。ひと晩の努力もむなしく、ハッカーはさぞかしくやしい思いをしたことだろう。

これでもかとばかり、彼はかつて侵入をはたしたアニストンの陸軍兵站に立ち返り、五回ログインを試みて門前払いをくった。

ハッカーはついにミルネットをあきらめて、私のＵＮＩＸコンピュータに舞い戻った。カッコウが他人のコンピュータに卵を産みつけるところを私はこの目で見た。いつもの伝で、ハッカーはファイルをいじくってスーパーユーザーに成り上がったのだ。GNU-Emacsを使ってシステムのatrunファイルと彼が汚染したプログラムを入れ替えると、五分後にはハッカー転じてあっぱれシステム・マネージャーという段どりである。

ここは警戒を要するところだった。故意であると偶然であるとを問わず、ハッカーが不正に手にした特権で私のシステムを破壊する危険がないとはいえない。たとえば、rmのコマンド一つでハッカーはファイルをすべて削除できるのだ。

ところが、これは私の杞憂《きゆう》だった。ハッカーはしごく控え目で、いくつかよそのコンピュータの電話番号をプリントアウトしただけであっさり引きあげた。

妙なことをするものだ。研究所のコンピュータがちょくちょく接続する相手の電話番号を盗んでどうしようというのだろうか。

マイターはモデムの接続を絶ったから、ハッカーはマイターから外線を使ってよそに侵入することができない。このことは、ハッカー自身とうに気づいているはずだ。にもかかわらず、なおも電話番号を盗むところを見ると、彼はほかにも電話回線を利用するつてがあるに違いない。侵入の足場はマイターだけではないということか。

一五分後にハッカーはまた現れた。その間どこをひやかしていたか知らないが、あてずっぽうのパスワードがまるで役に立たなかったであろうことは疑いの余地もない。

私のシステムにもぐりこむと、ハッカーはただちにカーミットを実行した。ファイルをどれかそっくり自分のコンピュータにコピーする気である。ねらいはパスワードだろうか？　いや、ハッカーが目をつけたのはネットワーク・ソフトウェアだった。

telnetとrloginの二つのプログラムにソース・コードをコピーしようという魂胆である。telnetとrloginは、ネットワークで結合されているよそのコンピュータにログインするためのプログラムで、研究所のユーザーたちがミルネット経由で情報交換をするようなときにこれを使う。いずれも、ユーザーのコマンドを相手方に転送するもので、トロイの木馬をしこむにはおあつらえ向きである。

telnetプログラムのコードをちょっと手直しするだけで、ハッカーはこれをパスワード盗用の手段に利用することができるのだ。研究所のユーザーがよそのコンピュータに接続するたびに、ハッカーの覆面プログラムはそのパスワードを秘密のファイルに書きとめる。ユーザーのログインには何の支障をきたすこともない。後日、ハッカーがバークレー・コンピュータに侵入すれば、パスワードがずらりと並んで選《よ》り取りみどりという寸法である。

私の目の前で、カーミットはプログラムを一行一行ハッカーのコンピュータに転送した。転送時間は測るまでもない。大幅な遅延は衛星通信ではるばるドイツまでデータが送られるせいである。

見ているうちに、私はなにやら不愉快になってきた。正直、私は腹が立った。ハッカーは私のソフトウェアを盗んでいる。それも、やたらにいじくられては困るソフトである。どうしても盗みたいというのなら、どこかほかでやってもらいたい。

とはいえ、カーミットのプロセスを強制的に終了させることはできない。それをすれば、たちまちハッカーに監視を気取《けど》られてしまう。せっかくここまで追い詰めていながら、へまをして逃げられては元も子もない。

事態は急を要していた。それとは知られずにこそ泥を締め出すにはどうしたらいいだろう?

私は持ち合わせの鍵束を取り出してコンピュータの裏へまわり、キーで軽くコネクタに触れてハッカーの接続している回線をショートさせた。ほんの一瞬で、接続を遮断することはない。ハッカーから見れば、文字がいくつか脱落しただけだろう。つづりの誤りで文意が通じない箇所が生じたようなもので、ラジオの雑音と変わりない。ハッカーはネットワークの通信状態が悪いことに腹を立てて、もう一度やり直すかもしれない。そんなことを繰り返すうちに、これはだめだとあきらめるだろう。通信状態が悪いときとはそうしたものである。

これがまんまとうまくいった。私がコネクタにキーを触れるたびに雑音が入る。ハッカーのコンピュータはその部分をもういちど送信するように要求する。私は計算を働かせて、そのつどデータのいくぶんかは向こうへ届くようにした。それにしても遅すぎる。これではファイルを転送するのにひと晩中かかってしまう。

ハッカーはいったん接続を切って、はじめからやり直した。おあいにくさまだ。何度やっても文書は虫食いである。雑音がどこから出ているのか、ハッカーが頭をひねったところでわかろうはずがない。

ハッカーはついにソフトウェアを盗むことを断念して、ただシステムを探るだけにした。バークレーのOPALコンピュータに通じる接続経路を見つけておきながら、なぜか入りこもうとはしなかった。

これは注目に値することだ。バークレーのOPALといえば、コンピュータ研究の最先端としてあまねく知られている。情報通信プログラムであれ、科学技術のソフトウェアであれ、コンピュータ・ゲームであれ、OPALを超えるものはない。学生たちが夢中になるその種のことに、どうやらこのハッカーは関心がないらしい。ところが、軍事関係となると、たちまち目の色を変えるのだ。

夕方の五時五一分、ハッカーはついに本日はこれまでと切り上げた。ハッカーが思いどおりにならずに腹を立てるたびに私が満足を覚えたかというと、そんなことはない。しかし、ハッカーの行動はおおむね私の読みどおりだった。わずかずつながら、私は大団円に近づいていると思われた。

スティーヴ・ホワイトは終日ハッカーにつき合う破目になったが、いつもたどり着く先はドイツだった。

「ヨーロッパの、どこか別の国という可能性は考えられるかな?」私は試みに尋ねたが、答えは聞くまでもなかった。

「可能性をいうなら、どこであってもおかしくはないがね」スティーヴは言った。「ただ、こっちで探知したかぎりでは、ドイツからバークレーにつながっている。これは動かない事実だよ」

「ドイツのどこか、見当はつくかな?」

スティーヴは私に劣らずこの点に興味を抱いていた。「ディレクトリがないことには何とも言えないね。ネットワークによってアドレスの使い方はまちまちだし。明日になれば、ブンデスポストが答えを出してくれるだろう」

「じゃあ、明日の朝、ドイツへ電話してくれるんだな?」私はスティーヴがドイツ語を話せるかどうか心配だった。

「いや、電子メールのほうが面倒がなくていい。昨日のことはもう伝えてあるんだ。今日のことがそれを裏づける格好になる。細かい点を二、三補足してやれば、大丈夫、ブンデスポストは必ず動きだすって」

スティーヴは、日曜の午後はふさがっていた。女友だちのリンと料理をするのだという。それを聞いて私はマーサのことを思い出した。家を出たきり電話もしていない。マーサはつむじを曲げたか、クローディアに帰りは遅くなると言いおいて外出していた。ハッカーが現れなければ、二人で紅葉の森を歩いていたはずなのだ。罪な話だ。

32――ハグバード、ペンゴ、ゾンビ

前夜は気まずい空気だった。マーサは口数が少なく、機嫌を直そうとしない。ハッカー追跡にかまけて私はせっかくの日曜の午後を台なしにしてしまったのだ。追跡の進展は、私の個人生活に容易ならぬ犠牲を強いた。

それはさておき、この週末の成果を誰に伝えるべきだろう？　当然、部長には話さなくてはならない。ハッカーがどこから侵入しているかについて、私たちは賭《か》けをした。私の負けだった。クッキー一箱の借りができたのだ。

ＦＢＩには報告したものだろうか？　これまでのところ、ＦＢＩはまるで無関心である。しかし、ハッカーがドイツとなると地元の警察では手に負えない。冷たくあしらわれてもともとと割り切って、もういちど声をかけておいたほうがよさそうだ。

空軍省特別調査課は？　たえず状況を知らせるようにと私は釘を刺されている。ハッカーはもっぱら軍事施設のコンピュータをねらっているようだから、ここはやはり国防当局に一報入れなくてはなるまい。私の政治的信条からすれば抵抗があるとしてもだ。

軍に対してはその程度の話だが、ＣＩＡが相手となると、かなり覚悟してかからなくてはならない。一カ月前、何者かがコンピュータ侵入を図っているのを見かけたら、その持ち主に知らせるのは市民たる者の義務であるという理屈をのみこんでＣＩＡに連絡した。ハッカーが外国人だとわかった今、私は重ねて通報しなくてはならないだろうか？

前と同じで、どうやらその必要がありそうだった。ノードやネットワークのことなら、私はいくらでも話ができる。しかし、諜報活動のことは何も知らない。大学院ではそんなことは教えていない。

バークレー左翼主流の友人たちが私を指して、体制に手なずけられたと詰《なじ》るであろうことは目に見えている。しかし、私自身は支配階級の手先になったとは思わない。帝国主義の走狗《そうく》、傀儡《かいらい》のたぐいが朝食に健康食品のグラノーラを食べるなら話は別だけれども。渋滞する車のあいだを自転車で走り抜けながら、私はとっくり考えた。が、すでに気持ちは決まっていた。これはＣＩＡが知っていなくてはならないことである。したがって、私が知らせないわけにはいかない。

これまでに官僚機構の腰の重さはいやというほど思い知らされている。とはいえ、頭文字三字の政府機関の前で大きく旗を振りまわせば、どこかがこっちを向いてくれないとも限るまい。

手はじめに、FBIに電話することにした。オークランド支局は終始無関心だったが、アレグザンドリアのマイク・ギボンズなら耳を傾けてくれそうだった。ところが、マイクは休暇をとっていた。私は二週間先を考えて伝言を残した。「クリフから電話があったとだけ伝えて下さい。それから、私の友人の返信先はドイツだということを」

不在中の伝言用の黄色い小さな紙きれに書けることは限られている。

つづいて空軍省特別調査課に電話した。空軍の麻薬捜査局だ。同時に二人の声が答えた。一人は女性、もう一人は声にとげのある男だった。

女性のほうはアン・ファンクといって、家庭内暴力専門の特別捜査官だった。アンはきまじめらしい口ぶりで自分の立場を説明した。「妻子虐待ですよ。空軍も世間一般と同じで、その種の陰湿な問題をかかえているのです」先端技術に通じている人物とも思えなかったが、電話の声を聞くと、私はある種の尊敬と共感を覚えた。どういうわけか、現在アンはコンピュータ犯罪捜査グループの一員であるという。

ジム・クリスティとはひと月ぶりだった。開口一番、ジムは私がスティーヴに質問したのと同じことを尋ねた。「ドイツは、西か？　それとも、東か？」

「西ドイツですよ」私は答えた。「今日明日中にもう少し詳しいことがわかると思います」

「どこへ侵入しましたか？」アンが質問をはさんだ。

「今わかっているかぎりでは、特にどこということはありません。何もしなかったわけでもないですがね」私はハッカーが侵入を試みた先をいくつかあげた。

「おって私のほうから連絡することにしよう」ジムは言った。「ヨーロッパ支局で何かつかめるかもしれない」

これで私は空軍に早期警戒警報を発したことになる。お手並み拝見というところだ。

さて、いよいよＣＩＡである。Ｔ・Ｊは不在だった。私は妙にほっとした。宿題の発表を当てられていた生徒が、教師の病気休講で救われたときの気持ちである。

とはいえ、ＣＩＡに報告すると決めたからには、このまま済ますわけにはいかない。私はＴ・Ｊの同僚、グレッグ・フェネルに取り次ぎを頼んだ。

「実は、これから会議なんだ。手短かに頼むよ」ＣＩＡは忙しい日だと見える。

「そうですか。ハッカーはドイツです。じゃあ、これで」

「え？　ああ、ちょっと待った！　どうやって追跡したんだ？　問題の人物に間違いないか？」

「これから会議でしょう。明日また電話します」

「会議はいいんだ。ひと通り聞かせてくれないか。事実だけにしぼって。解釈をまじえずに」

私は日誌をつけているから、これはお安い御用である。その場で、週末の記録をかいつまんで報告した。一時間後、グレッグの質問はまだつづいていた。会議どころの話ではない。私はグレッグの急所を押さえた格好だった。

「こいつは大ごとだ」グレッグは半ば自分に向かって声を張り上げた。「西ドイツ在住の何者かがわれわれのネットワークに侵入している、と。少なくとも、西ドイツのゲートウェイから入りこんでいる、ということだな」グレッグは、私たちが確認したのは連鎖の一環にすぎないことを正しく理解していた。ハッカーの塒《ねぐら》は今もって世界中のどことも知れない。

「ＣＩＡが行動を起こすことは考えられますか？」私は尋ねた。

「それは、私には何とも言えないな。このことは上のほうへ伝えるけれども、どういう扱いになるかはお歴々の結論が出てみないことにはわからない」

私は何を期待していたろうか？　ＣＩＡは情報収集を専門とする機関であって、犯罪捜査に関してはあまり頼りにならない。あとは任せろと胸をたたいてくれればいいのだが、それはもともとないものねだりだろう。ハッカーが侵入しているのはＣＩＡではなく、私の研究所のシステムである。

ローレンス・バークレー研究所は今やハッカー追跡に時間を浪費するなどもってのほかという態度である。私はハッカーの件を秘密にしているが、システム管理がお留守になっていることは誰の目にも明らかだ。ハッカーの行動を分析するプログラムを書くことに夢中になるあまり、学術研究用のソフトウェアは片手間になってしまい、あちこちにほころびが出はじめている。

ねちねち油をしぼられることを恐れて、私はロイ・カースに会うに当たって量子力学をざっと復習した。物理学の話題をもち出して、ハッカーの件から部長の目をそらせようという魂胆である。現に、例のグラフィックス・ソフトウェアに関しては、部長はおおいに気をよくしている。私自身は人の仕事をいただいたようなものだから、内心忸怩《じくじ》たるものがあるけれども。

ところが、そんな姑息な手ではロイの怒りをかわすことはできなかった。私がハッカー追跡に時間を費やしていることが、何としても腹にすえかねる。私は研究所のコンピュータ・センターに何ら貢献していない。部長の立場で、こういう人材がこれだけのことをしていると外に向かって自慢できないのは困る、というわけだった。

幸い、ロイは追跡をやめろとは言わなかった。それどころか、彼自身、早いところ悪党の首根っ子を押さえつけてこの問題にけりをつけたいと願っている気配である。

私はハッカーに関するニュースを捜して数時間、ユースネットの電子掲示板を読みあさった。カナダから一件、ハッカーの報告があった。私は早速それを出した本人に電話した。電子メールは信用できない。トロント大学の理学部で教えているというボブ・オーアは不景気な話を聞かせてくれた。

「私どものところはたくさんのネットワークにつながっていましてね、その経費の負担だけだってばかになりません。ドイツのハッカー・グループがここのシステムに侵入して、プログラムを書き替えたり、オペレーティング・システムをだめにしたりするので手を焼いています」

「どうやって侵入してくるんです？」私は尋ねたが、おおよそのところは想像がついていた。

「うちはスイスのCERN研究所と協力関係にありますが、そのCERNのコンピュータにハッカー・グループはわがもの顔で入りこんでいるのです。それで、私のところのパスワードを盗んだのでしょう。今では直接ログインしてきます」

「被害はありましたか？」私は探りを入れた。

「被害？　今その話をしたでしょう」ボブは声をはね上げた。「ネットワークという のはたいへんに繊細なものでしてね。利用者たちは皆、知恵を出し合おうという気持ちでネットワークに加入しています。ところが、どこかのコンピュータにハッカーが侵入すると、ネットワークの相互信頼が損なわれるのです。私が何日も時間のむだを強いられたり、ネットワークの接続を絶つことを余儀なくされたり、というだけではありません。ハッカー・グループは私ども学問研究にたずさわる者の連帯の基礎である自由な交流を妨げるのです」

「おっしゃることはわかりますが、現実の問題として、そのハッカー一味はファイルを削除したり、プログラムを書き替えたりするんですか?」

「ええ、うちのシステムに手直しを加えて、いわば裏口のパスワードをくすねるようなことをしています。もっとも、新聞に大見出しで〝ハッカーがシステムを壊滅〟と書かれるようなことをしでかしたかというと、それはありません。侵入するにしても、こそ泥を働くようなものです。ハッカー・グループは高度な知識をもちながら、道徳観念の欠如したプログラマーの集団ですね。他人の仕事に敬意を払う気持ちがまるでありません。プライバシーを尊重することもないのです。プログラムを破壊することが彼らのねらいではありません。ネットワークを成り立たせている協力関係そのものを覆《くつがえ》そうとしているのですよ」

私はうなった。ボブは近ごろまれな、まじめ一途《いちず》のコンピュータ人間である。ドイツのハッカー・グループについてはさして詳しいことも聞けなかったが、ボブの論理は私が考えていることとほとんど変わりないではないか。ハッカーの被害は金の多寡《たか》では測れない。信頼が失われることが問題なのだ。ボブにしてみれば、これは笑いごとではない。開かれた自由な社会に対する冒瀆《ぼうとく》である。

以前の私なら、ハッカーどもが何をしようと、しょせんは子供のいたずらだと言ってボブをなだめたことだろう。以前の私なら、人のコンピュータに次から次へ侵入してのけるハッカーにひそかに脱帽して、にっこり笑いもしただろう。しかし、今は違う。

ことのついでに、ボブはドイツのハッカー・グループ〈カオス・クラブ〉がアメリカのフェルミ研究所にも侵入していると話した。私はイリノイ州の同研究所に電話して、システム・マネージャーに事実の有無を問いただした。

「ええ、ドイツのハッカー・グループには悩まされています。〈カオス・コンピュータ・クラブ〉と名乗っていましてね」

「スパイ行為を働いているんですか？」私は尋ねた。

「冗談でしょう。ここでは国家機密にかかわる仕事は何もしていません」

私は首をかしげた。ハッカーどもは無頼の徒党か、スパイ集団か？

「ハッカーは何者だかわかりますか？」

「ハグバードという名前を使っているのがいますね。それと、もう一人、ペンゴ。もちろん、本名はわかりません」

「ハッカーの侵入を確認したあと、何かシステム保護の対策を講じていますか？」

「多少のことはやっています。ただ、科学研究のためのシステムですから、いっさい門戸を閉ざすわけにもいきませんでね。ハッカー・グループは私どものように開放型の方針をとっているコンピュータ・センターにとっては頭の痛いことです。よそをねらってくれるといいんですがね。たとえば、軍事施設とか、ＮＳＡとか」

何も知らないというのは気楽なものだ。

「警察はおよそ頼りにならないでしょう」私は言った。

「だめですね。話を聞くことは聞いても、何もしてくれません」

つづいて私はスタンフォードのシステム・マネージャー、ダン・コーコウィッツに電話して、ドイツのハッカー・グループについて何か聞いていないか尋ねてみた。

「そういえば、何カ月か前に誰かが侵入してきてね、モニターで調べたことがあったけれど、あれはドイツ人らしかったな」

ダンはそのときの記録を呼び出して、電話口で読み上げた。ハグバードと名乗るハッカーがパスワードのファイルを二人のハッカー仲間、ゾンビとペンゴに転送していた。

ハグバードとペンゴはここにも登場した。私は二人の名前を日誌に書きとめた。しかし、どうやら彼らは私の追っているハッカーではないらしい。彼らはいたずらだけが目当ての非行青年グループであろう。それが証拠に、侵入目標は警備の手薄な大学や研究所ばかりで、軍事施設にはほとんど関心を示していない。それに、ミルネットの接続経路を巧みに利用するだけの知恵がない。

私が追跡しているハッカーと〈カオス・クラブ〉のあいだには、ほかにも歴然とした違いがある。私のほうは、バークレーＵＮＩＸこそ不得手かもしれないが、とにかく、ＵＮＩＸシステムで本領を発揮するハッカーであるのにくらべて、ボブやダンの話を聞くかぎり、ハッカー・グループはもっぱらＤＥＣのＶＭＳシステムをねらっている。

今後は当然、〈カオス・コンピュータ・クラブ〉の動きにも注意しなくてはなるまいが、ドイツのハッカーというハッカーが残らずこの一味徒党の者だとは、とうてい考えられないことである。

一つだけ心強いのは、ほかにも同じ悩みをかかえて夜の目も寝られず、マーロックスを飲んで神経をしずめようとしているシステム・マネージャーがいるとわかったことである。まったく孤立無援でもないのだと知って、私はずいぶん慰められた。

ハッカーの件はひとまず忘れて、本職の天文学に取り組もうかと思ったが、世の中そううまくはいかない。ＦＢＩのマイク・ギボンズが電話してきた。

「休暇じゃなかったんですか？」私は言った。

「ああ、休暇中だよ。デンヴァーの実家へ帰っている」

「よく伝言が届きましたね」ＣＩＡは休暇中の職員に電話をするのだろうか。

「なあに、そんなにやっかいな話じゃあない」マイクはこともなげに言った。「二時間警戒態勢といってね、夜昼の別なく、局から私に連絡がとれるようになっているんだ。それが家庭争議の種になることもあるがね」

これはよくわかる。私の場合はポケットベルが疫病神だ。「ドイツの件も伝わっていますか?」

「とにかく、この土、日に何がどうなったか聞かせてくれないか」事実に限って、解釈をまじえずに、だ。言われなくてもわかっている。

私はもう一度、日誌の記述を読みあげた。DNIC番号のくだりでマイクは私をさえぎった。

「そいつを至急便でこっちへ送ってくれないか」

「いいですよ。すぐコピーして送りましょう」コンピュータが全部記憶しているから話は簡単だ。

「立件できるかどうか、検討してみよう。約束はできないがね。一考に値すると思う」

すでに私は、何の約束も得られないことにはなれっこだった。

私はすぐに日誌をコピーして発送の手配をした。

部屋に戻ると電話が鳴っていた。T・Jだった。

「話は聞いたよ」CIAの連絡員は言った。「君の友人はたしかに水塊《パドル》の向こうか?」

「それが大西洋の意味なら、間違いないですよ」T・J独特のものの言い方は電話盗聴者を混乱させるのには有効かもしれないが、毎度ながら面食らわずにはいられない。

「ドイツだという点も、まず確実ですね。アメリカだったらもう何をか言わんですよ」

「相手の居どころはわかるのかな？」

「こっちでつかんでいるのはコンピュータのアドレスだけです。ＤＮＩＣ番号ですよ。どういうことだかよくわかりませんけど」

「その番号の意味はどこでわかる？」

「ブンデスポストはこの番号からコンピュータを使っているのがどこの誰かわかるらしいですよ。明日あたり、何か言ってくるんじゃないですか」

「ところで、北的には連絡したか？」

北的？　またはじまった。「Ｆ的のことですか？」

「そうじゃない。もっと北の見当だ。ミード氏のところだよ」

ミード。フォート・ミード。どうやらＮＳＡ国家安全保障局のことらしい。

「いえ。でも、Ｆ的には電話しましたよ」

「それはよかった。で、向こうは腰を上げたかね？　相変わらず座ったきりか？」

「さあ、どうですかね。捜査をはじめるかもしれませんが、約束はしてくれませんよ」

「それがあそこのやり方だからな。私のほうから連絡して、協力できることがあるかどうか、当たってみよう。君は君で、北的に電話して、そのコンピュータ・アドレスを解読してもらったらいいじゃあないか」

なるほど、これは私にない知恵だった。ＮＳＡは世界中の電話番号とコンピュータ・アドレスを知っているはずである。私はその場で国家コンピュータ安全センターに電話した。

ジーク・ハンスンが出た。

「やあ、ジーク。この前の話では、ハッカーが国内の人間だったらＮＳＡは行動できないということだったね？」

「ああ。それが何か？」

「実は、ハッカーはヨーロッパなんだ」

「じゃあ、君はミルネットで外国人ハッカーを追跡しているっていうのか？」

「そのとおり」

「この電話、いったん切ってくれないか。折り返しこっちから電話する」

この折り返し電話するというのも、すでに何度も経験している。情報機関は秘話回線を使ってかけ直してくるのだろうか。あるいは、私が公衆電話からかけていると思って気をきかせてくれるのかもしれない。

週末の経緯を人に話すのは、これでこの日五度目だった。ジークは明らかにメモをとりながら、熱心に耳を傾けた。

「ハッカーは任務を帯びていると思うかね？」

「それは何とも言えないな。でも、プリントアウトは残していると思うよ」

「ハッカーが検索したキーワードのリストを送ってもらえるとありがたいんだがね」

「ああ、お安い御用だよ。でも、今日はちょっと手がふさがっているんだ。それより、こっちはコンピュータ・アドレスを知りたいんだよ。ドイツのＤＮＩＣ番号だ。ここで情報交換というのはどうかね」

「ハッカーの行動の記録を見せるから、そのかわりにアドレスを調べろ、ということか？」

「そうだよ。五分《ぶ》と五分だと思うけどな」私がのっけからコンピュータ・アドレスを調べてくれと言っても、ジークはにべもなくはねつけるだろうと計算してもちかけた取り引きだった。

案に相違して、ジークは一歩も譲らなかった。「それはだめだ。調べがつくとは請け合えないからね」

話は行き詰まった。私はハッカーのコンピュータ・アドレスを解読する別の道を捜さなくてはならない。

どうにも割り切れない気持ちだった。一日中、情報機関はよってたかって私から詳しい事実を聞き出しておきながら、とうとう何も答えてくれなかったではないか。

あわただしい一日が暮れて私は疲労困憊していたが、わずかながら希望が見えてきた。追跡の舞台がドイツに移ったことで幾筋か道が開けたのだ。情報機関はもはやこれを国内のささいな事件と黙殺するわけにはいかない。ささいな事件には違いないかもしれないが、こうなると国内の問題では片づかない。

（下巻につづく）

＊本書は、一九九一年に当社より刊行した著作を文庫化したものです。

草思社文庫

カッコウはコンピュータに卵を産む　上巻

2017年12月8日　第1刷発行

著　者　クリフォード・ストール
訳　者　池　央耿
発行者　藤田　博
発行所　株式会社 草思社
〒160-0022　東京都新宿区新宿1-10-1
電話　03(4580)7680(編集)
03(4580)7676(営業)
http://www.soshisha.com/

本文組版　有限会社 一企画
本文印刷　株式会社 三陽社
付物印刷　株式会社 暁印刷
製本所　大口製本印刷株式会社
本体表紙デザイン　間村俊一

ISBN978-4-7942-2309-8　Printed in Japan